Pasta Mista
Fünf Zutaten für die Liebe

Susanne Fülscher

PASTA MISTA

Fünf Zutaten für die Liebe

CARLSEN

Für Sophie

Lachs-Spinat-Türmchen

Alles ist irgendwie verkorkst an diesem Tag, von Anfang an. Der Föhn tut einen letzten Seufzer, als ich meine krausen Haare glatt föhnen will, meine Lieblingsjeans dümpelt in den Tiefen der Dreckwäsche, und als ich ungeschminkt und in schlabberigen Egal-Klamotten in die Schule gehetzt komme, steht da Nastja Elena Schulz aus der 9 b. Das heißt, sie steht nicht nur einfach da, sie tänzelt in einem Minikleid mit aufgedruckten Himbeeren vor meinem Schwarm Justus auf und ab. Und als sich unsere Blicke wie zufällig treffen, lehnt sie – Katastrophe! – ihren Kopf gegen seine Schulter.

Nastja Elena Schulz. Eine fleischgewordene Barbiepuppe, die zu allem Überfluss auch noch intelligent ist. Ich wette, sie wird später mal den Nobelpreis in irgendwas gewinnen. Oder die Welt retten. Aber bis dahin ergeht sie sich in Schönheit und knutscht alles ab, was männlich ist und nicht rechtzeitig die Flucht ergreift. Nur tut das logischerweise keiner. Hellblonde Haare bis zur Taille, Augen so blau wie ein Bergsee, dazu eine Figur zum Niederknien ... Sonst noch Fragen?

Und jetzt hat sie Justus aus der Zehnten an der Angel, ausgerechnet. Dabei war ich so kurz davor, sein Herz zu erobern. Einmal habe ich ihm in der Cafeteria mit zwei Euro aus der Patsche geholfen und bin mit einem schmelzenden Wow-Lächeln belohnt worden. Ein anderes Mal habe ich ihm mein Rad geliehen, weil sein Reifen platt war und er ganz dringend zum Fußball musste, und wieder hat er mich auf diese besondere Art angelächelt. Es hat mir nicht mal etwas ausgemacht, durch den Nieselregen nach Haus zu stapfen. Wochenlang dachte ich, dass es nicht bloß ein Nur-so-Lächeln gewesen war – zumal mir Franzi mit ihrer magischen Kristallkugel vom Flohmarkt die große Liebe vorhergesagt hat. Und jetzt das. Nastja Elena Schulz.

Meine Stimmung ist auf dem absoluten Nullpunkt, als ich in die Klasse husche. Pauline und Franzi, meine beiden Rettungsanker in der Not, hocken schon auf ihren Plätzen und grinsen mir entgegen.

„Bin ich es vielleicht nicht wert?", frage ich und schleudere meine Kuriertasche auf den Tisch.

„Häh?", macht Franzi, während mich Pauline wie ein aus dem Zoo entlaufenes Tier anguckt.

„Es könnte ja mal ausnahmsweise so sein ... Also, dass je-

mand, den ich gut finde … dass der mich dann auch … Ich meine, ist das denn zu viel verlangt?“ Ich pflanze mich zwischen die beiden auf den Tisch.
„Drück dich bitte etwas präziser aus, wenn du mit mir sprichst.“ Franzis Augenbrauen rutschen unter ihren schokobraunen Pony. „Für den Anfang reichen Subjekt, Prädikat, Objekt.“
Ich schicke einen Grunzer an die Decke, dann erzähle ich in knappen Sätzen, was gerade passiert ist.
„So, so“, brummt Pauline und zieht den Reißverschluss ihres pinken Federmäppchens auf. Neben einem abgekauten Bleistift und einem Füller hortet sie darin tonnenweise Schminkkram. Lipgloss in allen möglichen Rosa- und Pinktönen, Notfalltampons und – extrem wichtig – einen Concealer für ihre angeblichen Augenringe. „Und wo liegt jetzt das Problem?“
„Dass er vielleicht mit N Punkt zusammenkommt. Oder vielleicht sogar schon mit N Punkt zusammen ist. Obwohl ich seit Ewigkeiten in J Punkt … na, ihr wisst schon.“
Während sich Pauline in aller Seelenruhe Gloss auf ihre Lippen tupft, sagt Franzi: „Liv Grete.“
„Liv, okay?“ Ich kann es nicht ausstehen, wenn man mich mit meinem zweiten Vornamen anspricht. Meistens kommt dann etwas Bierernstes oder – noch schlimmer – eine Moralpredigt.

Franzi ignoriert meine Bemerkung und sagt: „Wenn man bei N Punkt von einer durchschnittlichen Beziehungsdauer von sieben Tagen ausgeht, kannst du in einer guten Woche immer noch mit ihm zusammenkommen. Also, rein theoretisch."

Rein theoretisch. Das ist ja genau das Problem.

„Franzi hat recht. Du musst dich einfach nur ein bisschen gedulden." Pauline nimmt eine Mascara-Hülse raus und tuscht sich die Wimpern nach.

Wie lange soll ich mich eigentlich noch gedulden? Wenn das so weitergeht, bin ich schon reif für die Rente, bis aus uns ein Paar wird.

„Soll ich heute Nachmittag meine Kristallkugel befragen?", bietet sich Franzi an.

Ich zucke mit den Achseln. Franzi und ihre Wahrsager-Kugel – das ist so eine Sache für sich. Sie hat sie vor einem Vierteljahr für fünf Euro auf dem Flohmarkt erstanden und sagt seitdem jedem, der sich nicht rechtzeitig in Sicherheit bringt, die Zukunft voraus. Hokuspokus, klar. Nichts, woran man ernsthaft glaubt. Da vertraue ich schon eher auf Horoskope. Doch nachdem sie Pauline prophezeit hat, dass sie in nicht allzu ferner Zukunft ihrem Lieblingsschauspieler Rokko zufällig begegnen wird, und der ihr noch am selben Tag in der Fußgängerzone über den Weg gelaufen war, überlege ich mir immer drei Mal, was ich bei Franzi in Auftrag gebe. Eigentlich will ich auch gar nicht so genau wissen, was in absehbarer Zeit passiert oder auch nicht passiert. Wenn nun dabei herauskommt, dass ich auf immer und ewig ungeküsst bleibe – Drama! Langsam wird es nämlich echt peinlich. Fast alle Mädchen in meiner Klasse haben schon ... Franzi auf der letzten Halloween-Party mit dem besten Freund ihres Cousins. Und Pauline ist sowieso die Kuss-Expertin von uns dreien. Ihrer Ansicht nach gibt es fünf Kuss-Regeln, die sie nicht müde wird zu wiederholen.

- Regel eins: Küsse nie mit Kaugummi.
- Regel zwei (gilt nur für Zahnspangenträgerinnen): Putz vorher bitte die Zähne.
- Regel drei: Küsse weich und sinnlich, aber nicht labberig. Labberig ist der Tod jeden Kusses.
- Regel vier: Vermeide schmatzende Geräusche (Abtörner Nummer zwei).
- Regel fünf: Mach deinen Kiefer locker! Du bist schließlich nicht beim Zahnarzt.

Das mag ganz witzig klingen, macht es mir aber nicht gerade leichter, unverkrampft an die Sache heranzugehen.
Pauline schnippt mit den Fingern vor meinen Augen.
„Planet Erde an Liv? Bist du noch da?"
„Nee, im Nirwana."
„Und was hast du da Spannendes gedacht?"

Unser Erdkundelehrer Herr Ludwig platzt in die Klasse, und während ich in seine Richtung gucke, murmele ich: „Küssen."
Pauline spitzt ihr Lipgloss-Mündchen, streicht ihre ultralangen rotblonden Haare glatt und flüstert: „Du willst den Ludwig küssen? Nee, echt jetzt?"
Franzi kichert und ich husche, die Augen verdrehend, auf meinen Platz.

Nastja Elena Schulz und Justus in fast inniger Umarmung – das Bild hat sich in mein Hirn gebrannt. Da mag Franzi mir noch so sehr einreden, dass es an unserer Schule, aber auch global betrachtet, weitaus süßere Jungs als Justus gibt. Und dass es gar nicht weiter schlimm ist, mit fünfzehn noch keine Kusserfahrungen gesammelt zu haben.
„Mit vierzehn hat erst die Hälfte aller Mädchen den ersten Zungenkuss hinter sich, genauer gesagt sechsundfünfzig Prozent", referiert sie in der großen Pause. Zu fast jedem Thema hat sie irgendeine Studie, Statistik oder Tabelle aus dem Internet parat. „Also bleiben immerhin noch vierundvierzig Prozent. Und zu dieser Gruppe zählst dann eben du. Ist doch nicht weiter tragisch."
Franzi hat es ja nur nett gemeint, aber was ist bitte schön

supertoll daran, einer Mauerblümchen-Minderheit anzugehören, die jeder insgeheim bedauert? Ehrlich, ich würde einiges drum geben, den Zustand besser jetzt als gleich zu beenden. Das Problem ist bloß, dass ich nicht irgendjemanden küssen will. Es sollte schon ein Typ sein, der zu hundert Prozent meinen Kusskriterien entspricht. Die da sind: Hammeraugen, Hammermund, Hammerausstrahlung. An meiner Schule gibt es davon einen einzigen – und zwar Justus. Der Rest fällt in die Kategorie *optischer und charakterlicher Sanierungsfall.*

Einmal, auf einer Party, hat mich dieser Blödmann Otto Kramer aus der Parallelklasse beim Tanzen ohne Vorwarnung zu sich herangezogen. Ich sah nur noch seinen Saugnapfmund auf mich zukommen, und hätte ich nicht blitzschnell den Kopf weggedreht und „Spinnst du?!" gefaucht, wäre ich jetzt eine von Otto Kramer geküsste Fünfzehnjährige. Und mal im Ernst – ist das etwa die bessere Alternative?

Als ich an diesem Nachmittag nach Hause komme, will ich nur eins: mich auf mein Bett werfen, ein bisschen lesen oder fernsehen und mich darauf freuen, dass Mama und ich heute Abend Pizza essen gehen.

Wir machen das viel zu selten. Erstens arbeitet Mama rund um die Uhr in ihrem kleinen Büchercafé, zweitens ist das Geld bei uns immer knapp. Das *Café Karamell* wirft nicht so viel ab, wie Mama sich erhofft hat. Aber wir wollen unbedingt noch ihren 44sten Geburtstag nachfeiern. An dem Tag war ich krank und Mama hat nur mit ihrer Freundin Anett bei uns zu Hause eine Flasche Sekt (oder zwei!?) getrunken.

Ich schließe die Tür auf und bleibe wie erstarrt stehen. Aus dem Wohnzimmer dringen Geräusche, als würden Einbrecher die Einrichtung auseinandernehmen.

„Hallo?!", rufe ich.

„Liv, ich bin's nur!"

Zum Glück, Mama. Mein Herzschlag beruhigt sich wieder, als sie auf den Flur tritt.

„Hast du mich erschreckt! Was machst du hier?" Ich streife meine Sneakers ab und hänge meine Jacke an die Garderobe. Eigentlich müsste sie jetzt in ihrem Büchercafé sein. Fragt sich nur, warum ihre Lippen so knallrot angemalt sind, als wolle sie auf eine Party.

„Liv, wir haben Besuch." Künstliches Lächeln. „Also, das heißt, wir kriegen Besuch."

„Was denn jetzt? Ist schon jemand da oder kommt erst noch jemand?"

Bloß einen Wimpernschlag darauf höre ich Schritte und

ein Mann mit angegrauten Locken lugt aus der Wohnzimmertür.
Äh, wer ist das denn jetzt? Der Heizungsableser im letzten Jahr hat nicht halb so smart ausgesehen. Ich gucke zu meiner Mutter rüber, die knallrot anläuft.
Häh? Das ist doch eigentlich mein Spezialgebiet.
„*Buongiorno*", begrüßt mich der Mann und seine grauen Locken wippen. „Du bist also Liv?" Sympathische Stimme. Italienischer Akzent. So wie der Kellner in der Pizzeria bei uns um die Ecke.
„Denk schon", antwortete ich, obwohl ich mich in diesem Moment lieber von einer Kopie meiner Person hätte vertreten lassen. Die Sache ist klar: Meine Mutter hat mal wieder einen Mann an Land gezogen, dem Akzent nach zu urteilen ein Italiener. Schäferstündchen am helllichten Tag mit Mr Smart. Deswegen auch der übertriebene Lippenstift. Zum Glück trägt sie wenigstens ganz normal Jeans und T-Shirt und nicht einen ihrer Anbagger-Miniröcke.
„Liv Grete?" Meine Mutter klingt gereizt.
„Was?"
„Sagst du bitte mal Guten Tag?"
Ich fasse es nicht! Jetzt maßregelt sie mich auch noch wie ein kleines Kind!
„Tag." Ich strecke Mr Smart die Hand hin.
„Schön dich kennenzulernen."

„Ja, danke, gleichfalls."
Ich bin ja gar nicht so und kann auch höflich sein. Zumal der Mann schöne warme Augen und keine Schwitzhände hat, so weit ganz passabel. Auf jeden Fall macht er mehr her als die Bücherwurmtypen mit den fusseligen Vollbärten, die meine Mutter sonst so anschleppt.
„Roberto lebt in Italien", erklärt sie. Das Tuschkastenrot in ihrem Gesicht ist einem schmeichelhafteren Babyrosa gewichen. „In einem kleinen Ort in der Nähe von Genua."
Ich nicke. Ich könnte jetzt nachfragen, wieso Mr Smart aus Italien den weiten Weg über die Alpen auf sich genommen hat, bloß um meine Mama zu treffen. Warum er so gut Deutsch kann. Und wo sie sich kennengelernt haben. Doch eigentlich interessiert mich nur, wann er wieder abzischt.
„Ich fahr jetzt los und hole Angelo und Sonia ab." Er knöpft seine braune Wildlederjacke zu, eine ziemlich coole, wohlgemerkt. „Wenn ich zurück bin, gehen wir Pizza essen, *d'accordo*?"
Die Tür klappt zu und ich bin mit meiner Mutter allein. Wie sonst auch. Wie all die Jahre meines bisherigen Lebens. Und würde nicht noch der Duft eines Aftershaves im Flur hängen, wäre ich der Meinung, meine Fantasie hätte mir einen Streich gespielt.
„Was soll das, Mama? Wer sind Angelo und Sonia? Und

warum macht sich dieser Typ in unserer Wohnung breit? Sonst gehst du doch immer ins Hotel, wenn du ..." Einen Lover hast, will ich sagen, aber meine Mutter schneidet mir das Wort ab.

„Kommst du bitte mal?"

Sie geht vor in die Küche. Ich hinter ihr her. Auf dem Tisch stehen neben zwei leeren Sektgläsern Reste von kunstvoll aufgeschichteten Lachs-Spinat-Türmchen. Garantiert im Feinkostladen gekauft. So was kriegt Mama doch nicht selbst auf die Reihe. Bei uns zu Hause bin ich die Köchin.

„Nimm dir ruhig", sagt sie und räumt die Gläser in die Spüle. „Es dauert ja noch, bis wir essen gehen."

Was redet sie denn da? Hat sie etwa vergessen, dass wir später in die Pizzeria wollten? Nur wir zwei. Außerdem ist mir gerade gründlich der Appetit vergangen.

„Aber dieser Mr Smart ist schon dein Lover, oder?", hake ich nach.

„Wer?"

„Ro. Ber. To."

Ein entrücktes Lächeln überzieht ihr Gesicht. „Also, Lover ist wohl nicht der richtige Ausdruck."

„Sondern?"

Meine Mutter starrt auf den Fußboden, als würde sie ein Fliesen-Orakel befragen. „Liv", sagt sie schließlich und blickt auf. „Ich glaube, ich habe mich verliebt."

Von jetzt auf gleich ist es totenstill in der Küche. Als hätte die Uhr aufgehört zu ticken. Als würden draußen keine Autos mehr vorbeibrausen. Als würden wir nicht mehr atmen.

„Du sagst ja gar nichts."

„Na ja … das kommt ziemlich überraschend."

Schlimmer, ich bin richtig geplättet. Meine Mutter hat öfter mal einen Kurzzeitfreund. Sie macht aber nie viel Aufhebens davon. Weder stellt sie mir ihren aktuellen Mr Soundso vor noch informiert sie mich über ihre Gefühlslage. Ich kenne das schon. Sie ist dann einfach mal kurz weg, ich soll bei Franzi oder Pauline übernachten und am nächsten Morgen ist alles wie immer. Wir beide – das unschlagbare Mutter-Tochter-Team.

„Du meinst, du bist richtig verliebt?", hake ich zur Sicherheit nach. Vielleicht habe ich mich ja doch irgendwie verhört.

„Ganz genau."

Shit. Ihr weichgespültes Dauerlächeln kommt mir ziemlich bekannt vor. So lächelt Pauline immer, wenn sie bis über beide Ohren verknallt ist. Wenn ihre Hormone Lindy Hop tanzen und sie keinen geraden Satz mehr über die Lippen bringt.

Jetzt freu dich mal für deine Mutter, Liv. Los, mach schon!

Wieso sollte ich?

Weil sie happy ist! Oder gönnst du es ihr nicht?
„Ist das nicht toll, Liv?!“, dringt die Stimme meiner Mutter wie aus einem anderen Universum an mein Ohr, während in meinem Magen Wackersteine herumkollern.
„Mhm, cool“, murmele ich. So was sagt man wohl als superverständnisvolle Tochter. „Und wer ist der Typ? Woher kennst du ihn?“
„Aaalso.“ Meine Mutter zieht das Wort endlos in die Länge. „Das ist jetzt etwas komplizierter.“
„Wieso, hast du ihn ersteigert? Oder im Preisausschreiben gewonnen?“
Es sollte ein Scherz sein, aber sie lacht nicht.
„Sei nicht albern, Schatz.“
„Wer ist denn hier albern?“ Langsam reicht mir ihr Getue. Kann sie nicht einfach auf meine Fragen antworten? „Du setzt mir einfach irgendeinen Pseudo-Daddy vor die Nase, überall riecht es nach seinem Aftershave und wahrscheinlich kommt gleich noch, dass du ihn schon seit Ewigkeiten kennst.“
„Nicht seit Ewigkeiten. Erst seit drei Monaten.“
Wie betäubt sinke ich auf einen Stuhl.
„Das ist jetzt nicht wahr, oder?“
Die Pupillen meiner Mutter flitzen nervös hin und her.
„Sagst du mir vielleicht immer, in wen du gerade verliebt bist?“

„Ich bin nicht verliebt und war es auch noch nie." Okay, das stimmt jetzt nicht ganz, aber meine Mini-Lüge ist ja wohl viel weniger schlimm als ihre monatelange Heimlichtuerei. Sie setzt sich mir gegenüber, zieht ein Bein unter ihren Po, dann rückt sie endlich mit der Sprache raus. Wie sie vor etwa einem halben Jahr über ihren Schatten gesprungen sei und sich im Internet bei einer Single-Börse angemeldet habe.

„Warum das denn?", frage ich dazwischen.

„Weil ich das Alleinsein satthatte. Ganz einfach."

Alleinsein? Hallo? Sie hat doch mich!

Beinahe hätte ich es laut gesagt.

„Und? Hast du lauter scharfe Männer kennengelernt?"

„Eben nicht. Nach ein paar Wochen hatte ich eigentlich schon die Nase voll und wollte mich wieder abmelden, aber dann ..." Sie lächelt. „Dann kam diese wunderbare Mail von Roberto aus Italien."

„Was hat er denn so Wunderbares geschrieben? Dass du im Minirock rattenscharf aussiehst?"

Okay, das war jetzt schon ein bisschen fies, aber meine Mutter springt gar nicht darauf an. „Wir haben uns über Bücher ausgetauscht. Roberto übersetzt deutsche Romane ins Italienische."

Eins zu null für Mama. Dagegen kann ich ja wohl kaum etwas haben.

„Und dann? Wie ging's weiter?"
„Wir haben uns öfter geschrieben. Manchmal sogar täglich.
„Täglich?" Das wird ja immer schöner!
„Na ja", wiegelt meine Mutter ab. „Oft war es auch nur so ein Geplänkel, wie geht es dir?, mir geht es gut."
Zu spät. Ich bin sauer. Richtig stinksauer! Seit Monaten gibt es diesen Mann in ihrem Leben, wahrscheinlich wussten alle um sie herum Bescheid, nur ich war ahnungslos wie ein Butterkeks.
Einen Moment lang herrscht eisiges Schweigen.
„Und warum erfahre ich das erst jetzt?", frage ich, als schon Eisblumen an den Fenstern zu wachsen drohen.

Meine Mutter steht auf, geht zur Spüle rüber und stützt sich daran ab. „Ich wusste nicht, wie ich es dir sagen sollte."
„Wie wär's mit: Ich hab jemanden kennengelernt?"
„Tut mir leid, Schatz."
„Du hättest mir wenigstens heute Morgen was sagen können. Wir wollten doch nachher Pizza essen gehen! Oder ist er spontan vorbeigekommen?"
Sie dreht sich zu mir um und schüttelt ihre glatten kastanienbraunen Haare. Leider habe ich die nicht von ihr geerbt.
„Und damit du jetzt alles weißt: Wir haben uns schon mal getroffen. Im April. Als du auf Klassenfahrt warst."
Ein Schmerz flackert in meiner Brust auf. „Wo? Hier?"
„Nein, in Stuttgart. Ich war doch bei Ina."

„Bei Ina. Alles klar." Ich lache höhnisch auf.
„Ich war wirklich bei Ina. Und bei der Gelegenheit haben wir uns im Café verabredet."
„Na, großartig! Und warum bist du dann nicht gleich bei deinem Schmusi geblieben? Ich brauch dich hier nicht! Ich komm schon alleine klar!"
Bevor mich meine Mutter mit weiteren unschönen Einzelheiten belästigen kann – wer weiß, vielleicht hat Mr Smart ihr ja schon ein Baby gemacht? –, springe ich auf und schließe mich im Bad ein. Auf den Badewannenrand gekauert breche ich in Tränen aus. Schlimm genug, dass

Justus mit Nastja Elena Schulz rummacht, jetzt fühle ich mich auch noch von meiner Mutter hintergangen.

„Liv? Liv! LIV!"
Seit Minuten hämmert Mama nun schon gegen die Badezimmertür, aber ich bin beschäftigt. Ich muss dringend meine Schminkpads zählen, die Parfumfläschchen entstauben und meine Haargummis nach Farben sortieren.
Das sieht echt schlimm hier aus, Liv.
Na, und? Bin ich vielleicht die Putze? Ich koche eben lieber.
Trotzdem könntest du auch mal einen Lappen in die Hand nehmen und ...

„Liv, bitte." Meine Mutter schaltet auf supersofte Einschmeichelstimme. „Mach auf."
„Keine Zeit", erwidere ich, was ja auch stimmt. Gerade bin ich nämlich dazu übergegangen, Mamas Lippenstifte aufzuschrauben. Den dramatisch roten hat sie neu, er ist kaum benutzt. Bestimmt extra für ihren Mr Smart angeschafft. Und dann noch von einer richtig teuren Marke.
„Schatz! Nun sei doch nicht beleidigt!"
Von wegen beleidigt. Es ist alles viel, viel schlimmer. Ich bin gekränkt, bis in die letzte Zelle meines Nervensystems verletzt.
„Gleich kommt Roberto mit den Kindern zurück und eigentlich ist es doch auch egal, ob wir heute Abend Pizza essen gehen oder jetzt gleich."
Ich reiße die Tür auf. „Kinder?! Was für Kinder?!"
„Angelo und Sonia."
Ach ja, richtig. Da war ja noch was. „Sag bloß, die kennst du auch schon?"
„Nur vom Foto. Aber sie sehen wirklich sehr nett aus."
Sie sehen nett aus. Na, toll. Will ich das wissen? Eigentlich nicht.
Mir brennen ganz andere Fragen auf der Zunge. Wie alt sind die beiden (hoffentlich keine krakeelenden Kleinkinder)? Wieso sind sie überhaupt dabei, wenn meine Mutter ein prickelndes Date mit Lippenstift plant? Und warum

fällt dieses Date ausgerechnet auf den Tag, an dem wir essen gehen wollten?

Doch dann klingelt es.

„Oh, da sind sie schon!“ Meine Mutter drückt sanft meine Schulter. „Bitte, Liv, vermassele mir das nicht, ja? Du kommst doch gleich mit in die Pizzeria?“

Während sie aufgeregt zur Tür flattert, bleibe ich wie festgetackert in der Badezimmertür stehen.

Keine Ahnung, ob ich Lust habe, mit diesen wildfremden Menschen essen zu gehen. Egal, wie nett sie auf irgendwelchen Fotos aussehen. Ebenso gut könnte ich den ganzen Nachmittag lang Mamas Lippenstifte auf- und wieder zuschrauben.

„Hallihallo!“, tönt die überkandidelte Stimme meiner Mutter.

„*Ciao*“, sagt eine Person männlichen Geschlechts. Mr Smart? Im nächsten Moment höre ich glockenhelles Gelächter. Zum Glück kein Kleinkindgeschrei.

Ich schleiche auf Zehenspitzen über den Flur – ich will mir das Elend nur kurz aus der Nähe ansehen –, da schiebt sich eine schwarze Lederjackenschulter in mein Blickfeld.

„Liv, kommst du bitte mal? Hier sind zwei junge Leute, die dich schrecklich gerne kennenlernen möchten.“

Die Lederjackenschulter fährt herum – und dann steht er zwei Armlängen vor mir: Angelo. Ein Hammertyp mit nugatbraunen Augen, einem Mund zum Anknabbern und wilden Locken. Justus ist ein Nichts dagegen, ein lächerliches Etwas, ein Furz im Universum. (Im Ernst, ich kenne niemanden mit einem derartig tollen Knutschmund.)

„*Ciao! Sono Angelo*", sagt er und es macht wusch und wumm in meinem Magen. Meine Gedanken purzeln durcheinander.

Wow, sieht der gut aus!

Glotz ihn nicht so an, Liv, das ist doch peinlich!

Aber er sieht ECHT gut aus!

Vergiss ihn. Er ist eine Nummer zu groß für dich.

„*Ciao*", erwidere ich, aber es ist mehr ein verunglückter Krächzlaut und dann fällt mir dummerweise ein, dass heute ziemlich wenig hammer an mir ist. Meine Augen sind verheult, ich habe eine explodierte Kraushaar-Frisur und trage schlabberige Egal-Klamotten. Coole Mädchen sehen definitiv anders aus.

Meine Mutter lugt um die Ecke und lockt mich mit dem Zeigefinger, als wäre ich ihr Schoßhündchen.

Ich trete näher – der Junge steht bloß eine Armlänge von mir entfernt –, und während ich noch denke, hey, was für süße Segelohren, drängt sich ein Mädchen an Mr Smart vorbei, eine Angelo-Kopie in weiblich. Noch so eine umwerfende Schönheit. Ich fasse es nicht! Die beiden müssen Zwillinge sein.

„Angelo hat sich ja schon vorgestellt. Und das ist Sonia", sagt der Graugelockte. „Liv, du kannst Deutsch mit ihnen reden. Sie sind zweisprachig aufgewachsen." Er knufft erst seine Tochter, dann seinen Sohn. „Oder habt ihr alles verlernt?"

Die beiden schütteln die Köpfe und starren mich verschreckt an. Was ich an ihrer Stelle wohl auch tun würde. Zwei Traumwesen begegnen dem uncoolsten Mädchen in ganz München.

Mama lacht gekünstelt auf. „Meine Tochter hat anscheinend auch ihre Muttersprache vergessen."

Peinlich, wieso sagt sie das jetzt? Aber sie hat ja recht! Eigentlich müssten die Sätze nur so aus mir hervorsprudeln, doch mir fällt beim besten Willen nichts ein. Blackout total. Und schuld daran ist dieser unglaublich süße Typ.

Angelo. Heißt das nicht *Engel*?

„*Ciao.*" Das Mädchen winkt mir zu, lächelt einen Mikromoment lang, dann wendet sie sich gleich wieder ihrem Vater zu und schnattert etwas auf Italienisch.

Angelo steht die ganze Zeit stocksteif da und guckt sich die Bildergalerie an der Flurwand an. Peinlich, peinlich. Erst kürzlich hat Mama ein Foto von mir aufgehängt, das mich total bleich im Bikini am Strand zeigt. Mit einem riesigen Burger in der Hand. Und an meiner Backe klebt ein Stück Gurke. Mama und ich haben uns deswegen richtig in die

Haare gekriegt. Weil ich dagegen war, das mega-unvorteilhafte Foto aufzuhängen, sie hingegen meinte, ich sähe so unglaublich bezaubernd darauf aus, so natürlich, und ich solle mich nicht so haben. Außerdem würde das sowieso kein Mensch zu Gesicht bekommen. Abgesehen von Pauline und Franzi und ihrer Freundin Anett. Ach, und ab und zu der Paketbote, aber den würde das sowieso nicht interessieren.
Großartig! Fabelhaft! Dreifaches Hurra!
Hätte ich damals gewusst, dass dieser hinreißende Angelo in Kürze in unserem Flur stehen und es sich angucken würde, hätte ich Mama das Foto weggenommen, zerrissen und im Altpapiercontainer entsorgt. Zu spät. Demnächst weiß halb Italien, dass ich im Bikini wie ein riesiger Mozzarella aussehe. Und nicht mal vernünftig einen Burger essen kann.
Ich würde am liebsten im Boden versinken.
Mich entmaterialisieren.
Doch dann sagt Mr Smart und seine Hände führen einen wilden Tanz auf: „Sonia ist schon am Verhungern. Wollen wir gleich aufbrechen?“
Von wegen, die Schönheit will sich doch nur wichtigmachen! Bohnenstangen wie die nagen stundenlang an einer Mohrrübe, essen danach ein Salatblatt ohne Dressing, zum Nachtisch genehmigen sie sich einen halben Apfelschnitz und behaupten dann, ganz schrecklich satt zu sein.

„Aber natürlich, Roberto!", flötet Mama in dieser Tussi-Tonlage, die Nastja Elena Schulz ebenfalls perfekt draufhat. „Gleich um die Ecke gibt es eine sehr gute Pizzeria."
Das kann ich bestätigen. Die Pizza Margherita dort ist ein Traum. Knusprig dünn, mit einem Hauch Tomatensoße, einer guten Portion Mozzarella und viel Basilikum. Die beste Pizza ever!
Mama pfeffert Portemonnaie und Lippenstift in ihre Handtasche. „Liv? Ziehst du dir dann bitte deine Schuhe an?"
Hallo, geht's noch? Nein, ich ziehe mir nicht meine Schuhe an. Wer bin ich denn, dass ich sofort springe, sobald irgendein Mr Smart mit seinen Kindern bei uns einfällt. Ich brauche einen Moment, um mich von dem Schock mit dem Hammertypen zu erholen. Und vor allem muss ich Franzi um Rat fragen.
„Ähm, ich kläre noch schnell was wegen der Schule", sage ich. „Dann komme ich nach."
Ab in mein Zimmer. Tür zu. Ich presse die Lippen fest zusammen, damit ich nicht aus Versehen laut losschreie.
Ganz ruhig, Liv. Atme tief in den Bauch und denk an was Schönes!
Äh, an diesen tollen Angelo?
Eben nicht! Denk mal an … an … Kartoffel-Gnocchi mit Salbeibutter und glasierten Möhren. An einen Bagel mit Lachs und Frischkäse. An Avocado-Feigensalat mit …

Endlich klappt die Haustür zu – weg sind Mama und die Italiener. Ich greife zum Handy.
„Franzi, du musst mich retten!“, stöhne ich ihr ohne Einleitung ins Ohr. „Das ist einfach nur der Horror! Der Oberalbtraum! Weißt du, wo es Tickets zum Mars gibt?“
„Tickets zum Mars? Häh? Wovon redest du?“
„Meine Mutter hat einen Lover!“
„Aber das ist doch nichts Neues“, entgegnet Franzi ruhig.
„Nein, aber diesmal hat es sie erwischt. So richtig. Und jetzt steht ihr Typ, er ist Italiener, schon bei uns auf der Matte. Mit seinen Zwillingen. Junge und Mädchen. Etwa so alt wie wir.“ Ich schnappe nach Luft. „Die sehen so gut aus, dass es dir die Schuhe auszieht. Gegen diesen Angelo ist Justus ein hässlicher Wurm. Und Sonia …“
„Liv?“, dringt Franzi wie von ferne an mein Ohr. „Wie wär’s, wenn du dich erst mal beruhigst und noch mal von vorne erzählst? Aber bitte der Reihe nach.“
„Das war von vorne und der Reihe nach! Und ich kann mich nicht beruhigen! Die sind jetzt alle zum Italiener vorgegangen und ich muss da auch gleich hin.“
„Ja und? Was ist so schlimm daran, mit drei gut aussehenden Italienern essen zu gehen? Klingt doch mega.“
„Das ist überhaupt nicht mega! Das ist grässlich!“
Wieso sagt sie mir nicht, dass sie vollstes Verständnis für mich hat? Und warum gluckst sie jetzt auch noch blöde?

„Und was ist so komisch?“, will ich wissen.

„Sorry, aber du klingst, als hätte es dich voll erwischt.“

„Quatsch!“

„Mal im Ernst, Liv. Warum kannst du das Essengehen nicht ganz locker sehen? Als netten Zeitvertreib?“

„Mama hat mir nicht mal gesagt, dass dieser Typ und seine Kinder heute kommen.“

Franzi seufzt. „Okay, das war nicht ganz fair. Damit hätte sie schon mal eher rausrücken können. Aber nun ist es eben so. Stell dich der neuen Situation! Du kannst nur daran wachsen.“

Psycho-Blala, alles klar. Aber was habe ich auch erwartet? Franzi will mal Psychologie studieren und lässt schon jetzt keine Gelegenheit aus, ihr angelesenes Wissen an Pauline und mir zu testen.

„Weißt du, was ich an deiner Stelle tun würde?“, sagt sie.

„Nein?“

„Pizza futtern und diesen Angelo abchecken. Vielleicht ist er ja dein Kuss-Kandidat. Der Junge, auf den du so lange gewartet hast.“

„Spinnst du?“, presse ich hervor. „Er ist der Sohn von Mamas Freund!“

„Ja und? Du bist doch nicht mit ihm verwandt.“

„Aber er sieht viel zu gut für mich aus. Richtig hammer! Verstehst du?“

Franzi gluckst in mein Ohr. „Jetzt mach aber mal einen Punkt. Du siehst auch hammer aus. Du hast wahnsinnig blaue Augen. Und eine schöne weibliche Figur. Aber was das Beste an dir ist: Du bist keine blöde Tussi. Hab mal ein bisschen mehr Selbstbewusstsein!"

Sie schickt mir einen Schmatzer durch die Leitung und wünscht mir viel Glück, dann legen wir auf.

Einen Pulsschlag darauf klingelt mein Handy. Pauline.

„Sag mal, wollen wir unsere Schulas zusammen machen?"

„Nein!"

„Wieso schreist du denn so? Ist das so eine Horrorvorstellung für dich?"

„Nein, natürlich nicht. Sorry."

Noch einmal erzähle ich die Geschichte von unserem Besuch. Allerdings vermeide ich es, auch nur ansatzweise schwärmerisch rüberzukommen.

Als ich fertig bin, passiert erst mal nichts. Pauline schweigt. Sie atmet bloß schwer. In etwa wie nach dem Joggen.

„Bist du noch da?", frage ich.

„Anschelooo, ey, boah, wie das klingt!" Pauline japst nach Luft. „Ist das nicht zufällig ein Typ zum Küssen?"

Hallo, geht's noch? Was ist bloß in meine Freundinnen gefahren? Die Tatsache, dass Angelo Angelo heißt und zufälligerweise aus Italien stammt, hat rein gar nichts zu bedeuten. Ich werde den Teufel tun und ihr verraten, dass mich

das Aufeinandertreffen bei uns im Flur mal eben kurz auf die Milchstraße katapultiert hat.
Pauline redet immer weiter, Italiener seien ja so heißblütig und echte Kusstalente und wahrscheinlich auch viel reifer als die deutschen Jungs, aber ich lasse den Wortschwall an mir vorüberziehen. Pauline ist gerade dabei, sich in etwas hineinzusteigern, und ich fürchte, sie wird in den nächsten Minuten nicht von ihrem Trip runterkommen.
„Süße, ich muss dann auch mal los", unterbreche ich sie in einer Atempause. „Mama köpft mich sonst."
„Okay, viel Spaß." Sie gluckst leise. „Und ruf sofort an, falls da heute Abend noch was geht zwischen euch."
„Ja, mach ich", erwidere ich matt und lege auf.
Anscheinend gibt es solche Momente im Leben. Da können einem nicht mal die besten Freundinnen weiterhelfen.

Antipasti, Pizza Margherita und Pommes

Auf dem Weg zur Pizzeria versuche ich mich zu sammeln und übe einen freundlichen Gesichtsausdruck, doch kaum habe ich die Tür aufgestoßen, erstarren meine Gesichtsmuskeln.

Mama hockt neben Mr Smart und lächelt entrückt. Schönheit Sonia thront am Kopfende und futtert Brot und Oliven. Und da der Tisch eigentlich nur für vier Leute gedacht ist, muss ich mich neben Angelo aufs Bänkchen quetschen. Und zwar dichter als dicht. Nicht mal eine gepresste Mohnblume hätte noch zwischen uns Platz. Autsch, Elektroschock!

„Schön, dass du auch mal kommst“, sagt Mama. Jetzt lächelt sie nicht mehr.

„Ja, äh, also Pauline … Sie hat was nicht in Mathe verstanden.“

„*Non c'è problema*, Liv.“ Mr Smart grinst mich an. „Kein Problem. Wir haben gerade erst bestellt.“

Er schiebt mir die Menükarte rüber, die noch auf dem Tisch liegt, aber ich schlage sie nicht auf.

„Ich nehme die vegetarischen Antipasti und eine Pizza Margherita." Das bestelle ich fast jedes Mal, da brauche ich nicht lange zu überlegen.

„*Davvero?* Die isst Angelo auch immer!" Mr Smarts Hände wirbeln durch die Luft. Das macht er ständig, wenn er etwas sagt.

Die Hitze der Sahara-Sonne schießt mir ins Gesicht, keine Ahnung, warum. Es gibt definitiv keinen Grund, rot zu werden, nur weil er und ich die gleiche Sorte Pizza mögen.

Sonia heftet ihren Blick auf mich, schiebt sich ein Stück Weißbrot in den Mund und sagt akzentfrei: „Ist dir so heiß oder …?" Zum Glück bricht sie gleich wieder ab.

Ich spüre, dass mich Angelo von der Seite ansieht. Schlimmer, er starrt richtig! Will er mich röntgen?

„Äh, ja, ziemlich", murmele ich, obwohl die Temperatur im Lokal völlig normal ist.

Während Mama für mich bestellt, gerät Angelos Oberschenkel in Bewegung und berührt meinen. Automatisch zucke ich zurück.

„Und du möchtest mal Köchin werden?", erkundigt sich Mr Smart mit seinem weichen italienischen Akzent.

Ich will etwas erwidern, aber Angelos Wärme strahlt so sehr auf mich aus, dass mir schon ganz schwummerig ist.

„Liv?" Mama schickt mir einen Raubtierblick über den Tisch. *Antworte gefälligst, wenn man dich etwas fragt!* steht in ihren Augen geschrieben.

„Äh, ja, will ich", bringe ich endlich über die Lippen. Okay, es ist mehr ein Stottern.

„Und was schwebt dir da genau vor?", fährt er fort.

Ich zucke mit den Schultern.

Und dann sagt Mama etwas, wofür ich sie am liebsten erwürgen möchte: „Liv geniert sich ein bisschen. Aber sie möchte später mal eine richtig gute Köchin werden."

Roberto lächelt freundlich.

Sonia grinst ein bisschen dämlich.

Angelo zuckt mit dem Bein.

Und ich werde – überflüssig es überhaupt zu erwähnen – schon wieder rot.

Das Schlimme an der Sache ist, dass Mama nur die Wahrheit gesagt hat. Ich liebe es, mich an den Herd zu stellen und irgendetwas Leckeres zu brutzeln. Sämige Suppen, feurige Eintöpfe, Nudeln in allen Variationen. Trotzdem soll sie es nicht einfach in die Welt posaunen. Wie peinlich ist das denn!

„Du meinst, so was wie eine Sterneköchin?", fragt Sonia und ihr Grinsen erlischt.

Ich erwidere nichts. Bin jetzt bestimmt pizzatomatenrot. Und verwünsche diesen Tag.

„Liv Grete, das muss dir doch nicht peinlich sein", fährt Mama fort.

Bitte, Mama! Halt einfach deinen Mund!

„Du heißt Gretel mit zweitem Namen?", fragt Sonia kichernd. „So wie die aus dem Märchen?"

Das Bein neben mir zuckt heftiger.

„Grete", brumme ich. „Nicht Gretel!" Die Frage kommt immer. Ich könnte Wetten darauf abschließen. Damit sollte ich mal anfangen. Dann gewinne ich die alle und kann mit dem Geld später locker mein eigenes Restaurant aufmachen.

„Schöner Name", meint Mr Smart, aber ich starre bloß vor mich hin. Mama meint es ja nicht böse, nur soll sie besser mal ihren Grips einschalten, bevor sie etwas Unüberlegtes hinausplappert. Die Italiener müssen schließlich nicht alles über mich wissen.

„Köchin ist wirklich ein wunderbares Berufsziel", fährt Mr Smart fort. „Und du bist ehrgeizig. Daran ist nichts verkehrt."

Nein. Verkehrt ist nur, dass ich hier wie festgetackert sitze und nicht wegkann.

„Roberto kocht übrigens auch leidenschaftlich gerne", sagt Mama.

Aha. Hat sie sich also deshalb in ihn verliebt? Abgesehen von Spiegeleiern bringt sie nämlich überhaupt nicht Essbares zustande. Früher gab es bei uns ständig Fertiggerichte. Kein Wunder, dass ich mich schon mit zwölf an den Herd gestellt und mein erstes Fantasiegericht zusammengebraut habe.

„Ich koch aber nur zum Spaß", entgegnet er. Sein Blick geht zu den Zwillingen. „Nehmt euch mal ein Beispiel an Liv. Es kann nicht schaden, wenn man sich rechtzeitig beruflich orientiert."

„Wieso, ich bin voll orientiert", sagt die Schönheit ziemlich schnippisch. „Ich werde Tänzerin. Das müsstest du doch langsam wissen."

Jetzt wird mir einiges klar. Deshalb also diese Skelettfigur und die Muckis, die sich unter ihrem dünnen Shirt abzeichnen.

„*Certo, tesoro.*" Er tätschelt Sonias Hand. „Aber Tänzerin kannst du nun mal nicht bis zur Rente sein."

„Müssen wir das jetzt diskutieren?" Sie pfeffert das Weißbrot auf den Tisch, steht auf und zischt ab Richtung Toilette.

„Bravo, *papà*", sagt eine kratzig-tiefe Stimme neben mir. „Das hast du echt super hingekriegt."

Es sind nach *Ciao, sono Angelo* die ersten Wörter, die ich aus seinem Mund höre. Auch wenn es nicht gerade sensationelle Wörter sind, macht es sofort wieder *wusch* und *wumm* in meinem Magen.

Franzi hat recht, Liv, es hat dich voll erwischt.

Quatsch! Man kann sich nicht im Turboschnellverfahren in einen Typen verknallen. Bei Justus hat das Wochen gedauert.

Na und? Angelo ist eben nicht Justus!

Mama stupst ihren Liebsten an. „Das hast du mir ja noch gar nicht erzählt, Roberto. Ich dachte, Tanzen ist ihr Hobby."

„Leider nicht. Es ist ihr vollkommen ernst damit."

„Und was ist so schlimm daran, *papà*?", sagt Angelo neben mir und wieder macht sich mein Magen bemerkbar. Das darf ja wohl nicht wahr sein! Wenn das jetzt die ganze Zeit so weitergeht …

Mr Smart greift nach seinem Weinglas und starrt hinein, als stünde dort die Antwort. „Sonia ruiniert sich die Gesundheit. Und das weiß sie auch. Sie hat schon jetzt Probleme mit ihren Sprunggelenken. Spätestens mit dreißig ist Schluss und sie muss noch mal ganz von vorne anfangen."

„Vielleicht aber auch nicht", sage ich leise.

Angelo schickt mir ein Lächeln, das meinen Magen total in Aufruhr versetzt, dann werden auch schon die Pizzas gebracht.

Mama stößt mich unter dem Tisch mit dem Fuß an und zuckt mit den Augen.

„Was denn?", zische ich.

„Guck doch mal, wo sie bleibt."

Ich nicke. Der Gang zur Toilette ist eine willkommene Abwechslung. Ein paar Minuten Erholung von dem Arm- und Beinkontakt mit Angelo neben mir. Von den Stromschlägen und den schrecklichen Magenturbulenzen.

Sonia steht vorm Spiegel und drückt in ihrem Gesicht herum, als ich die Tür aufstoße. Interessant, dass selbst Schönheiten wie sie manchmal einen Pickel haben.

„Essen!", rufe ich. Wahrscheinlich klinge ich nicht besonders höflich, aber das ist mir egal. Schließlich bin ich nicht auf der Suche nach einer neuen Busenfreundin.

„Hm, danke", erwidert sie und quetscht weiter.

„Äh, ich soll dich holen."

„Ich komm ja gleich."

Ich will gerade wieder abzischen, als sie die Augenbrauen zusammenkneift und sagt: „Glaub mir, Liv Gretel, ich wollte das hier auch nicht."

„Äh, was?", würge ich mit einem unguten Gefühl hervor. „Und ich heiße Grete."

„Das mit meinem Vater und deiner Mutter und mit dem Trip nach München. Ich wäre jetzt viel lieber beim Balletttraining in Genova." Sie spricht die Stadt Genua *Dschenowa* aus. „Und in der Schule."

„Ihr schwänzt gerade die Schule?"

Sie schüttelt den Kopf. „*Papà* hat uns heute und morgen vom Unterricht befreit."

„Dann fliegt ihr morgen wieder zurück?", hake ich nach.

„Ja, wieso?“
„Ach, nur so“, sage ich und muss mich beherrschen, um nicht laut loszujuchzen.
Morgen sind wir die drei wieder los. Und alles wird wie vorher sein. Mama, ich und unser kleines Reich. Kein Magenkarussell, keine peinlichen Situationen. Und ob der smarte Roberto überhaupt noch mal den Weg über die Alpen findet, steht sowieso in den Sternen.

Eins der schönsten Dinge im Leben ist es, bei meinem Lieblingsitaliener Pizza essen zu gehen. Ich mag den Duft, der aus dem Steinofen strömt. Ich mag die italienische Schmusemusik, die leise aus den Boxen perlt. Und ich mag es, wenn uns die Kellner auf Italienisch anreden. Doch heute geht mir das alles auf den Senkel. Weil ich es nicht genießen kann, in Anwesenheit dieser drei aus Italien. Die Stelle, wo sich Angelos und mein Oberschenkel berühren, brennt wie Hölle, und ich weiß nicht, wie ich meine Pizza schneiden soll, ohne dass sich unsere Ellbogen ständig in die Quere kommen.
„Bitte bedient euch doch.“ Mr Smart deutet auf die Riesenportion Pommes, die er zusätzlich bestellt hat.
Während Sonia gleich eine Handvoll auf ihrer *Quattro sta-*

gioni verteilt, isst Angelo sie zur Margherita wie andere Leute Kartoffeln zum Schweinsbraten. Und auch Mr Smart nascht immer wieder aus der Schüssel.

„Ist das in Italien so üblich?“, frage ich verdutzt. Ich glaube, es ist der erste Satz, der weder verdruckst noch gestottert, noch vorwurfsvoll über meine Lippen gekommen ist.

Mr Smart lacht auf. „*Sì, sì!* Ich weiß, in Deutschland findet man das *un po strano* ... merkwürdig.“ Er deutet auf sein Weinglas „Und eigentlich trinken wir auch keinen Wein, sondern Bier zur Pizza. Ich wollte bloß deiner Mutter einen Gefallen tun.“

Das ist wirklich sehr nett von ihrem Lover. Mama kann Bier nämlich nicht ausstehen. Und Biertrinker eigentlich auch nicht.

„Tja, die Liebe schafft Dinge, die man früher niemals für möglich gehalten hätte!“ Er haucht Mama ein paar Luftküsschen zu.

Musste er das jetzt sagen? Reicht es denn nicht schon, dass beide die ganze Zeit am Turteln sind? Wenn es nach mir ginge, könnte sich ihre Liebe ruhig wieder abkühlen.

Während Mama und Mr Smart die Unterhaltung bestreiten, halte ich mich an meinem Messer und an meiner Gabel fest und beobachte, wie die Schönheit reinhaut. Sie futtert, als hätte sie tagelang nichts zu essen bekommen. Unfassbar! Wie kann sie dabei nur so dünn sein?

„Weihnachten war das Wetter ja so herrlich hier!“, flötet Mama und fuchtelt mit ihrer Gabel. Ein Stückchen Käse fliegt über den Tisch und trifft mich an der Hand, doch in ihrem Eifer merkt sie es nicht einmal. „Schnee, Sonne, klirrende Kälte ... Liv und ich sind stundenlang im Englischen Garten spazieren gegangen. Einmal waren wir auch zum Skifahren in den Bergen.“

Mama zwinkert mir zu und ich nicke. Dabei ist das eine glatte Lüge. Soweit ich mich erinnere, hat es in Strömen gegossen und wir haben den ganzen Tag auf dem Sofa gelümmelt, Kekse und Marzipan gefuttert und ferngesehen. Ach, und ab und zu sind wir in die Küche gerollt, um uns zwischen all dem Süßkram etwas Herzhaftes reinzuschieben (was ich natürlich zubereiten musste).

„Und dann erst der Frühling“, schwärmt sie weiter. „Im März war es hier ja zum Teil wärmer als in Italien!“

Auch das stimmt nicht. Zumindest weiß ich noch sehr genau, dass unser Oleander bis Mitte April im Wohnzimmer stand. Und auch jetzt, Ende Mai, ist es oft so kalt, dass ich am liebsten die Heizung anstellen würde. Keine Ahnung, ob Mama damit weitere Pluspunkte bei ihrem Mr Smart sammeln will. Ich finde, das hat sie überhaupt nicht nötig. Er ist ihr doch eh schon verfallen.

„Wie wär’s, wenn ihr morgen zum Frühstück ins Büchercafé kommt?“, fragt Mama, nachdem ebenfalls das italienische Wetter – okay, auch dort soll es ab und zu mal regnen – durchgekaut worden ist.

„*Ma certo!*" Robertos Augen leuchten. „Natürlich, gern. Ich bin ja schon so gespannt. Bei uns in Italien gibt es keine Bars mit Buchverkauf."

Bei uns eigentlich auch nicht, jedenfalls kenne ich keine. Nur meine Mama war so verrückt, sich diesen Traum vor knapp fünf Jahren zu erfüllen. Früher hat sie in einer großen Buchkette gearbeitet, jetzt schmeißt sie das *Café Karamell* mit ihrer Freundin Anett und ein paar Aushilfen.

Die Schönheit schiebt sich den letzten Happen in den Mund. Sie hat die wagenradgroße Pizza bis auf den allerletzten Krümel geschafft. Kauend sagt sie: „Eigentlich wollte ich morgen ausschlafen. Wenn ich schon mal freihabe …"

„Und ihr beide?" Mr Smarts Blick fällt erst auf mich, dann auf den süßen Typen neben mir.

Bevor einer von uns antworten kann, piept Angelos Handy und ich sehe diese megaschöne, megaknusprige Blondine auf seinem Display. Okay, ich habe nur einen Sekundenbruchteil hingeschaut, aber der Moment war lang genug, um jetzt die absolute Krise zu kriegen. Nicht dass ich ernsthaft in Erwägung gezogen habe, mir diesen Hottie zu krallen, aber die Konkurrenz so deutlich präsentiert zu bekommen ist einfach nur niederschmetternd.

Beschämt gucke ich an mir runter, wo sich ein kleines Pizza-Bäuchlein unter meinem Shirt abzeichnet. Ausgerechnet heute musste ich dieses hautenge Stretchteil anziehen. Wo ich doch weiß, dass es nicht das kleinste Röllchen verzeiht.

„Liv?“, sagt Mama und schiebt ein paar Fragezeichen hinterher. „Du kommst doch?“

„Ich weiß nicht … eigentlich wollte ich … also, weil Pauline doch die Matheaufgabe nicht verstanden hat …“

Meine krächzende Stimme versiegt wie ein Bächlein in der Wüste. Und wahrscheinlich bin ich schon wieder krebsrot.

Angelo hat die Blondine weggeklickt und guckt mich von der Seite an.

„Also, ich komme gerne mit frühstücken“, sagt er schließlich in Mamas und Mr Smarts Richtung, während sein Handy erneut piept. „Gibt’s denn auch *brioche*? Oder *cornetti*?“

Mamas Schultern rutschen eine Etage nach oben und sie guckt fragend.

„Angelo meint ein süßes Teilchen. Ein Croissant oder so“, kommt Mr Smart zu Hilfe.

„Ja, Croissants gibt es, Angelo, sogar ganz leckere.“ Mama klingt fast ein bisschen eingeschnappt.

Mr Smart lächelt sie weichgespült an. „Aber weißt du, Julia, wo es die allerbesten Croissants gibt?“

Mama verneint.

„In einer *pasticceria* in Venedig. Die sind so köstlich! Da bleibt es nie bei einem."

„Ach, wirklich?", flötet Mama. „Die würde ich ja mal gerne probieren!"

Augenzwinkern, Herzchenblicke fliegen hin und her, dann sagt Mama allen Ernstes: „Wer weiß, vielleicht fahren wir ja mal alle fünf zusammen hin."

„Oh, das wäre toll!", ruft Mr Smart aus.

Der Oberschenkel an meiner Seite zuckt heftiger und auch meine Muskeln geraten unabsichtlich in Bewegung. Hat Mama eigentlich noch alle Tassen im Schrank? Nur weil sie mit Mr Smart rumknutscht und ich mich habe breitschlagen lassen mit diesen Leuten essen zu gehen, von deren Existenz ich heute Morgen noch nicht mal etwas wusste, fahre ich doch nicht mit ihnen nach Venedig und gucke Mr Smart und Mama beim Liebesurlaub zu. Never ever! Und ich glaube, auch die Zwillinge sind nicht gerade erpicht darauf.

Während sich Angelo mit verkniffener Miene seinem Smartphone zuwendet – wieder ist die Blondine auf dem Display zu sehen –, setzt Sonia einen Kuhblick auf.

„Äh, *papà*, wir wollten doch erst mal nach Mailand fahren und uns ein Ballett in der Scala ansehen."

„Das machen wir ja auch, *tesoro*."

Der Kellner kommt an unseren Tisch, um unsere Teller abzuräumen.

„Darf's noch etwas sein? *Un dessert*?"

„*Panna cotta* für alle?", fragt Mr Smart in die Runde.

Niemand protestiert und auch mir ist es langsam egal, falls meine Figur aus dem Leim geht. Mit der knusprigen Blondine, die offenbar Angelos Freundin ist, kann ich sowieso nicht konkurrieren.

„Angelo", sagt Mr Smart mahnend.

„Was denn?", zischt dieser und zum Glück bleibt das *Wusch*- und *Wumm*-Gefühl in meinem Magen aus. Vielleicht gewöhne ich mich ja doch noch an die Anwesenheit des Hammertypen und schon morgen fühlt es sich so an, als würde irgendein x-beliebiger Typ neben mir sitzen.

„Wir hatten eine Abmachung. Kein Handy am Tisch."

Leise murrend schiebt Angelo das Smartphone in seine Hosentasche. Ehrlich, ich wundere mich nur. Ich würde mir das nicht von Mama verbieten lassen.

Eine Weile ist das *Café Karamell* Thema, dann kommt Mama auf Robertos Beruf zu sprechen. Er ist genau so ein Bücherwurm wie sie und übersetzt nicht nur Romane, sondern auch Sachbücher aus dem Deutschen ins Italienische. Im Moment arbeitet er an einem Buch über vegetarische und vegane Ernährung. Wow, das klingt richtig spannend! Aber Mr Smart meint, Übersetzen sei ein schwieriges Geschäft. Schlecht bezahlt, außerdem würden viele Aufträge unter der Hand vergeben.

Der Kellner bringt die *Panna cotta* und alle stürzen sich darauf. Gleich nach dem Nachtisch, das nehme ich mir fest vor, haue ich ab. Irgendeine Ausrede wird mir schon einfallen.

Wir sind noch am Löffeln – die Sahnecreme schmeckt wirklich göttlich –, als es passiert. Ein Bäuerchen, das bestimmt noch bis Genua zu hören ist, ploppt aus meinem halb geöffneten Mund. Ich schlage mir auf die Lippen, aber zu spät.

Alle starren mich an. Sonia kichert. Wieder schießt mir die Hitze ins Gesicht, sie breitet sich bis zu den Ohren und zum Hals aus. Ein Feuermelder ist, farblich gesehen, ein Witz gegen mich. Warum kann sich keine Falltür unter mir auftun und mich einfach verschwinden lassen?

Doch es soll noch schlimmer kommen. Während Angelo gelassen weiterlöffelt, Sonia grinst, als wolle sie den Smiley neu erfinden, und Roberto lächelnd meint, es habe ja anscheinend geschmeckt, entdecke ich zwei *Panna cotta*-Flecken auf meinem Shirt. Wie peinlich ist das denn! Der Trampel aus Deutschland wird ständig rot, rülpst und kann nicht mal vernünftig essen. Warum bin ich heute Morgen überhaupt aufgestanden? Hätte Franzi nicht in ihrer Kristallkugel vorhersehen können, dass mir ein richtiger Horror-Tag bevorsteht?

Ich greife nach meiner Serviette, will sie kurz, wirklich

nur minikurz, ins Wasserglas tunken, doch als hätte das Schicksal einen Heidenspaß daran, mich in einer Tour herauszufordern, geschieht das Unfassbare: Ich mache eine ungeschickte Bewegung und das Nachtischschälchen landet auf Angelos Schoß. Bingo, Volltreffer!

„*Cazzo!*“, entfährt es ihm. Er klingt richtig sauer und ich kann es ihm nicht mal verübeln. Seine Hose ist voller *Panna cotta* und auch das megaschicke Handy, das aus seiner Hosentasche lugt.

Das Kichern der Schönheit bringt meine Ohren zum Fiepen, da springt Angelo auf und flitzt fluchend in Richtung Toilette davon.

„Angelo!“, ruft Mr Smart. „Nicht solche Ausdrücke, ja?“

Ich weiß nicht, was *cazzo* bedeutet, aber es ist bestimmt keine Koseform für Liv. Garantiert ist es ein Schimpfwort, ein richtig übles sogar, das man nicht mal seinem ärgsten Feind an den Kopf werfen sollte. Heißt: In der Rangordnung aller möglichen Lebewesen in Angelos Umfeld stehe ich nun an allerletzter Stelle.

Echt mal, Liv, du bist ein Albtraum auf zwei Beinen.

Ja, danke, dass du mich dran erinnerst. Wär ich jetzt nicht drauf gekommen.

Los, entschuldige dich! Mach schon!

Ich stemme mich am Tisch hoch und sage mit belegter Stimme: „Das … das tut mir leid. Das wollte ich nicht.“

„Halb so wild, Liv", meint Roberto, aber das sonst so smarte Lächeln ist aus seinem Gesicht verschwunden. „Angelo wischt sein *telefonino* ab und alles ist wieder gut."
„Und wenn es kaputt ist?", schaltet sich Zicke Sonia ein.
Robertos Hände fahren durch die Luft. „Ach, die paar Spritzer muss es abkönnen."
Es waren aber nicht nur ein paar Spritzer. Es war eine ganze Ladung *Panna cotta.*
Sonia zieht ein Weltuntergangs-Gesicht. „Angelo hat so lange darauf gespart."
Ich suche den Blick meiner Mutter, doch die starrt mit wachsweißem Gesicht ins Nirgendwo.
Warum muss das ausgerechnet mir passieren?, denkt sie bestimmt. *Warum kann sich Liv nicht normal benehmen?*
Darauf könnte ich ihr sogar eine Antwort geben. Sie hätte sich ja nicht mit meinem Erzeuger, diesem coolen Musiker, einlassen müssen. Diesem Typen, der uns verlassen hat, als ich noch ein Baby war. Jetzt ist es zu spät. Jetzt bin ich da. Und ... sorry, dass ich kein Fettnäpfchen auslasse.
„Könnt ihr Angelo was ausrichten?" Mist, meine Stimme wackelt.
„Ja?" Sonia grinst mich an, aber mein Bauchgefühl sagt mir, dass es kein freundliches Grinsen ist.
„Ich hab noch was gespart, das kann er kriegen, falls sein Smartphone kaputt ist."

„Das ist sehr lieb von dir, Liv, aber völlig unnötig“, schaltet sich Mr Smart wieder ein.

„Wo willst du denn jetzt hin?“, fragt Mama, als ich mir meine Jacke überstreife.

Ich kann nicht länger hierbleiben, nicht eine Sekunde!

„Zu … zu …“, stottere ich und weiß plötzlich nicht weiter. Weder fallen mir die Vornamen meiner Freundinnen ein noch kommt mir eine andere plausible Begründung in den Sinn.

„Zu deinem Freund?“, fragt Sonia, während Angelo exakt in dieser Sekunde von der Toilette zurückkommt.

„Ja, genau“, sage ich hastig, dann quetsche ich mich am Nebentisch vorbei und fliehe aus dem Lokal.

Eine knappe Stunde später hocken Franzi, Pauline und ich auf Paulines riesengroßem Bett in ihrem riesengroßen Zimmer in der riesengroßen Altbauwohnung und halten Kriegsrat. Das ist das Tolle an Pauline, beziehungsweise an ihrer Mutter. Frau Lorenz hat kein Problem damit, wenn wir uns spontan bei unserer Freundin zum Schlafen einquartieren. Zwei von uns passen in Paulines Prinzessinnenbett mit dem rosafarbenen Baldachin, die Dritte schläft auf ihrem pinkfarbenen Sofa. Alles in Franzis Zimmer ist pink

und rosa. So wie auch ihre Klamotten, ihr Lipgloss und ihr Nagellack. Aus unerfindlichen Gründen ist sie nie aus ihrer Barbie-Phase rausgekommen. Und jetzt tragen wir alle drei Schlafshirts aus Paulines Pink-Kollektion. Ehrlich gesagt bin ich heilfroh, dass ich nicht in diesem Outfit unter die Leute muss. In Pink sehe ich aus wie ein Riesenbaby, das Mutti vergessen hat im Spieleparadies abzuholen.
Mama hatte zum Glück keine Einwände, als ich sie per SMS informiert habe. Bestimmt ist es ihr ja auch nur ganz recht, dass ich nicht nach Hause komme. So hat sie freie Bahn mit ihrem Mr Smart. Die Zwillinge sind schließlich keine Babys mehr und können alleine im Hotel übernachten.
„Und ist sein Handy echt kaputt?", will Franzi wissen. Mit Paulines Nagelschere und einem Taschenspiegel sitzt sie im Schneidersitz da und schneidet Zacken in ihren Pony. Aber ihr hübsches Gesicht mit den grünen Augen und den dichten langen Wimpern kann sowieso nichts entstellen.
Ich zucke mit den Schultern. Mir doch schnuppe. Mit Angelo habe ich es mir so oder so verdorben. *Cazzo* ist tatsächlich ein ganz schlimmes Schimpfwort. Ich habe es eben gegoogelt.
„Na, komm. Kopf hoch." Pauline krault mir den Nacken. „Schon klar, dass das alles megapeinlich für dich war, aber so ein schreckliches Drama ist es nun auch wieder nicht." Sie stupst Franzi an. „Ey, geht's noch?!"

„Oh, sorry." Franzi klaubt die Haare von der Bettwäsche und entsorgt sie in Paulines Papierkorb. Als sie zurückkommt, sagt sie: „Die Flecken auf deinem Shirt hat er bestimmt nicht mal gesehen. Und das mit dem Rülpser kann nun wirklich jedem passieren."

„Sei froh, dass du nicht gefurzt hast. Das wäre viel übler gewesen." Pauline kichert, doch mir ist nicht zum Lachen zumute.

„Wenn ich sein Handy kaputt gemacht habe, kann ich nur noch auswandern."

„So ein Smartphone ist nur ein Gegenstand! Wenn das futsch ist, geht man in einen Laden und kauft ein neues." Pauline knufft mich. „Falls du Geld brauchst, sag Bescheid. Ich leih dir was."

Frau Lorenz hat als Chefin einer Firma, die Wasserhähne und keine-Ahnung-was-noch-alles herstellt, Schotter ohne Ende. Und Pauline bekommt seit der Trennung ihrer Eltern jeden Monat Geld von ihrem Vater.

„Du bist echt süß." Ich kneife sie in die babyweiche Wange. „Schon okay. Mamas Lover regelt das."

„Wieso, dann ist doch alles in Butter", sagt Franzi.

„Eben nicht." Ich brauche noch einen Moment, bevor ich mich überwinde und sage: „Ihr wisst noch nicht alles."

Pauline reißt die Augen auf. „Du hast das Sahneschnittchen heimlich vor der Toilette geküsst?"

„Sehr witzig." Wobei mir der Ausdruck Sahneschnittchen gefällt. Angelo ist wirklich eins.
Franzi lässt ihre Blicke über die pink-weiß gestreifte Tapete gleiten.
„Aber du würdest ihn gerne küssen. Egal, ob vor der Toilette oder woanders."
„Könnt ihr bitte mal aufhören? Man sollte euch echt einsperren!"
„Also, was denn nun?", fährt sie mit ernster Miene fort.
Ich hole tief Luft, dann erzähle ich von meinem überstürzten Abgang und dass alle jetzt denken, ich hätte einen Freund.

Pauline kichert. „Ja und? Was ist so schlimm daran?"
„Es ist eine Lüge! Und wenn die auffliegt, ist es doppelt und dreifach peinlich."
„Sehe ich nicht so." Franzi legt ihre Megaschlau-Miene auf. „Okay, in Angelos Augen bist du jetzt vergeben. Kannst du mir so weit folgen?"
Ich nicke.
„Das bedeutet …?" Die Augenbrauen rutschen bis zu ihrem gezackten Pony.
„Keine Ahnung. Er amüsiert sich weiter mit seiner knusprigen Blondine?"
„Welche knusprige Blondine?", fragt Pauline dazwischen.
Ich berichte knapp, dass beim Essen ständig Angelos Han-

dy gepiept hat und dass eine wunderschöne Blondine auf dem Display zu sehen war.

„Schön und blond klingt toll. Aber deswegen muss sie doch nicht zwangsläufig seine Freundin sein“, stellt Franzi fest.

„Nö“, entgegne ich etwas genervt. „Bestimmt ist sie sein Kindermädchen. Und schmiert ihm morgens die Brote für die Schule.“

Pauline wiehert los, aber Franzi bleibt ernst.

„Wollt ihr jetzt meine Theorie hören oder nicht?“

Ich nicke und auch Pauline hört mit dem Gegacker auf.

„Angelos Jagdtrieb ist erwacht“, erklärt sie. „Weil er Liv nicht haben kann. Und jetzt wird er alles dransetzen, um sie zu kriegen. Deswegen ist es nur gut, wenn er glaubt, dass du einen Freund hast.“

Franzi mag zwar psychologisch ziemlich bewandert sein, nur vergisst sie dabei oft, dass wir nicht mehr die Primaten von einst sind, die noch in Höhlen leben.

Als ich ihr das so sage, seufzt sie. „Hättest du besser in Bio aufgepasst, wüsstest du, dass der Mensch auch nur das Ergebnis des Hormoncocktails in seinem Körper ist.“

„Wisst ihr was?“, sage ich und werfe mich in die Horizontale. „Ich will einfach nur schlafen. Das sagt mir mein aktueller Hormonstatus. Ihr könnt ja gerne noch weiterquatschen.“

„Okay, ich gehe freiwillig aufs Sofa.“ Franzi hüpft vom Bett.

„Ihr schnarcht mir sowieso zu laut." Auf nackten Füßen huscht sie über den Dielenboden und schlüpft unter das frisch bezogene Blümchenbett. Sie zieht sich die Decke bis zum Kinn und lugt zu mir rüber. Ihr ultrakurzer Zackenpony sieht so komisch aus, dass ich lachen muss.

„Was denn?"

„Deine Haare! Du siehst aus wie aus einem Science-Fiction-Film."

„Okay, schon gut." Sie verwuschelt ihren Zackenpony. „Ich lass ihn von Mama nachschneiden."

„Und was willst du morgen machen?", fragt mich Pauline.

„Nichts. Mich totstellen. Auf jeden Fall gehe ich nicht zum Frühstück ins *Café Karamell*."

„Logisch. Du frühstückst ja auch mit uns. Mama macht Rührei und es gibt frisch gepressten Orangensaft." Pauline gluckst. „Auf das Sahneschnittchen musst du dann aber leider verzichten."

„Macht nichts", sage ich und lösche das Licht. „Ihr seid mir Sahneschnittchen genug."

Meine Freundinnen schmatzen Küsschen in die Luft, dann ist es still. Und während ich müder und müder werde und langsam in den Schlaf gleite, denke ich, dass es vielleicht gar nicht so schlimm ist, ungeküsst durchs Leben zu gehen. Denn alles andere – ob Justus oder Sahneschnittchen – macht das Leben auf einmal so schrecklich kompliziert.

Nudeln mit Tomatensoße und Erdbeer-Mascarpone-Creme

Ich bin noch nicht richtig wach, als mein Handy klingelt. Bestimmt Mama. Das kann nur Mama sein. Wer sonst

sollte mich in dem pinkfarbenen Reich aus meinem süßen Traum reißen? Und er war wirklich süß. Irgendwie ging es um eine sensationelle Nachspeise, die ich anlässlich einer Hochzeit erfunden hatte. Ein duftendes Limonensorbet mit gerösteten Walnüssen. Die Braut war ganz hin und weg und hat es gleich aus der großen Schüssel gelöffelt.

„Liv, schläfst du noch?“, bellt Mama mir ins Ohr, während sich Pauline murrend umdreht und mir ihren Fuß in die Seite rammt.

„Wart mal eben. Ich wecke sonst alle auf.“

Ich krabbele aus dem Bett, schnappe mir meine Jeans und husche aus dem Zimmer. Geklapper dringt aus der Küche; Paulines Mutter ist wohl schon aufgestanden. Aber ich laufe weiter zum Bad und ziehe die Tür hinter mir zu.

„Hör zu, Liv. Programmänderung. Angelo und Sonia frühstücken im Hotel. Roberto ist bei mir und wir gehen erst später ins *Café Karamell*."
Also doch. Ich habe es geahnt. Und mache innerlich drei Kreuze, dass ich heute Nacht nicht zu Hause war. Womöglich hätte ich noch Geräusche durch die Wand gehört, die mir tagelang Albträume beschert hätten.
„Ich sag's dir nur, damit du nicht unnötig zum Café fährst."
Nee, schon klar, hatte ich eh nicht vor, denke ich und sage: „Okay, dann bis später."
„Wann kommst du denn nach Hause?"
„Weiß noch nicht. Wir wollen noch Englisch lernen."
Okay, das mit dem Englischlernen war eine kleine Notlüge.
„Dein Auftritt gestern", sagt Mama und etwas Lauerndes liegt in ihrer Stimme.
„Ja?" Ich klaue mir zwei Tampons von Pauline und bunkere einen für später in meiner Hosentasche. Mitten in der Nacht habe ich meine Tage bekommen, es aber gerade noch rechtzeitig bemerkt.
„Du weißt selbst, dass das nicht korrekt war", quakt die Stimme meiner Mutter an meinem Ohr.
Ich lasse mich entnervt auf den Badewannenrand sinken. „Was meinst du? Den Rülpser? Oder das mit dem Handy?"
„Du bist einfach abgehauen! Liv, so was tut man nicht, wenn man Gäste hat!"

„Aber dass du mich mit der Sippschaft überfallen hast, das tut man, oder wie?“

Mama erwidert nichts. Ich höre sie bloß atmen. Schließlich sagt sie: „Sorry, mein Schatz. Ich weiß auch, dass das nicht gerade optimal gelaufen ist. Wir reden noch mal in Ruhe darüber, okay?“

„Müssen wir nicht. Du hast es mir nicht gesagt. Und das war ganz schön gemein.“

„Ich wollte dich eben ... na ja ... sanft vorbereiten. Und dann habe ich nicht mehr den Absprung geschafft.“

Ich lache auf. Die sanfte Vorbereitung ist Mama ja super gelungen!

„Eigentlich war Robertos Besuch erst in einer Woche geplant. Aber dann hat er einen so günstigen Flug bekommen, dass er sich die Kinder geschnappt hat und zum Flughafen gefahren ist.“

Alles klar. So spontan, dass die Kinderlein im Flugzeug vermutlich noch ihre Schlafanzüge anhatten. Ich gucke in den Spiegel, wo mir ein bleiches, verkniffenes Gesicht entgegenblickt, das nur entfernt Ähnlichkeit mit mir hat.

Ja, so siehst du aus, Liv.

Nein, tue ich nicht!

Weißt du, was hilft? Lächeln!

„Und er hat dir vorher nicht mal Bescheid gesagt?“, frage ich, indem ich mich ein wenig verunglückt anlächele.

„Doch, natürlich. Aber ich dachte ..." Mama gerät ins Stocken. „Wir kriegen doch auch sonst mal überraschend Besuch. Und die letzten Tage warst du so intensiv mit deinem Schulprojekt beschäftigt, da wollte ich dich nicht stören."
Das stimmt. Wir hatten eine Projektwoche zum Thema Plastikmüll und mussten eine ziemlich umfangreiche Präsentation erarbeiten. Andererseits hätte ich natürlich Zeit gehabt, um mir zum Beispiel beim Abendessen die Story von der größten Liebe seit Romeo und Julia anzuhören. Zumindest kurz. Aber Schwamm drüber. Die Italiener sind in mein Leben getreten und das Telefonat, das wir gerade führen, wird sie auch nicht wieder weghexen.
„Hat Angelos Handy die *Panna cotta* überlebt?", wechsele ich das Thema.
„Ich denke schon."
Erleichtert atme ich auf. Ein Problem weniger.
„Hör zu, Liebes, ich habe eine Bitte", sagt Mama. Gleichzeitig klopft es an der Tür und Paulines Stimme tönt: „Machst du mal auf, Liv? Ich muss!"
„Ja, eine Sekunde!" Ich lasse meine Freundin rein und sage in den Hörer: „Mama, ich muss Schluss machen. Wir frühstücken gleich. Und ich hab mir noch nicht mal das Gesicht gewaschen."
Pauline hockt sich aufs Klo und strullt los, aber das stört mich nicht. Das machen wir öfter so.

„Liv, könntest du nach dem Frühstück bitte nach Hause kommen?"
Äh, ach so, da war ja noch was.
„Wieso denn? Du willst doch bestimmt lieber mit deinem Mr Smart alleine sein."
Mama lacht glockenhell auf. „Bitte wer?"
„Mit Ro-ber-to", sage ich wie zu einer Schwerhörigen.
Pauline blickt mich fragend an. Ich rolle mit den Augen.
„Ich dachte, es wäre nett, wenn wir bei uns zu Hause zusammen Mittag essen", übergeht Mama meinen Einwand. „Spaghetti oder so."

Mir ist plötzlich so übel wie bei der Überquerung des Atlantiks in einem kleinen Fischkutter. Ich wollte dem Sahneschnittchen und der Schönheit nicht noch einmal über den Weg laufen, aber wie ich Mama kenne, hat sie die Italo-Truppe sicher schon zu uns nach Hause eingeladen. Und langsam dämmert mir auch, worauf das Ganze hinauslaufen wird: Ich soll kochen. Weil meine Mutter dazu nicht imstande ist und sie sich auch nicht vor ihrem heißblütigen Italiener blamieren will.
„Komm schon, Liv. Spaghetti kannst du richtig gut."
Bingo.
„Mama!"
Ich höre meine Mutter schwer atmen. „Du würdest mir einen riesengroßen Gefallen tun. Und ich verspreche dir,

dass wir beim nächsten Mal ganz sicher nur zu zweit Pizza essen gehen. Na, ist das ein Angebot?"

Das ist kein Angebot, das ist Erpressung! Aber weil ich sowieso keine Wahl habe und irgendwie ja auch will, dass es Mama gut geht, sage ich zähneknirschend zu.

„Du bist ein Schatz, weißt du das?", jubelt sie und schmatzt mir einen Wasserfall an Küsschen ins Ohr. Anscheinend leidet sie unter plötzlicher Amnesie infolge eines Hormonflashs. Vor circa fünf Minuten war ich noch die Tochter, die sich unmöglich benommen hat. Und jetzt bin ich plötzlich die Allergrößte?

Mütter sind anstrengend. Verliebte Mütter sind eine Katastrophe.

Ein Ei, anderthalb Semmeln und einen Orangensaft später verlasse ich körperlich gestärkt, aber psychisch angeknackst Paulines Wohnung. Die Vorstellung, dass ich das Sahneschnittchen dazu gebracht habe, eins der schlimmsten italienischen Schimpfwörter überhaupt auszusprechen, ist furchtbar. Dass ich ihm gleich noch unter die Augen treten muss, ist ein Mega-Albtraum. Meinen Fettnäpfchen-Queen-Auftritt von gestern wird er über Nacht kaum vergessen haben, ebenso wenig mein ständiges Rotwerden.

Soll ich was einkaufen?, simse ich meiner Mutter, als ich im Bus sitze.
Alles da, schreibt sie zurück. Sag mal, hast du wirklich einen Freund?
Die Hitze schießt mir ins Gesicht. Selbst hier im Bus, wo es eigentlich keinen Grund dazu gibt. Aber ich erspare es mir, zurückzusimsen. Mama weiß sowieso die Antwort.
Es ist bereits fast halb zwölf, als ich die Haustür aufschließe.
„Mama?", rufe ich, doch alles bleibt still.
Hoffentlich sind meine Mutter und Mr Smart ins Büchercafé gefahren und wälzen sich nicht gerade in den Kissen. Das wäre das Allerletzte, was ich miterleben möchte.
„Bin wieder da!", rufe ich zur Sicherheit extra laut, da entdecke ich den Zettel auf der Kommode.

Wir sind kurz im Café. Der Tisch ist schon gedeckt.
Die Zwillinge kommen gegen eins, Roberto und ich früher.
Wenn du magst, leg ruhig schon los.
Küsschen und danke! Mama

Erleichtert, dass noch niemand von der Italo-Truppe da ist, nehme ich als Erstes im Flur das Foto von der Wand. Diesen schlimmen Schnappschuss, der mich mozzarellaweiß am Strand zeigt. Und mit Gurke an der Backe. Zurück bleibt

eine hässliche gräuliche Stelle. Ich entsorge das Foto unter meinem Bett und schiebe es so weit nach hinten, dass es mit den Wollmäusen kuscheln kann.
Händewaschen, los geht's. Ich brauche nicht lange zu überlegen, was ich auf den Tisch bringe: Spaghetti mit Tomatensoße. Das geht einfach, schmeckt lecker und überfordert mich nicht. Spaghetti mit Tomatensoße kann ich im Schlaf. Es ist eins der ersten Gerichte, das ich mir damals aus dem Internet rausgesucht und seitdem an die hundert Mal zubereitet habe. Knifflig daran ist lediglich das Abschmecken. Sind die Tomaten zu sauer, muss man Zucker hinzufügen, allerdings nur eine Prise, sonst schmeckt es fast wie Ketchup.

Der Supertrick an der Soße sind die Zwiebeln, die ich zuvor mit zwei Zehen Knoblauch, alles schön klein gehackt, in Olivenöl andünste. Ganz langsam auf kleiner Flamme, damit nichts anbrennt. Halt, eine getrocknete Chilischote! Die Italo-Typen, die gleich auf der Matte stehen, mögen es garantiert scharf. Weil sie selbst scharf sind. Die beiden Herzensbrecher aus dem Katalog.
Ich schalte das Radio an. Zufällig läuft ein italienischer Schmachtfetzen und beschert mir – ich kann nichts dagegen tun – eine Gänsehaut. Okay, ich habe eine Sekunde an Angelo gedacht, aber es war wirklich nur ein Minimoment, was ganz bestimmt kein Grund ist, dass meine Hormone

gleich wieder Lindy Hop tanzen. Ein paar Takte darauf ist der Schmachtfetzen zum Glück vorbei und ich konzentriere mich auf das, was ich zu tun habe, nämlich kochen. Ich scanne den Vorratsschrank und entscheide mich für Tomaten aus der Dose. Man kann genauso gut frische nehmen oder beides miteinander kombinieren, aber heute soll es schnell gehen.

Schon einige Augenblicke darauf blubbert die Soße gemütlich vor sich hin. Jetzt braucht es nur noch ein wenig Geduld, bis die Flüssigkeit verdampft und die Tomaten eindicken. Ich stelle das Wasser für die Nudeln an, da klappt die Haustür. Stimmengewirr dringt an mein Ohr. Mit einem Satz bin ich an der Tür und stelle meine Lauscher auf. Hoffentlich ist es nicht schon das Sahneschnittchen ...

„Hm, wie das hier duftet!", tönt Mr Smarts Stimme und ich husche blitzschnell zurück an den Herd.

Das ist auch nur gut so, denn in der nächsten Sekunde kommt das Traumpärchen herein und Mama sagt mit sich überschlagender Stimme: „Du hast ja schon alles vorbereitet! Wie lieb von dir, Schatz!" Dabei führen ihre Augenbrauen einen wilden Tanz auf. *Verpetz mich bitte nicht* soll das wohl heißen.

Mr Smart reckt sich auf die Zehenspitzen. „Alles klar, Liv? Was gibt's denn?"

„Spaghetti mit Tomatensoße."

„Ah, *Sugo di pomodoro*! Da werden sich die Kinder aber freuen!"
Ich nicke ihm freundlich zu und sage, wobei ich hoffentlich nicht allzu verschlagen grinse: „Tomatensoße kann meine Mutter ganz besonders gut."
Mr Smart reibt sich voller Vorfreude die Hände. „Wenn ich was helfen kann ...?"
„Nein, jetzt übernehme ich hier mal das Ruder", erklärt sie und schiebt ihren Liebsten aus der Küche. „Mach's dir im Wohnzimmer bequem."
Mr Smart zuckelt los und meine Mutter zieht die Tür hinter ihm zu.

„Bitte, Liv. Du verrätst mich doch nicht?"
„Okay, was soll ich sagen? Dass ich schon vorgekocht habe? Das hat er doch selbst gesehen." Ich rühre die Soße um. „Und was ist überhaupt so schlimm daran, dass du nicht gerne kochst?"
Das war jetzt wirklich charmant formuliert. Meine Mama ist eine Niete am Herd. Und gäbe es keine Mikrowelle und keine Fertiggerichte, wären wir beide längst verhungert.
„Nein, das ist nicht schlimm. Also, hier in Deutschland jedenfalls. Aber in Italien können alle Frauen gut kochen."
Ich fange lauthals an zu lachen. Hat sie das eben wirklich gesagt? Ausgerechnet meine emanzipierte Mama spuckt so ein Klischee aus? Ich fasse es nicht!

„Und was ist jetzt so lustig?“, fragt sie.
„Nichts. Du bist einfach nur peinlich! Wenn Mr Smart lieber eine italienische Mamma mit dickem Busen und Kochkünsten haben will, nimmt er sich auch eine italienische Mamma mit dickem Busen und Kochkünsten, klar?“
„Sag nicht immer Mr Smart. Außerdem …“ Sie winkt ab. „Das verstehst du nicht.“
„Na, vielen Dank auch“, erwidere ich und brösele noch eine Chilischote in die Soße.
„Bitte, Liv. Mach keinen Aufstand, ja?“
Ich glaube es ja wohl nicht! Sie macht doch hier den Aufstand. Verheimlicht mir erst monatelang ihren Lover und behandelt mich dann auch noch wie ein kleines Kind. Aber ich sage nichts mehr dazu. Ich will keinen Streit, zumal Mr Smart nebenan hockt und die Zwillinge jeden Moment klingeln können.
Eine Weile rühre ich friedlich die Soße um und Mama räumt ebenso friedlich die Teller vom Frühstück in den Geschirrspüler. Es ist fast schon verdächtig friedlich.
Es klingelt an der Tür.
„Oh, das werden Angelo und Sonia sein!“ Ein Lächeln umspielt Mamas Mund, als sie hinausflattert.
Zurück bleibe ich. Die Haussklavin und Köchin. Für die Mama nicht mal ein Wort des Dankes übrig hat. Ja, ich bin sauer. Richtig sauer und auch ziemlich enttäuscht.

Schwupp greife ich in die Dose mit den roten Chilis und würze das Sugo mit zwei weiteren kleinen Schoten nach. Die werden sich noch alle wundern!
„Ah, da seid ihr ja!", dringt es kurz darauf durch die angelehnte Tür. „Kommt rein! Liv ist in der Küche. Sie wartet schon sehnsüchtig auf euch."
Spinnt Mama jetzt total? Ich wirbele am Herd herum, aber ich *warte* nicht. Und schon gar nicht sehnsüchtig. Ganz im Gegenteil möchte ich mich am liebsten verkriechen. Mein Herz schlägt plötzlich schneller, es rast richtig los, aber ich atme tief durch und fahre mit der Arbeit fort.
Ich sehe nach, ob das Wasser schon kocht.
Ich hole das Abtropfsieb aus dem Schrank.
Ich lege den Parmesan und die Reibe auf einen Teller.
Na also, geht doch!
Gerade als ich das denke, wird die Tür aufgestoßen. Ich spüre bloß einen leisen Windhauch und drehe mich um. Es ist die Schönheit. Zum Glück nur die Schönheit!
„Hi", sagt sie und lächelt mich an. Als wären gestern Abend nicht all die peinlichen Dinge passiert.
„Hi", erwidere ich und versuche ebenfalls ein klein bisschen nett zu gucken.
Sie tritt neben mich und schaut in den Topf mit der köchelnden Soße.
„Oh, darf ich mal probieren?"

„Nein, das muss meine Mutter erst abschmecken", lüge ich. „Ist noch kein Salz dran." Ich stelle mich so vor den Herd, dass sie keine Chance hat, einen Löffel hineinzutunken. Sonia schnappt sich die bereitliegende Spaghettipackung und betrachtet sie wie einen aus dem All herabgestürzten Meteoritenbrocken.

„Ihr esst richtig italienische *Pasta*?"

„Klar. Wir essen auch italienische Tomaten und italienischen Parmesan, und die Zitronen, die wir kaufen, wachsen auch nicht hier an den Bäumen."

Okay, ich habe es ein bisschen giftig gesagt, aber die Schönheit lacht bloß und tänzelt ballettös durch die Küche.

„War's gestern noch nett mit deinem Freund?"

„Hm", nuschele ich. *Bitte nicht rot werden, bitte nicht rot werden, bitte nicht rot werden,* sage ich wie ein Mantra auf und der Hitzeflash bleibt zum Glück aus.

„Was habt ihr denn noch gemacht?"

„Nichts weiter. Nur gechillt."

Und weiter geht es mit den Lügen. Sonia fragt, ob er auf meine Schule geht, was ich verneine. Sie will wissen, wie lange wir schon zusammen sind (zwei Monate) und ob ich vorhabe länger mit ihm zusammenzubleiben.

Ich drehe mich nach ihr um. „Wie meinst du das? Hat man das nicht immer vor, wenn man mit jemandem zusammen ist?"

„Keine Ahnung, ich hatte noch nie einen Freund“, antwortet sie. Ihre entwaffnende Ehrlichkeit überrascht mich.
„Du veräppelst mich.“
„Nein!“ Sie blickt mich zerknirscht an. „Findest du das schlimm?“
Nein, schlimm ist es nicht. Nur peinlich. Jedenfalls laut Aussage meiner Klassenkameradinnen.
Natürlich kann ich ihr das so nicht sagen und murmele: „Quatsch, wie kommst du darauf?“
„Du guckst so ... entsetzt.“
Die Tomatensoße produziert kleine blubbernde Geysire und ich rühre rasch um. Ja, ich gucke entsetzt. Weil ich es einfach nicht fassen kann – eine Schönheit wie sie müsste doch eine kilometerlange Schlange an Bewerbern haben. Und weil meine Lüge unter diesen Vorzeichen umso schlimmer ist. Wie einfach wäre es, wenn ich jetzt sagen könnte, dass auch ich noch nie geküsst habe und schrecklich darunter leide, weil fast alle in meiner Klasse es schon getan haben und ich nicht als alte Jungfer enden möchte. Und dann könnten wir uns gegenseitig trösten und vielleicht, also wirklich nur vielleicht, würden die Schönheit und ich uns sogar richtig gut verstehen.
Doch der Weg ist jetzt verbaut.
„Schon klar“, sagt sie. „Die meisten reagieren so, wenn ich das erzähle.“

Ich schüttele ungläubig den Kopf.
„Niemand kann verstehen, dass mir das Tanzen so wichtig ist. Wichtiger als alles andere. Okay, dann lass ich dich mal kochen."
Schwupp huscht sie aus der Küche und ich bleibe ratlos zurück.
Kurz darauf steckt Mama ihren Kopf durch die Tür. „Liv, willst du nicht mal Angelo Guten Tag sagen? Er ist im Wohnzimmer."
Rums setzt sich der Magenfahrstuhl in mir in Gang. Nein, das will ich nicht! Ich will ihn überhaupt nie wiedersehen.

„Ich muss kochen, Mama!", stoße ich hervor.
Sie kommt zu mir rüber und streicht mir übers Haar. „Danke, dass du das für mich machst. Das ist richtig lieb von dir."
Ihr Lächeln ist so megahappy, dass ich ein total schlechtes Gewissen bekomme, mich eben noch am Chili vergriffen zu haben.
Knappe zwanzig Minuten später ist es so weit. Die Spaghetti sind *al dente*, also mit Biss, gekocht; die Soße habe ich nicht mal probiert. Wird schon schmecken, beruhige ich mich, während ich die Schüssel ins Wohnzimmer trage. Feurige Italiener mögen feurige Soßen. Und falls nicht, gibt es ein paar Straßen weiter eine Currywurstbude.
Angelo steht in seiner Lederjacke am Fenster und guckt auf die Straße.

„Hallo“, sage ich zum Lederjackenrücken und stelle die Schüssel auf den Tisch.
Angelo dreht sich um (Himmel, wie gut er aussieht!), haucht ein leises *Ciao* (mein Magen gerät jetzt richtig in Wallung), lächelt knapp, es ist fast nur ein Zwinkern, dann blickt er wieder hinaus. Okay, das war eindeutig. Er ist immer noch sauer wegen gestern. Oder genervt von mir. Oder er findet mich einfach nur *egal* und wünscht sich, dass das Nudelessen bei uns so schnell wie möglich vorüber ist.
„Hm, sieht das gut aus!“, sagt Roberto.
„Und was gibt es als *secondo*?“, will Sonia wissen, während wir uns alle um den Tisch quetschen. Er ist einfach zu klein für fünf Leute! Da fallen fast die Teller runter.
„Secondo?“, fragt Mama. „Du meinst, einen zweiten Gang?“
Sonia nickt.
„Ähm, es gibt nur die Nudeln.“
„Ach so.“ Sie wirkt enttäuscht. „Wir essen danach immer ein Stück Fleisch oder Fisch mit einer Beilage. Sonst wird man ja nicht richtig satt.“
Mama guckt mich an und ihr Blick schwankt zwischen verzweifelt und hoffnungsfroh. Vielleicht glaubt sie ja, ich hätte mir heimlich eine komplette Menüfolge ausgedacht und im Ofen würde noch ein halbes Lamm schmoren.
Roberto lächelt betreten. „Na komm, Sonia, wir essen auch nicht immer ein *secondo*.“

„Dann gibt es vorher aber *antipasti*“, schaltet sich Angelo mit seiner leicht heiseren Stimme ein.

Wow! Der Hammertyp kann ja doch mehr als ein Wort am Stück sagen. Nur den arroganten Blick hätte er sich sparen können. Wenn er was anderes essen will, soll er doch ins Restaurant gehen.

„Und Nachtisch gibt es auch immer bei euch?“, frage ich.

Mr Smart lächelt sein eingefrästes Dauerlächeln. „Nein, nur am Wochenende.“ Und zu den Zwillingen sagt er: „In Deutschland isst man Pasta als Hauptgericht. Das wisst ihr doch.“

„Bitte, langt zu“, sagt Mama. „Bevor alles kalt wird.“

„Grazie.“ Mr Smart greift nach dem Löffel. Er füllt erst Mama, dann mir und den Zwillingen, als Letztes sich selbst auf. „Wer von euch hat denn nun eigentlich gekocht?“, erkundigt er sich.

„Mama“, sage ich.

„Liv mit meiner Hilfe“, verbessert Mama mich.

„Seid ihr euch immer so einig?“ Robertos Grinsen wird breiter.

„Guten Appetit“, übergeht Mama seine Bemerkung, nimmt Gabel und Löffel zur Hand und wickelt ein paar Spaghetti auf.

Sonia beobachtet sie dabei und kichert unterdrückt.

„Was ist denn, Sonia?“, fragt Mama arglos.

„Nichts." Sie kichert lauter.
Mr Smart greift zur Gabel und erklärt, dass man in Italien zum Aufwickeln der Nudeln keinen Löffel nimmt und dies für seine Landsleute immer ein bisschen komisch aussieht. So wie Asiaten es lustig finden, wenn man um eine Gabel bittet.
Mama lässt sich nicht beirren und schiebt sich eine Ladung voll in den Mund. Ihre Kauwerkzeuge geraten in Bewegung, sie stockt, reißt die Augen auf, kaut weiter, guckt zu mir rüber, schluckt, dann fängt sie an zu husten und zu japsen. „Huuhhhhh! Scharf!" Sie kippt Wasser nach, aber auch das scheint es nicht besser zu machen.

„Kein Problem", meint Mr Smart. „Ich liebe scharfes Essen." Doch auch ihm treibt meine Tomatensoße die Tränen in die Augen und er hustet hinter vorgehaltener Hand.
Ebenso Angelo. Nur das zarte Blümchen Sonia isst ihre Spaghetti, ohne mit der Wimper zu zucken. Ausgerechnet! Am liebsten würde ich gar nicht erst probieren, aber ich kann mich nicht länger drücken und nehme einen Happen. Hilfe! Am liebsten würde ich alles wieder ausspucken. Die Nudeln sind nicht scharf, sie sind auch nicht höllisch scharf. Wenn man ehrlich ist, sind sie ungenießbar. Aber das habe ich mir selbst eingebrockt, jetzt hilft kein Jammern.
„Sehr interessante Pasta-Kreation", meint Roberto, nach-

dem er wieder zu Luft gekommen ist. Im Sekundentakt tätschelt er Mamas Hand. „Das nennt man dann wohl italienisch-thailändische Fusion-Küche."

„Tut mir leid, Roberto. Da ist wohl was schiefgegangen. So scharf essen wir normalerweise nicht." Mamas bitterböser Blick streift mich im Sekundenbruchteil. „Also, wenn ihr wollt ... Ich kann eine Pizza in den Ofen schieben oder ..." Ihre Stimme wird immer dünner. „Vielleicht mag jemand von euch auch einfach nur ein Knäckebrot mit Käse?"

„Wieso, schmeckt doch", sagt Sonia und schaufelt weiter die scharfen Nudeln in sich hinein. Entweder will sie uns alle veralbern oder mit ihren Geschmacksrezeptoren ist etwas nicht in Ordnung.

Angelo ist anständig genug, ein paar Bissen runterzubringen, dann legt er die Gabel ab und klickt sein anscheinend noch funktionstüchtiges Handy unter dem Tisch auf. Alles klar. Bestimmt schreibt er sich wieder mit der knusprigen Blondine, die es nicht eine Sekunde ohne eine Nachricht von ihm aushält.

Wie schon beim Pizzaessen bestreiten Mama und Mr Smart die Unterhaltung. Es geht um Bücher, um die Herkunft des Namens Maroncelli (so heißen die drei mit Nachnamen), aber ich höre bloß mit halbem Ohr hin. Mich interessiert das alles nicht besonders. Ich bin vielmehr damit beschäftigt, Angelo verstohlen aus dem Augenwinkel zu scannen.

Ab und zu blickt er von seinem Handy auf und in diesen mikrokurzen Momenten kreuzen sich unsere Blicke. *Rums* macht es dann jedes Mal in meinem Magen und das sind nicht die scharfen Nudeln. Ob er mich gerade mit der schönen Blondine vergleicht? Oder guckt er einfach nur so, also quasi aus Versehen zu mir rüber? Oder weil er wegen der Sache mit dem Handy immer noch so schrecklich sauer auf mich ist?

Bis auf den dürren Vielfraß Sonia isst niemand auf. Das ist auch kein Wunder. Denn sonst müssten wir jetzt alle wiederbelebt werden.

Kurz darauf in der Küche – wir räumen rasch die Teller in den Geschirrspüler – schließt Mama die Tür und zischt mir ins Ohr: „Jetzt sag bitte nicht, das war Absicht."

Weil mir keine schlüssige Erklärung einfällt, zucke ich mit den Achseln.

„Ich verstehe dich wirklich nicht, Liv."

Oh weh. Drama-Stimme.

„Willst du unseren Besuch vergraulen?", fährt sie fort. „Ist es das?"

„Nein", erwidere ich und denke, das ist nun echt gelogen. Von mir aus kann die Italo-Gang besser jetzt als gleich verschwinden. Und es wäre auch gut, wenn sie sich hier nie wieder blicken ließe. Aber wenn ich das Mama so sage, dreht sie komplett am Rad.

„Das ist unfair, Liv.“ Sie sieht aus, als würde sie gleich losheulen. „Ich hab mich auf dich verlassen.“

„Ich weiß.“ Ich sacke immer mehr in mir zusammen.

Liv, du bist eine miese Tochter.

Am besten gibt deine Mutter dich zur Adoption frei.

„Ich weiß? Das ist alles?“

„Es tut mir leid, Mama! Ich war einfach sauer … Und dann sind aus zwei Chilischoten eben fünf geworden.“ Ich schnappe nach Luft. „Und als ich gemerkt habe, was passiert ist, war es schon zu spät.“

Meine Mutter nickt. Und presst die Lippen zusammen. Und sieht immer noch so aus, als würde sie mich am liebsten auf den Mond befördern.

Ich mag es nicht, wenn Mama meinetwegen so unglücklich ist. Da bin ich es automatisch auch. Im nächsten Moment treffe ich eine Entscheidung. Eine, die mich ziemlich viel Überwindung und auch Mut kostet.

„Kommst du mal?“ Ich nehme sie an die Hand und ziehe sie rüber ins Wohnzimmer. In den Raum, den ich heute eigentlich nicht mehr betreten wollte. Die Schönheit macht gerade abartige Dehnübungen am Schrank. Ihr linkes Bein klebt an ihrer Nase und es scheint ihr nicht mal wehzutun. Angelo und Roberto unterhalten sich leise auf Italienisch.

Mein Herz klopft wie verrückt, als ich mich räuspere.

„Ähm, hört ihr bitte mal kurz her?“

Alle drei gucken gleichzeitig in meine Richtung. Mr Smart lächelt, die Schönheit schaut überrascht (das Bein klebt weiterhin da, wo es anatomisch betrachtet nichts verloren hat), Angelos Blick ist überhaupt nicht zu deuten. Irgendwas zwischen *Was will die denn jetzt schon wieder?* und *Mein Leben ergibt erst wieder einen Sinn, wenn ich bei meiner knusprigen Blondine in Italien bin.*

„Meine Mutter kann nichts dafür, dass die Soße so scharf war", erkläre ich mit wackeliger Stimme. „Ich bin schuld. Weil ... weil ..."

„Ihr ist die Chili-Tüte gerissen", kommt Mama mir so überraschend zu Hilfe, dass mich eine Welle der Rührung überrollt. Wie lieb von ihr! Und das, obwohl ich sie so herb enttäuscht habe!

Während die Schönheit leise losgluckst, meint Roberto: „Alles gut, Liv. Es hat geschmeckt und wir sind auch satt geworden."

„Aber vielleicht passt noch ein kleiner Nachtisch?", frage ich. Die Idee ist mir ganz spontan gekommen.

„Oh ja!" Sonia bringt jetzt das andere Bein an ihre Nase. Gut, dass ihre Jeans dabei nicht platzt. „Ich liebe *dolci.* Ich könnte den ganzen Tag welche essen."

Und weil auch Mr Smart und Mama, ja selbst Angelo freudig nicken, erspare ich mir weitere Erklärungen, flitze zurück in die Küche und checke den Kühlschrank. Okay. Eier sind da, Mascarpone und Quark ebenfalls. Schokolade ist im Vorratsschrank und in der Obstschale liegen duftende Erdbeeren. Mit ein bisschen Fantasie – und die habe ich, wenn es ums Kochen geht – lässt sich daraus eine leckere Erdbeer-Mascarpone-Creme zaubern.

Ich lege also los, quirle und rühre, bin ganz in meinem Element. Es dauert nicht lange, dann verteile ich schon die diesmal perfekt abgeschmeckte Creme auf fünf Schälchen. Ab damit ins Gefrierfach. Solange die Süßspeise runterkühlt – sie soll nicht gefrieren, aber anfrieren –, säubere ich die Erdbeeren und zerkleinere eine Tafel Bitterschokolade, danach heißt es nur noch warten. Ich vertreibe mir die Zeit, indem ich Mamas Laptop hochfahre und ein bisschen herumsurfe. Wie heißt das Sahneschnittchen noch gleich mit Nachnamen? Maroncelli. Angelo Maroncelli. Was für ein wunderschön klingender Name!

Automatisch geben meine Finger ihn in die Suchmaschine ein. Mein Herz hämmert, als die Ergebnisse ausgespuckt werden. Es gibt nur einen Angelo Maroncelli und der ist bei Facebook. Kaum hat sich seine Seite aufgebaut, bleibt mir für einen Minimoment die Luft weg. Es ist der Angelo. Der Hammertyp, der nebenan im Wohnzimmer hockt und auf den Nachtisch wartet. Er sieht so megasüß aus, fast noch besser als in natura. Nugatbraune Augen … Dichte Wimpern … Aber das Schönste ist dieses Wow-Lächeln, das meinen Magenfahrstuhl immer und überall in Gang setzt. In Windeseile klicke ich mich durch die Fotogalerie. Angelo in inniger Umarmung mit seiner Schwester. Angelo in einer Gruppe Jugendlicher beim Biertrinken. Angelo mit einem Skateboard unter dem Arm. Angelo (mit viel kürzeren Haaren) auf einem Fischerboot. Angelo auf einer Party beim Tanzen. Ich scrolle schneller, suche nach der Blondine, nach dem ultimativen Beweisfoto, das muss ich mir jetzt geben, da höre ich ein Geräusch in meinem Rücken und fahre herum.

Angelo.

Der lebendige Hammertyp steht hinter mir und klimpert mit seinen langen Wimpern.

Wie peinlich ist das denn! Ich glaub, ich fall tot um!

Ich stalke ihn im Internet und lasse mich dabei auch noch erwischen! Garantiert denkt er jetzt, dass ich in ihn verknallt bin. Ein Vulkan bricht in meinem Magen aus. Der Magenfahrstuhl war gestern.

Angelo grinst. Also, nur ein kleines bisschen, sodass sich seine Mundwinkel nur ganz leicht heben. Aber es ist so etwas wie ein Grinsen.

„Äh, hi“, sage ich und klappe den Laptop zu.

„Steht da was Spannendes über mich?“ Er fragt das ganz normal, ohne jeden Sarkasmus in der Stimme.

„Weiß nicht?“ Ich stottere, dass ja immer weniger Leute

bei Facebook anzutreffen seien, obwohl das so gesehen ziemlich praktisch sei, also, falls man sich mal austauschen wolle oder so ... Meine Stimme wird immer leiser, immer verwaschener, bis mir gar nichts mehr einfällt.

„Bist du auch bei Facebook?", fragt er.

Inzwischen starre ich ihn ausdruckslos an.

Ich nicke. Klar bin ich das. Allerdings als Karteileiche. Ich checke bloß hin und wieder die Fotos von irgendwelchen halbwegs interessanten Jungs. Stichwort Justus. Und wenn ich schon dabei bin, gehe ich auch die Fotos meiner potenziellen Konkurrentinnen durch. Stichwort Nastja Elena Schulz. Und dann komme ich ganz übel drauf, weil ich im Vergleich so megaschlecht abschneide.

Angelo lächelt breiter. „Dann kannst du mir ja eine Anfrage schicken. Oder ich dir."

Blush! macht es und eine Armee roter Blutkörperchen marschiert Richtung Wangen.

Nicht rot werden! Bitte nicht rot werden!

In zwei Sätzen bin ich am Kühlschrank, reiße das Gefrierfach auf und tauche einen Moment in der Kühle ab.

„Äh, Liv?"

„Ja?" Ich nehme ein Nachtischschälchen heraus und prüfe die Konsistenz der Quark-Mascarpone-Creme. Sie ist jetzt leicht angefroren. Perfekt. Nur noch mit Erdbeeren und Schokostückchen verzieren und ich kann sie servieren.

„Du hast da was verloren“, spricht die Rums-in-den-Magen-Stimme weiter.
Ich drehe mich um und sehe, dass Angelo auf den Kachelboden deutet. Automatisch folge ich seinem Blick.
Oh no, warum befinde ich mich nicht gerade auf einer Weltreise? Im Urwald? Auf hoher See? Abgeschnitten von jeglicher Zivilisation?
Weil das hier die Realität ist, Liv!
Okay, dann sterbe ich lieber.
Auch gut. Aber heb vorher noch das Ding da vom Boden auf.
Zwischen Tischbein und geöffneter Kühlschranktür liegt der Tampon, den ich heute Morgen Pauline gemopst habe. Er muss mir aus der Hosentasche gerutscht sein.
Hastig bücke ich mich danach und lasse ihn beschämt in meine Jeans gleiten. Dass ich Angelo gestalkt habe und er mich dabei erwischt hat, ist schlimm genug. Aber der Tampon – das ist der Mega-Gau.
„Äh, danke“, sage ich mit brüchiger Stimme. „Geh doch schon rüber. Gleich gibt's Nachtisch.“
Angelo grinst, klemmt sich die Locken hinter die Segelohren, dann trottet er hinaus und ich beiße mir auf die Faust. Nur für den Fall, dass ich gleich laut losschreie. Denn das könnte passieren, wenn ich mich nicht zusammenreiße.
Den Nachtisch überstehe ich noch mit Würde – allen scheint es bombig zu schmecken –, danach verabschiede

ich mich unter dem Vorwand, dringend für eine Deutschklausur lernen zu müssen. Das mit der Klausur stimmt tatsächlich. Allerdings bin ich überhaupt nicht in der Verfassung, irgendwas zu lernen und gar zu behalten. Ich haue mich einfach aufs Bett, stecke mir die iPod-Stöpsel in die Ohren und gebe mir selbst das Versprechen, den Italienern, solange sie noch in meinem Dunstkreis herumschwirren, nicht mehr unter die Augen zu treten.

Donuts? Macarons? Cupcakes?

Am nächsten Tag ist der Spuk vorüber. Sie sind weg. Auf und davon. Und ich mache innerlich drei Kreuze.

Mr Smart hat sich gestern Abend kaum von Mama losreißen können. Ein schreckliches Geflöte und Geschnäbel war das bei der Verabschiedung auf dem Flur. Dabei habe ich nur minikurz meinen Kopf durch die Tür gesteckt, *Ciao* gesagt und mich gleich wieder zurückgezogen, um Pauline und Franzi über das Neueste vom Neuen zu informieren. Inklusive aller Peinlichkeiten. Das war das Einzige, wozu ich überhaupt noch imstande war. Das Sahneschnittchen-Lächeln habe ich mit in den Schlaf genommen.

Ciao, Angelo. Vielleicht sehen wir uns im nächsten Leben wieder.

Nein, ich werde ihm keine Facebook-Anfrage schicken. Und wenn er es auch nicht tut, weiß ich sowieso, woran ich bin.

„Wie fandest du sie denn?", fragt Mama, als ich mein Pausenbrot einstecke. Vollkornbrot mit Avocado, Schafskäse und Tomate. Garantiert wollen Franzi und Pauline was davon abhaben.
Beim Frühstück haben wir nur das Nötigste geredet. Wie sonst auch. Mama hat morgens meistens schlechte Laune und das Morgenmuffel-Gen ist leider auch auf mich übergesprungen. Meistens tauen wir erst so gegen Mittag auf, dafür quatschen und lachen wir dann aber wie beste Freundinnen.
„Wen? Sonia?"

„Alle drei."
Ich überlege. „Nett."
„Komm, ehrlich. Du kannst es mir ruhig sagen."
„Wenn ich nett sage, meine ich auch nett. Also, Mr Smart ist nett."
„Und die Zwillinge?"
„Mama, ich muss los. Vielleicht schreiben wir einen Vokabeltest und ..."
„Du magst sie nicht."
„Das habe ich nicht gesagt. Ich kenne sie ja kaum." Ich stehe auf und schlüpfe in meine Sneakers. „Sonia ist ein bisschen eingebildet, oder?"
„Findest du?" Mama sieht ehrlich überrascht aus.
„Mit ihren Dehnübungen wollte sie doch nur angeben."

Mama schüttelt den Kopf. „Sie darf einfach nicht pausieren. So hat sie uns das erklärt."
„Allein das zu sagen ist doch Angeberei. Und so viel, wie sie in sich reinstopft ... Wahrscheinlich steckt sie sich nach dem Essen den Finger in den Hals, um so dünn zu bleiben."
„Tut sie nicht. Sie kommt nach ihrem Vater. Der war auch immer so ein Hering und hat Unmengen verdrückt."
Die Tasche geschultert marschiere ich aus der Küche. Mama kommt hinter mir hergelaufen.
„Und Angelo? Wie findest du den?"
Eine kleine *Wusch*-Welle bricht sich in meinem Magen, ich kann nichts dagegen tun. Aber ich tue völlig unbeteiligt und streife mir meine Jacke über.
„So lala."
Mama öffnet lächelnd die Tür. „Aber er sieht schon verdammt gut aus, das musst du zugeben."
„Ein bisschen zu gut. Und das weiß er auch."
Mama streicht mir über die Haare. Ihr Blick ist nicht zu deuten.
„Das war übrigens sehr lieb von dir, dass du noch den Nachtisch gezaubert hast. Danke, mein Schatz." Sie gibt mir ein Küsschen. „Wir sehen uns heute Abend?"
Ich nicke und schenke ihr ein Lächeln. Ein aufrichtiges, ehrliches Tochter-Lächeln. Und mit dem coolen Gefühl, endlich mein altes Leben wiederzuhaben, laufe ich zum Bus.

Justus.
Er steht am Schultor, reckt sich auf die Zehenspitzen und hält nach irgendwem oder irgendwas Ausschau. Alles klar: Er wartet auf Nastja Elena Schulz, die blöde Kuh.
„Hi, Liv!“ Er hebt die Hand. „Wie geht’s denn so?“
„Äh, gut?“ Ich bleibe kurz stehen. Bin einfach nur baff, dass er mich anspricht. Oder will er sich wieder Geld von mir pumpen, das ich dann nie wiederkriege?
Ein paar Atemzüge lang stehen wir uns schweigend gegenüber, ohne dass meine Beine kaugummiweich in sich zusammensacken. Es macht auch nicht *wusch* in meinem Magen und mein Herz trommelt nicht los. Justus’ Gegenwart fühlt sich einfach nur ganz normal an, wie bei jedem x-beliebigen Klassenkameraden. Tom Löscher zum Beispiel. Der rechts von mir sitzt und immer einen netten Spruch auf den Lippen hat. Oder Maximilian, der Klassenclown. Es ist, als wäre der Justus-Bann gebrochen. Als habe sich die Anziehungskraft, die er wochenlang auf mich ausgeübt hat, einfach in Luft aufgelöst.
Justus kratzt sich verlegen am Kopf. „Ich hab ein Problem.“
Toll, denke ich, interessiert mich aber nicht. Stattdessen sage ich: „Aha? Und was für eins?“
„Du kannst doch so gut kochen und backen.“

„Und damit hast du ein Problem?“

Justus lacht schallend auf. Für einen Sekundenbruchteil blitzt das alte Gefühl in mir auf und ich denke, er findet mich doch ziemlich gut. Weil ich witzig bin. Und weil das viel mehr wert ist, als einfach nur eine gut aussehende Blondine mit meterlangen Beinen zu sein.

„Nein, natürlich nicht, ich wollte nur ...“ Er bohrt die Spitze seiner Sneaker in den Asphalt. „Du hast ja vielleicht mitgekriegt, dass ich mit Nastja zusammen bin.“

„Echt? Wow!“ Ja, wow! Was bin ich nur für eine begnadete Schauspielerin.

Justus nickt. „Ich will sie überraschen. Mit was Leckerem. Zum Essen, verstehst du?“

Ja, das kriege ich intellektuell gerade noch auf die Reihe.

„Es gibt da doch so leckere bunte Kuchen“, fährt Justus fort.

„Donuts? Macarons? Cupcakes?“

Justus glotzt mich mit starrem Fischblick an. Alles klar, er hat nicht die geringste Peilung.

„Egal, ich weiß nur nicht, wie man so was macht, und dachte, vielleicht kannst du mir helfen. Ich bezahle dir natürlich das Mehl und den Zucker und so. Auf jeden Fall soll das Zeug wie selbst gebacken aussehen. Wäre toll, wenn’s in Herzform wäre.“

Ich starre Justus an. Ich soll für mein Ex-Schwarm ... Pardon ... für Nastja Elena Schulz Liebesgebäck backen? Und

Justus will mir das Geld für Mehl und Zucker und knallbunte Streusel geben? Hammer! Na, das ist ja mal ein Angebot!
Ich starre weiter, vielleicht fällt bei ihm ja doch noch der Groschen. Und er fällt. Wenn auch in Zeitlupe.
„Okay, ich spendiere dir dann auch mal eine Cola", bringt er mühsam über die Lippen.
Das wird ja immer besser.
„Gebongt", erkläre ich. „Dann helfe ich dir natürlich."
„Echt?" Justus breitet seine Arme aus, als wolle er mich an sich drücken. Tut er zum Glück aber nicht.

„Google", fahre ich fort und hoffe, ich sehe mindestens so schlau aus wie Franzi, wenn die ihre Psychoreden schwingt.
„Häh?"
„Du kennst doch die Suchmaschine."
Er nickt.
„Prima. Da gibst du *Cupcake* ein. Oder *herzförmiger Kuchen*. Oder: *Backen für Volltrottel*."
Während meine Ansage noch Wort für Wort in sein Bewusstsein sickert, klopfe ich ihm kumpelhaft auf die Schulter und lächele zuckersüß, dann mache ich die Biege. Bloß schnell weg von diesem unterbelichteten Typen.
Erfreulicherweise sitzen Pauline und Franzi bereits auf ihren Plätzen, als ich hechelnd in die Klasse platze. Es tut gut zu wissen, dass sie einfach da sind. Meine besten Freundin-

nen. Die mir immer tröstend zur Seite stehen, so schlimm es auch kommen mag. Stöhnend lasse ich meinen Kopf auf die Tischplatte rumsen und sage nur ein Wort: „Justus."

„Was ist mit dem?", fragt Pauline, aber ich hebe mir alle Einzelheiten für die große Pause auf.

Die Doppelstunde Englisch bringe ich im komatösen Dämmerzustand hinter mich. Kaum klingelt es, zischen Franzi, Pauline und ich eingehakt in die Cafeteria. Bei einem XXL-Schokoriegel (der muss heute sein) erzähle ich von der Unterhaltung mit Justus. Ich wiederhole Wort für Wort, was er von sich gegeben hat. Seine Mimik und meine Antworten inklusive.

„Ich fasse es nicht!", schimpft Franzi. „Sein Frauenbild stammt ja wohl noch aus dem letzten Jahrhundert."

Pauline pflichtet ihr bei. „Wetten, der würde am liebsten auf die Jagd gehen, während sein Frauchen zu Hause die steinzeitliche Herdplatte anschmeißt?"

Ich schaffe nur ein kleines, verunglücktes Grinsen. Wenn es nicht so schrecklich traurig wäre, wäre es tatsächlich lustig.

„Cool, Liv!" Franzi klopft mir auf die Schulter. „Dem hast du's gezeigt. Was denkt der eigentlich, wer du bist? Seine Kochmamsell?"

Pauline beißt kichernd in einen Apfel. „Sei froh, dass du an dem Trottel vorbeigeschrammt bist. Stell dir vor, du wärst jetzt mit ihm zusammen und er würde ..." Sie lässt ihren Blick schweifen und bleibt an Nastja hängen, die in diesem Moment in die Cafeteria stöckelt. „... die da bitten, ein feuriges Liebesgulasch für dich zu kochen."

Sie hat recht. Schade, dass ich nicht eher wusste, wie hirnlos Justus tatsächlich ist. Dann hätte ich mir die monatelange Schwärmerei ersparen können.

„Und Angelo?" Franzi holt eine Möhre aus ihrer Brotbox.

„Der ist Schnee von gestern."

„Wirklich?" Pauline runzelt ungläubig die Stirn. „So verknallt, wie du warst?"

Ich zucke mit den Achseln. Irgendwie weiß ich gar nichts mehr. In mir tut sich gerade ein gähnendes schwarzes Loch auf. Vielleicht eine verschärfte Form von Liebeskummer?

Franzi blickt mich immer noch forschend an. „Willst du Rat von einer Expertin? Gefühle lassen sich nicht von jetzt auf gleich ausschalten."

„Ich weiß, aber ..."

Justus schlendert Arm in Arm mit Nastja Elena an uns vorbei und ich breche mitten im Satz ab. Es fehlt noch, dass der Trottel etwas von meiner aktuellen Gefühlslage mitbekommt.

Kaum ist das Dreamteam vorüber, fahre ich fort: „Dann ist es eben so. Trotzdem will ich Angelo besser nicht mehr wiedersehen."

„Warum denn nicht?“, will Franzi wissen. „Weil er jetzt weiß, dass du dich für ihn interessierst? Das ist doch nur praktisch. Da ersparst du dir diese ganze Anbaggerphase.“
„Ich hab mich nur kurz für ihn interessiert, jetzt nicht mehr“, murmele ich. Dass ich heute Morgen im Bad kurz seine Facebook-Fotos gecheckt habe, verschweige ich lieber.
„So, so.“ Franzi grinst und ihre beneidenswert weißen Beißerchen leuchten.
Ich hole tief Luft und erkläre: „Erstens: Er ist der Sohn von Mamas Lover. Zweitens: Er lebt in Italien. Drittens: Er hat eine supertoll aussehende Freundin.“
„Ja und?“, entgegnet Pauline. „Er wäre ja wohl nicht der Erste, der mit seiner supertoll aussehenden Freundin Schluss macht, weil er sich in ein anderes supertoll aussehendes Mädchen verliebt hat.“
„Ich sehe aber nicht supertoll aus.“
Franzi stöhnt genervt auf. „Ich kann’s nicht mehr hören! Wieso müssen sich Mädchen eigentlich immer auf ihr Äußeres reduzieren? Es kommt auf den Charakter an!“
„Nee, schon klar“, erwidere ich. „Jungs stehen null auf schöne Mädchen, Hauptsache, der Charakter stimmt. Deswegen ist Justus ja auch mit Nastja Elena Schulz zusammen.“
„Umgekehrt ist es doch genauso“, sagt Pauline grinsend.

„Oder stehen Mädchen etwa nicht auf gut aussehende Typen?"
Da ist etwas Wahres dran. Auch ich habe mich in das Sahneschnittchen verguckt, weil er so hammertoll aussieht. Eigentlich kenne ich ihn ja gar nicht.
Wir tanken eine Dosis Frischluft auf dem Pausenhof, dann kehren wir in die Aula zurück. Mein Blick fällt auf einen Aushang am Schwarzen Brett.

Kochen ist einfach! Kochen macht Spaß! Kochen ist crazy!
Richtig, wir suchen genau dich:

Du bist zwischen dreizehn und sechzehn und hast Lust auf ein spannendes Kochabenteuer? Du willst alles über die Zubereitung deiner Lieblingsspeisen wissen?
Dann schau bei uns vorbei: www.diekochwerkstatt333.de

Ich krame mein Handy aus der Tasche und gehe auf die Website des Veranstalters.
„Willst du da etwa mitmachen?", erkundigt sich Franzi neugierig.
„Na, logisch. Kommt ihr mit?"
Während Franzi eine Grimasse zieht, schüttelt Pauline ihre rotblonden Haare. „Also, ich esse echt gerne. Weißt du ja. Aber kochen ... nee!"
„Aber lass dich nicht von uns abhalten." Franzi klopft mir

auf die Schulter. „Für deine geistig-moralische Entwicklung ist es wichtig, dass du auch mal was alleine machst."
Das sehe ich ganz genauso. Außerdem will ich das Sahneschnittchen so schnell wie möglich vergessen. Was am besten gelingt, wenn ich mich wieder auf die wesentlichen Dinge im Leben konzentriere.
Liebesgefühle adieu. Hallo Kochtöpfe, ich komme!

Fischstäbchen mit Geheimgewürz

Es ist Montagnachmittag, meine erste Kochstunde in der Kochwerkstatt am Viktualienmarkt hat gerade begonnen und der Kursleiter Herr Winterkorn – ein Mann mit roter Knubbelnase und Lulatschfüßen – verteilt Schürzen. Mit mir im Kurs sind neun dreizehnjährige Mädchen (alle im Dauerkicher-Modus) und ein aschblonder Junge in meinem Alter.

Ich habe nichts gegen Dreizehnjährige, ehrlich nicht. Vor nicht allzu langer Zeit war ich selbst eine und Franzi ist der Meinung, dass Mädchen in der Pubertät einer schützenswerten Gattung angehören. Trotzdem hatte ich mir das irgendwie anders vorgestellt. Dass mehr Leute in meinem Alter dabei sind, mit denen ich auf Augenhöhe reden kann. Und dass etwas weniger herumgealbert wird. Aber ein Lachanfall jagt den nächsten, seit die Mädchen das Kochstudio betreten haben. Als sie sich die Schürzen umbinden, halten sich zwei von ihnen an den Schultern fest und tanzen kreischend umeinander.

Der Aschblonde und ich wechseln einen vielsagenden Blick. Wo sind wir hier bloß reingeraten?

Aber es soll noch schlimmer kommen.

„Was glaubt ihr denn, was wir heute kochen?“, fragt uns Herr Winterkorn, als wären wir noch Kleinkinder.

Ich deute ein Gähnen an. Ich glaube gar nichts. Außer, dass ich gleich die Krise kriege, wenn wir nicht endlich loslegen. Fürs Doof-Rumstehen habe ich nicht mein ganzes Taschengeld auf den Kopf gehauen und Mama gebeten noch etwas draufzulegen.

Die Mädchen rufen wild durcheinander:

„Pizza!“

„Schweinebraten!“

„Thai-Curry!“

„Pommes!“

„Spaghetti!“

„Grünkernbratlinge!“

„Irrenhaus?“, sagt der Junge leise in meine Richtung.

Ich nicke.

Er grinst.

Es ist ein nettes Grinsen mit einer kleinen Zahnlücke zwischen den Schneidezähnen. Aber das wirklich Beste an ihm ist, dass er älter als dreizehn ist.

„Ich bin Nick. Nick Becker. Beides mit ck."
„Liv", entgegne ich.
Nachdem jedes Kichermädchen gefühlte hundert Lieblingsgerichte hinausposaunt hat, sagt der Kursleiter: „Dann erlöse ich euch jetzt mal. Wir braten Fischstäbchen." Er blickt Beifall heischend in die Runde, aber niemand klatscht oder flippt vor lauter Begeisterung aus.
„Aber was müssen wir da denn groß kochen?", meldet sich eine pummelige Rothaarige zu Wort. „Fischstäbchen nimmt man aus dem Tiefkühlfach und wirft sie in die Pfanne."
„Tiefkühlfach!" Herr Winterkorns Zeigefinger schwenkt wie ein Scheibenwischer hin und her. „Das ist genau das richtige Stichwort. Ihr meint also, Fischstäbchen kommen aus der Tiefkühltruhe?"
„Nein, die wachsen an Bäumen!", rufe ich und habe die Lacher auf meiner Seite.
Der Kursleiter verzieht keine Miene. „Wir nehmen keine fertigen Fischstäbchen, wir bereiten sie selbst zu. Dazu benötigen wir ... was?"
„Ein Nashorn?", sage ich und wieder gackern alle.
Selbst Herr Winterkorn kann sich ein Grinsen nicht verkneifen. „Es käme auf einen Versuch an. Aber ich schlage vor, wir probieren es doch besser mit Fisch."
Dann geht es endlich richtig los. In einem theoretischen Teil erfahren wir, welche Fischsorten sich am besten eig-

nen (Seelachs oder Seehecht), wie man auch noch die allerletzte Gräte im Fisch aufspürt, welche Zutaten für eine perfekte Panade benötigt werden (gequirltes Ei, Mehl und Semmelbrösel) und in welcher Reihenfolge man den Fisch in die Zutaten tunkt. „Am besten brät man die fertig panierten Fischstäbchen in Pflanzenöl", kommt er zum Ende. „Da werden sie richtig schön kross."

Im Anschluss wird das Gelernte in die Praxis umgesetzt. Herr Winterkorn geht herum, er hilft, korrigiert und erklärt. Ich habe schon öfter frischen Fisch zubereitet und bin trotzdem ganz überrascht, wie wenig fischig dieser hier riecht. Er duftet nur ganz leicht nach Meer und Wind und einer Prise Fischkutter. Auch wäre ich niemals auf die Idee gekommen, die Gräten vorher mit einer Pinzette rauszupulen. Das ist nicht ganz einfach, aber es lohnt sich. Dann kann einem später keine im Hals stecken bleiben.

Nick hat den Kochplatz neben mir in Beschlag genommen und wir unterhalten uns leise bei der Arbeit. Während wir die Fischstücke durchs gequirlte Ei ziehen, danach im Mehl wenden und am Ende panieren, erzählt er mir, dass er nach seinem Realschulabschluss im Sommer eine Ausbildung zum Koch anfangen möchte und diesen Kurs zur Vorbereitung macht.

„Echt? Du willst Koch werden?"

„Ist das so abwegig?"

Ich schüttele den Kopf. „Im Gegenteil. Ich will auch Köchin werden. Also in ein paar Jahren, nach meinem Abi."

„Wow!" Nick strahlt. „Ich hab mir gleich so was gedacht. Du siehst aus, als hättest du's drauf."

Wir sind fast gleichzeitig mit den Vorbereitungen fertig und fangen mit dem Braten an. Es zischt und etwas Fett spritzt auf, als wir die Fischstücke in die Pfannen legen. Ein köstlicher Duft steigt mir in die Nase. Nicht zu vergleichen mit dem der Tiefkühlfischstäbchen, die Mama manchmal auf den Tisch bringt.

Nach etwa acht Minuten sind meine Fischstäbchen von beiden Seiten knusprig braun gebrutzelt, und weil Herr Winterkorn noch mit den anderen Mädchen beschäftigt ist, probiere ich schon mal. Fischstäbchen gehören eigentlich nicht zu meinen Lieblingsgerichten, aber diese hier sind der Hit.

Nick und ich tauschen kurz unsere Teller.

„Deine schmecken besser", stellt er mit gerunzelter Stirn fest.

„Nein, deine", widerspreche ich. Es ist die Wahrheit: Seine Portion ist viel pikanter gewürzt. Vielleicht hat er irgendein Geheimgewürz genommen.

„Das sagst du nur, weil du nett bist."

„Das sage ich, weil ich ehrlich bin."

„Okay, du willst dich mit mir streiten?"

Wir müssen lachen und ich bin megahappy, einen wie ihn im Kurs getroffen zu haben. Ich bin mir sicher, wir werden viel Spaß miteinander haben.
Herr Winterkorn kommt schmunzelnd zu uns rüber. „Also, das hab ich ja noch nie erlebt. Ein Pärchen, das gemeinsam kocht. Die meisten Jungs gehen doch lieber Fußball spielen."
Nick und ich gucken uns an und glucksen wieder los. Okay, ich nehme alles zurück, was ich über alberne Dreizehnjährige gesagt habe.
„Ihr seid doch zusammen?"
Ich schüttele den Kopf. „Wir haben uns eben erst kennengelernt."
„Oh, Verzeihung." Herr Winterkorn reibt sich peinlich berührt die Knubbelnase.
„Macht doch nichts", meint Nick. Dabei stößt er mir seinen Ellenbogen in die Seite und lächelt mich ein bisschen flirty an.
Ich zucke wie vom Blitz getroffen zurück. Nick ist ein wirklich netter Typ, und dass er meine Interessen teilt, ist super, aber ich habe bei ihm weder *Wusch-* und *Wumm*-Gefühle noch Hitzeflashs. Und das ist nur gut so. Aber zum Glück ist er schon wieder bei seinen Fischstäbchen und rettet die letzten vor dem Anbrennen.
Endlich sind auch die anderen Mädchen fertig und nach

einer Pause, in der wir reihum kosten, steht das Thema Dressing auf dem Programm. In Windeseile bereitet Herr Winterkorn zwei Salatsoßen zu. Die erste mit Sonnenblumenöl, Haushaltsessig und reichlich Zucker, die zweite mit teurem Balsamico-Essig, Olivenöl und vielen Kräutern. Danach sollen wir probieren und uns für unser Lieblingsdressing entscheiden.

Die gesüßte Soße finden die meisten Mädchen am leckersten, nur Nick, die pummelige Rothaarige, Herr Winterkorn und ich voten für das edle Dressing.

„Und was sagt uns das?“, fragt er mit verzweifelter Miene.

„Dass Mädchen süßer sind als Jungs?“, scherzt Nick.

Alles wiehert los. Langsam komme ich mir nicht mehr albern vor, mit den Dreizehnjährigen zu lachen.

„Nein, das besagt, dass ihr an Lebensmittel mit viel zu viel Zucker gewöhnt seid“, erklärt er. „Man kann die Geschmacksrezeptoren aber auch umgewöhnen und dann empfindet man vieles als zu süß.“

Das bezweifle ich, denn kaum ist der Kurs zu Ende, knistern überall Gummibärchentüten und Schokoriegel und es wird genascht, als gäbe es kein Morgen.

„Und? Wie fandst du’s?“, frage ich Nick beim Rausgehen.

Seine Schultern zucken auf und ab. „Erst Fischstäbchen und danach Salatdressing … Irgendwie die verkehrte Reihenfolge, oder?“

Ich nicke. „Wir hätten auch noch einen lauwarmen Kartoffelsalat oder ein Gratin machen können. Ich meine, wer isst denn schon Fischstäbchen ohne was dazu?"
„Wahrscheinlich will Herr Winterkorn die Mädchen nicht gleich überfordern. Die haben ja null Erfahrung." Nick lächelt sein sympathisches Zahnlückenlächeln. „Lust auf einen Crêpe? Ich hab jedenfalls noch Hunger."
Im Prinzip ist das keine schlechte Idee, auch ich könnte noch was vertragen, aber erstens will ich Nick keine falschen Hoffnungen machen und zweitens muss ich noch lernen. Also sage ich: „Keine Zeit, leider. Wir schreiben morgen Deutsch."
„Dann sehen wir uns nächste Woche?"
Er sagt das zum Glück ganz normal und ich antworte erleichtert: „Klar. Und dann zeigen wir dem Winterkorn, wo der Hammer hängt.

Popcorn und Gummibärchen

Ich liebe Samstage.

Samstag bedeutet ausschlafen, lange mit Mama frühstücken oder, falls sie Dienst hat, bei ihr im *Café Karamell* abhängen und in exotischen Kochbüchern schmökern. Gegen Mittag gehen Franzi, Pauline und ich manchmal eine Runde joggen – was nicht selten in irgendeinem Coffeeshop endet – oder wir ziehen durch die Läden und landen später ebenfalls im Coffeeshop.

Heute regnet es in Strömen und wir entscheiden uns für eine Shoppingtour durch die Stachus-Passagen. Franzi schießt so schnell in die Höhe, dass man ihr beim Wachsen zusehen kann. Gerade erst vor einem Monat hat sie eine neue Jeans bekommen, die auch schon wieder Hochwasser hat. Die Arme! Sie ist jetzt fast ein Meter achtzig groß und hat Angst, dass sie bald an die Decke stößt. Franzi, Pauline und ich sind ein wirklich bizarres Trio. Pauline ist mit einem Meter achtundfünfzig die Kleinste von uns, ich bin

seit etwa einem Jahr ein Meter siebzig groß und scheine auch nicht mehr zu wachsen.
Unsere Shoppingtouren laufen immer nach dem gleichen Schema ab: Franzi ist auf der Suche nach einem bestimmten Kleidungsstück, das sie meistens nicht findet, dafür kaufen Pauline und ich uns etwas, obwohl wir gar nichts brauchen. Pauline vorzugsweise eine pinkfarbene Klamotte oder Lipgloss, ich ein neues Produkt, das glatte Haare verspricht (was sich dann später als Betrug herausstellt), oder ein Buch.
So auch diesmal. Ich habe auf dem Grabbeltisch ein Kochbuch mit dem Titel *Das große Pasta-Buch* entdeckt und, ohne zu zögern, mitgenommen, Pauline hat für eine rosafarbene Jogginghose, die wie ein Babystrampler in Übergröße aussieht, zwölf Euro neunundneunzig auf den Kopf gehauen. Nur Franzi ist wieder mal leer ausgegangen und hat dementsprechend miese Laune. Und die lässt sie uns auch noch spüren, als wir schon im Untergeschoss im Coffeeshop sitzen und unsere Getränke vor der Nase haben. Pauline und ich eine Latte macchiato, Franzi eine heiße Schokolade.
„Wie heißt noch mal dein Kochfreund?", will Pauline wissen, während ich in meinem neuen Buch blättere.
„Nick."
„Und weiter?"

„Äh …“ Ich muss erst in meinem Hirn kramen, bevor es mir einfällt.

„Becker. Mit ck. Wieso?“

Pauline antwortet nicht, was mir nur ganz recht ist. Das Buch ist fast so spannend wie ein Krimi. Grünes Pesto, köstlich. Das Gericht stammt ursprünglich aus Genua, genau wie Angelo. Vielleicht blöd, dass ich mir ausgerechnet ein italienisches Kochbuch gekauft habe. Ich wollte nämlich nicht mehr an ihn denken und jetzt fällt er mir natürlich automatisch ein. Nein, er hat mir immer noch keine Freundschaftsanfrage geschickt. Das sagt doch alles … Ich bin es nicht mal wert, seine Facebook-Freundin Nummer vierhundertdrei zu werden.

Pauline schreit auf und ich gucke erschrocken hoch. Brennt es oder was ist los?

Doch sie grinst mich nur an und meint: „Ich weiß gar nicht, was du hast. Der sieht doch total süß aus. Richtig schnuckelig.“

„Häh? Wovon redest du?“

„Von Nick Becker mit *ck*.“ Pauline beugt sich über ihr Handy und scrollt mit dem Daumen rauf und runter. „Wow, voll der Waschbrettbauch! Aber so was von. Guck mal …“

Sie hält mir ihr Handy hin und zwingt mich, mir Nick mit ck in Badehose anzusehen. Dabei will ich das gar nicht. Es interessiert mich nämlich nicht. So wie mich auch nicht interessiert, wie Maximilian und Tom aus meiner Klasse in Badehose aussehen!

„Ja, toll“, entgegne ich.

„Nur toll? Solche Muskeln findest du nur toll?“

Ich zucke mit den Schultern. Muskeln sind wirklich das Letzte, worauf ich bei einem Jungen gucke.

„Er spielt Basketball“, plappert Pauline weiter. „Irre! Die haben richtig coole Turniere auf Landesebene gewonnen.“

„Jaaa, ist ja gut“, sage ich wie zu einem übermütigen Welpen.

Ich suche Franzis Blick. Vielleicht kommt sie mir netterweise mal zu Hilfe, aber sie hockt nur da und hadert mit ihrem *Ich-finde-keine-passende-Jeans*-Schicksal.

„Ich dachte ja nur ...“ Pauline klingt eine Spur eingeschnappt.

„Du tust ja geradezu so, als sei ich schwer vermittelbar und müsse den Erstbesten nehmen, der mir über den Weg läuft.“ Ich klappe das Kochbuch zu.

„Du wolltest doch immer jemanden zum Küssen und Sichverlieben. Oder sehe ich das falsch?“

Ja, sie ist eingeschnappt.

„Jetzt eben nicht mehr.“

„Nun lass sie doch“, schaltet sich Franzi ein. „Man kann auch seine Meinung ändern.“

Bevor das womöglich in eine Kabbelei ausartet, trinke ich

meine Latte aus und schlage vor, noch mal nach einer Jeans für Franzi zu gucken und danach ins Kino zu gehen.

„Sorry, keine Lust." Franzi kramt Kleingeld aus ihrer Hosentasche und legt es auf den Tisch. „Seid ihr mir böse, wenn ich nicht mitkomme?"

„Nein, aber wieso ...?", setze ich an, doch Franzi schlüpft schon in ihre Regenjacke, winkt mit dem kleinen Finger und läuft aus dem Café. Kein Küsschen wie sonst, kein *Wir schreiben uns dann, okay?*.

„Was ist denn mit der los?", will Pauline wissen. „Für Kino ist sie doch immer zu haben."

Ich zucke mit den Achseln. „Vielleicht ist heute einfach nicht ihr Tag. Kann ja mal passieren."

Pauline fängt an zu grinsen und kratzt die Milchschaumreste aus ihrem Glas. „Ich habe eine Idee, wie Franzi an eine neue Hose kommt."

„Aha?"

„Sie kriegt meine! Die Boyfriendjeans, die sie so cool findet."

„Sehr witzig. Und die soll sie dann als Bermuda-Shorts tragen, oder wie?"

„Ich nähe sie um!"

Pauline ist zwar eine geniale Schneiderin, aber ich habe keine Ahnung, wie sie aus einer 29er-Länge eine 34er machen will. Es sei denn, sie kann neuerdings zaubern.

„Franzi steht doch auf Hippiestyle."
Schon möglich. Im letzten Sommer ist sie tagein, tagaus in einem flatterigen bodenlangen Blumenkleid herumgelaufen, das angeblich aus den Beständen ihrer Großtante Hilde stammt.
Pauline erklärt, sie habe zu Hause einen Stoffrest mit einem wilden Siebzigerjahre-Muster, den könne sie als Schlag annähen.
Ich bin wenig begeistert und verziehe das Gesicht.
„Blöde Idee?", fragt sie.
„Weiß nicht", antworte ich ehrlich. „Ich würde nicht in so einer Hose herumlaufen wollen. Außerdem liebst du deine Boyfriend-Jeans doch über alles."

„Ja, aber für Franzi würde ich sie opfern."
„Du bist süß." Ich streichele ihre Hand und bitte sie, sich das Ganze noch einmal zu überlegen. Am Ende gefällt Franzi die Jeans nicht und Pauline ist dann ihr liebstes Kleidungsstück los.
Wir bezahlen, dann laufen wir durch den Regen zum Filmpalast. Eigentlich wollen wir uns eine Komödie ansehen, sind aber angesichts der vielen Girlies, die an der Kasse Schlange stehen, nicht mehr sicher, ob es wirklich der richtige Film für uns ist.
„Ach, komm, egal", meint Pauline. „Mit Popcorn und Gummibärchen geht alles."

Und sie soll recht behalten. Der Film, der in einem Feriencamp spielt, ist wirklich urkomisch. Die Gummibärchen und das Popcorn schmecken. Was will man mehr?

Kaum läuft der Abspann, piept mein Handy. Eine SMS von Mama. Noch im dunklen Kinosaal klicke ich sie auf.

Halt dich fest, Liv! Roberto und die Zwillinge kommen im Juli für drei Wochen zu Besuch! Ist das nicht großartig? Ich hoffe, du freust dich genauso wie ich. Küsschen, deine Mama

Im ersten Moment kann ich nicht klar denken, im zweiten fühlt es sich an, als würde ein Beil auf mich niedersausen, im dritten geht mir durch den Kopf: Die Italiener drei Wochen bei uns zu Hause – das ist mein Ende.

Pauline steht schon auf, aber ich bleibe wie festgetackert sitzen, schaffe es nicht mal, mein Handy wegzustecken.

Jetzt reg dich nicht auf, Liv.

Nee, wieso, tu ich doch gar nicht. Ich bin ganz entspannt.

Doch, du regst dich auf!

Ja, wenn du nicht endlich die Klappe hältst!

„Kommst du?“, fragt Pauline. Das Mädchen neben mir steigt bereits über meine Beine hinweg.

Ich fühle mich schwach wie bei vierzig Grad Fieber, als ich endlich aufstehe.

Pauline mustert mich besorgt. „Was ist denn los?“

„Nichts“, entgegne ich. „Meinst du, deine Mutter würde mich adoptieren? Ich glaub, ich will meine nicht mehr.“

Heiße Milch mit Honig

Mama steht lächelnd in der Tür, aber ich schieße pfeilschnell an ihr vorbei und verschwinde in meinem Zimmer. Peng, Tür zu. Computer hochfahren. Kurz darauf dudelt mein aktuelles Lieblingslied, eine traurige Ballade von einer noch unbekannten Newcomerin.

Es klopft leise an die Tür.

„Liv? Mach bitte auf."

Nö, ich denke ja gar nicht dran. Ich bin nämlich überhaupt nicht anwesend. Lieber lausche ich der schönen traurigen Musik. Genau wie die Sängerin bin ich *disappointed* und *sad* – wenn auch aus anderen Gründen. Sie wurde bloß von ihrem Freund verlassen. Jungs, das weiß ich von Pauline, sind austauschbar. Mütter sind es leider nicht.

Aus dem Klopfen wird lautstarkes Hämmern. „Liv, jetzt mach schon auf!"

Statt zu antworten, ziehe ich meinen Schrank auf und pfeffere ein paar Sachen in meine Sporttasche. Drei Shirts, eine

Strickjacke, eine Jeans, ein paar Unterhosen und Socken – das dürfte fürs Erste reichen. Jetzt fehlen nur die nötigsten Kosmetiksachen und meine Schulsachen.

Ich schließe so überraschend die Tür auf, dass Mama wie ein Flummi zurückprallt. In zwei Sätzen bin ich im Bad. Mama kommt hinterhergepoltert.

„Liv, was tust du da?"

„Ausziehen."

„Wie – ausziehen?"

„Ich gehe für ein paar Tage zu Pauline."

„Aber warum …? Ich versteh nicht …"

Ich habe alles Überlebenswichtige zusammen, ziehe die Kulturtasche mit einem Ratsch zu und kehre in mein Zimmer zurück. Mama folgt mir auf dem Fuß.

„Jetzt wart doch mal. Hau nicht einfach ab."

Wow, endlich checkt sie, dass ich es wirklich ernst meine! Während ich die wichtigsten Bücher und Hefte einpacke, sage ich: „Pauline freut sich schon."

„Habt ihr das mit ihrer Mutter so abgesprochen?"

„Nein, ist aber kein Problem." Ich schultere meine Sporttasche. „Frau Lorenz würde so was nie machen … Einfach hinter Paulines Rücken irgendwas einfädeln und sie damit überfallen!"

Mama legt mir die Hand auf den Arm. „Also gut. Wenn du unbedingt willst, kannst du heute von mir aus bei deiner

Freundin übernachten, aber lass uns vorher erst reden. Bitte!"

Ihr *Bitte!* klingt so jämmerlich, dass ich einknicke und meine Tasche wieder absetze.

„Hunger?"

Ich schüttele den Kopf. Ich will jetzt nichts essen, ich will einfach nur weg von hier.

„Okay, dann einen Tee?"

„Von mir aus."

Ich folge Mama in die Küche, wo sie Wasser aufsetzt.

„Aber fass dich kurz, okay? Ich will echt gleich los."

Mama dreht sich zu mir um.

„Ich habe nichts eingefädelt, warum sollte ich auch? Roberto und ich sind nur der Meinung ..."

„Äh ... ich hab gar nicht mitgekriegt, dass ihr ständig chattet und telefoniert und so."

Mamas Blick ist für einen Sekundenbruchteil starr, dann beginnen ihre Wimpern zu flattern.

„Natürlich tun wir das. Wieso auch nicht?"

Na, los, Liv, sag's ihr! Mach schon!

„Weil ... na ja ... so eine Beziehung über die Alpen hinweg ... Das ergibt doch überhaupt keinen Sinn."

„Liv." Mama guckt jetzt megaernst drein. „Roberto und ich, wir sind zusammen. Ein Paar. Und wir haben auch nicht vor, uns zu trennen. Das weißt du doch, mein Schatz."

Die Sätze treffen mich wie Kanonenkugeln in der Magengrube. Fakt ist: Mama hat Roberto in den letzten zwei Wochen mit keinem Wort erwähnt. Und sie hatte blendende Laune. Was eindeutig gegen Liebeskummer spricht. Trotzdem hat mein Hirn meinem Unterbewusstsein etwas anderes eingeflüstert. Nämlich dass Roberto kein Thema mehr ist, wenn sie nicht von ihm spricht.

„Magst du Roberto nicht?“, fragt Mama. „Ist es das?“

Ich schüttele den Kopf. Er ist nett, richtig sympathisch, aber ich werde den Teufel tun und das jetzt zugeben.

„Dann ist es doch nicht so schlimm, wenn sie uns besuchen. Oder hast du was gegen Angelo und Sonia? Also, ich finde die beiden ganz reizend.“

„Wohnen die etwa bei uns?“

„Ich dachte, schon. So ein Hotel geht ja ganz schön ins Geld.“

Ich kann nichts erwidern. Was denn auch? Dass unsere Wohnung zu klein ist? Dass ich Sonia eingebildet finde? Das sind alles lächerliche Ausreden. Der Hauptgrund ist Angelo, der gerade dabei war, sich Stück für Stück aus meinem Bewusstsein zu verabschieden.

„Sag doch was, Liv.“

Und dann platzt es ziemlich unfreundlich aus mir heraus: „Also, wenn das hier auf Patchworkfamilie hinauslaufen soll, da mach ich nicht mit!“

Eigentlich hatte ich gedacht, Mama würde den Kopf schütteln und sagen, ich solle nicht immer gleich übertreiben, das sei totaler Unsinn. Stattdessen gießt sie in aller Seelenruhe den Tee auf, dreht sich zu mir um und erklärt: „Das sehen wir dann, Liv. Erst mal ist nur eine dreiwöchige Testphase geplant."

Mein Mund klappt auf, aber es kommen keine Töne raus. Ich bin einfach nur geplättet. Der Albtraum ist nicht nur ein Albtraum, sondern der Mega-Gau! Bisher sind Mama und ich doch immer bestens allein zurechtgekommen. Mir hat nie etwas gefehlt. Nicht mein Erzeuger, den ich gar nicht kenne. Nicht seine Kohle. Nicht Familienausflüge in die Berge. Mama und ich sind uns immer genug gewesen, ein echtes Mutter-Tochter-Dreamteam, das ich mit keiner anderen Familienkonstellation auf der Welt hätte tauschen mögen. Und jetzt das.

Tränen treten mir in die Augen, ich kann nichts dagegen tun.

Mama legt ihren Arm um mich. „Es tut mir so leid, Liv. Ich will dich doch nicht unglücklich machen. Aber Roberto und ich ... wir lieben uns! Es war für mich noch nie so mit einem Mann!"

„Ich gönn's dir ja auch", sage ich leise. „Aber deswegen muss doch nicht immer gleich die ganze Family bei uns anrücken. Braucht der Typ Geleitschutz, oder was?"

Mama nimmt ihre Teetasse in die Hand und starrt hinein.
„Schatz“, sagt sie und ihre Stimme klingt belegt.
„Was?“
Sie zögert. „Ich dachte, das wäre auch für dich schön. Sonia und Angelo würden in der Zeit sogar mit dir in die Schule gehen.“
„Wieso soll ich das schön finden?“, frage ich.
„Du hast dir doch früher immer Geschwister gewünscht.“
Ich fasse es nicht! Jetzt kommt sie damit an. Leider glatte zehn Jahre zu spät.
„Ja, früher vielleicht“, erkläre ich. „Da hätte ich schon gerne jemanden zum Spielen gehabt. Aber doch nicht mehr jetzt. Angelo und Sonia sind total fremde Menschen für mich. Und ganz bestimmt keine Geschwister!“
Schweigen. Nur die Küchenuhr tickt so laut, dass es fast schon in den Ohren wehtut.
Mama räuspert sich und sagt: „Aber vielleicht können sie es eines Tages werden.“
„Vielleicht kann ich jetzt erst mal zu Pauline. Ich muss mich gerade mal abregen.“
„Soll ich dich fahren?“ Mama zieht eine zerknautschte Stirn. Irgendwas zwischen beleidigt, anklagend und traurig.
„Nein, danke.“
Dann nehme ich meine Sachen und marschiere aus der Wohnung.

Ich bin erst seit zehn Minuten bei Pauline und ihrer Mutter, aber es fühlt sich an wie im Paradies. Wir sitzen in der Altbauküche, diesem gemütlichen Durcheinander aus zusammengemixten Möbelstücken, Regalen mit buntem Geschirr, Töpfen und Pfannen und ganz viel Krimskrams. Es gibt Baguette, leckeren französischen Käse und Gemüsesticks, und ich rede mir meinen ganzen Kummer von der Seele.

„Wart doch erst mal ab, Liv." Frau Lorenz lächelt mir aufmunternd zu. „Niemand krempelt so schnell sein Leben um. Vielleicht stellt deine Mutter ja beim nächsten Treffen fest, dass eine Beziehung auf Distanz doch die bessere Lösung ist."

„Oder sie zoffen sich und einer von beiden macht Schluss", meint Pauline.

Das kann ich mir nicht vorstellen. Mama ist in ihrem Hormonrausch ja kaum noch zurechnungsfähig.

Pauline schnappt sich ein saures Gürkchen und betrachtet es von allen Seiten. „Würdest du so was auch machen, Mami? Mir einfach eine neue Familie vorsetzen?"

Frau Lorenz klemmt sich eine Strähne hinters Ohr – ihre Haare sind genauso lang und rotblond wie Paulines –, dann schüttelt sie energisch den Kopf. „Ich lebe sehr gern

mit dir allein. Und ich kann mir auch nicht vorstellen, dass hier plötzlich ein Mann mit seinen Kindern einzieht." Sie lacht auf. „Unser kleines Chaos muss man ja auch mögen!"
Herr und Frau Lorenz haben sich vor knapp zwei Jahren getrennt. Für Pauline war das ein einschneidendes Erlebnis, das schlimmste überhaupt in ihrem Leben, und seitdem hofft und betet sie, dass ihre Eltern eines Tages wieder zusammenfinden. Ich wünsche es ihr so sehr, aber ich glaube nicht mehr daran. Paulines Vater ist jetzt mit einer anderen Frau zusammen und die beiden haben vor drei Monaten ein Baby bekommen. Paulines Halbschwester Rosa. Ein anscheinend zuckersüßes Baby. Leider habe ich die Kleine noch nie zu Gesicht bekommen. Pauline blendet komplett aus, dass es diese Halbschwester gibt, und trifft ihren Vater immer bloß alleine.

„Mama, kann Liv erst mal hierbleiben?", fragt Pauline. „Also nicht nur heute Abend?"
Frau Lorenz zögert. Nur eine Millisekunde, aber ich registriere es ganz genau. „Natürlich kann sie das", sagt sie dann. Ihr Blick geht zu mir. „Aber ruf bitte deine Mutter an und sprich noch mal mit ihr. Sie meint es sicher nicht böse."
Wie aufs Stichwort klingelt mein Handy und Mamas Grinse-Foto scheint auf dem Display. Telepathie, alles klar.
„Na, nimm schon ab", meint Frau Lorenz. „Du kannst bei Pauline telefonieren. Oder im Wohnzimmer."

Mit dem schrillenden Smartphone in der Hand eile ich über den langen Altbauflur. Rein in Paulines Zimmer. Tür zu. Eigentlich habe ich jetzt null Lust, mit Mama zu reden, aber es wäre gemein, sie hängen zu lassen.
„Liv, komm zurück", sagt sie, als ich rangehe. „Ich bin so unglücklich!"
Das ist schräg. Wirklich schräg! Mamas Glück macht mich unglücklich, was wiederum sie unglücklich macht. Das müsste mir mal Psychologin Franzi erklären.
Ich halte den Hörer ein Stückchen vom Ohr ab, weiß nicht, was ich erwidern soll. Gerade bin ich unter großem Tamtam ausgezogen, da ziehe ich garantiert nicht gleich wieder ein.

„Liv?"
„Ich bin morgen wieder da."
„Okay."
„Dann kann ich jetzt weiter Abendbrot essen?"
„Ich wollte dir nur noch was sagen, Schatz. Wegen der Geschwister, die du nie hattest."
Mein Herz schaltet von null auf hundert. Es pocht, schlägt und hämmert.
„Ich hätte damals gerne noch ein Kind bekommen. Mit deinem Vater. Sehr gerne sogar." Eine Pause tritt ein. „Aber du weißt ja selbst, was dann passiert ist", fährt sie fort.
Ja, das weiß ich. Mein Erzeuger hat uns im Stich gelassen.

Ist mit seiner Band nach Spanien oder Portugal oder sonst wohin abgehauen. Weil ihm seine Musik wichtiger war. Wichtiger als Mama und ich. Sie hat es mir x-fach erzählt. Immer dieselben Sätze, ich kann sie im Schlaf runterbeten. „Er hat uns im Stich gelassen", kommt es prompt. „Weil ihm seine Musik wichtiger war."

Und jetzt das Finale ...

„Wichtiger als wir beide", dringt es an mein Ohr.

Ich kann es nicht ausstehen, wenn sie so redet. Und heute regt es mich besonders auf. Weil in ihrer Argumentation immer nur mein Erzeuger der Böse und sie die Heilige ist.

Und wenn das gar nicht so stimmt? Ich war damals nur als Säugling dabei und habe daher Erinnerungslücken.

„Hast du überhaupt um ihn gekämpft?", frage ich. „Oder es wenigstens versucht? Oder hast du dich immer nur selbst bemitleidet?"

Es ist plötzlich still in der Leitung. Keine Ahnung, ob meine Mutter überhaupt noch dran ist.

„Mama?"

„Lass uns Schluss machen, Liv."

Ihre Stimme klingt belegt und ich bekomme ein schlechtes Gewissen. Bin ich etwa zu weit gegangen?

„Mama, weinst du?"

„Nein ... ja ... egal."

Natürlich ist das nicht egal.

Du hast ihren wunden Punkt getroffen, habe ich automatisch Franzis Stimme im Ohr. Ja, das stimmt, und eigentlich ist es ziemlich blöd, dass ich meine Mama jetzt nicht in den Arm nehmen kann. Das wollte ich nicht. Ehrlich nicht! Sie soll nicht meinetwegen weinen!

„Mama, ich komm nach Hause."

„Nein, musst du nicht, Schatz." Ich höre einen erstickten Laut.

„Aber es ist vielleicht besser."

„Mach dir einen schönen Abend mit Pauline, ja? Ich skype sowieso gleich noch mit Roberto."

„Okay." Ich spüre einen Luftzug und drehe mich um. Pauline steht im Türrahmen und sieht mich besorgt an. Ich nicke ihr zu. Alles im grünen Bereich.

„Weißt du, ich habe um deinen Vater gekämpft", dringt Mamas zittrige Stimme an mein Ohr. „Wir waren bei ihm in Frankreich, da konntest du gerade laufen. Später habe ich ihm Briefe geschrieben, manchmal jede Woche einen. Ich habe gedacht, er vermisst uns und überlegt es sich vielleicht anders."

„Ist gut", sage ich und spüre einen Kloß im Hals.

„Ich hab's dir nur nicht gesagt, damit du nicht unnötig leidest."

„Schon okay, Mama", bringe ich gerade noch über die Lippen, dann laufen auch bei mir die Tränen. Nicht wegen meines Erzeugers, den vermisse ich immer noch nicht sonderlich, sondern wegen Mama, die mich ganz allein großgezogen hat. Bestimmt war das nicht immer einfach für sie.

Ich hauche ein *Tschüsschen, Küsschen*, klicke das Gespräch weg und werfe mich heulend auf Bett.

Pauline ist sofort bei mir und streichelt meinen Nacken. „Was ist denn los?"

Unter Schluchzern gebe ich wieder, was Mama mir gerade erzählt hat.

„Aber das ist doch eigentlich schön! Dann ist wenigstens zwischen dir und deiner Mutter alles klar."

Ich nicke. Ja, das ist es. Gleichzeitig dämmert mir etwas. Mama war so lange allein, da darf ich mich ihrem Liebesglück nicht in den Weg stellen.

Pauline knufft mich. „Du siehst aus, als hätte dich der Blitz getroffen."

„Hat er auch." Ich wische mir die Tränen weg. „Ich glaub, ich war die ganze Zeit ein ziemliches Ego-Monster."

„So ein Quatsch! Oder glaubst du, ich wäre dann mit dir befreundet?"

Es tut gut zu wissen, dass Pauline eine so hohe Meinung von mir hat, trotzdem fühle ich mich ein bisschen schäbig. Ich habe die ganze Zeit nur an mich gedacht. An mein Rotwerden, an *meine* Ungeschicklichkeiten und daran, dass

ich in *meinem* kleinen *Mama-und-ich-sind-uns-genug*-Universum keinen Störfaktor haben will.
Als ich das Pauline so sage, grinst sie nur und meint, das sei doch ganz normal, sonst wären wir ja Heilige. Aus dem Grinsen wird Gekicher. „Ich find's übrigens gut."
„Was? Dass ich ein besserer Mensch werden will?"
„Dass Angelo zu Besuch kommt. Dann kannst du ihn noch mal richtig abchecken und vielleicht …"
Ich bewerfe Pauline mit ihrem Kopfkissen.
„Sprich es ja nicht aus!"
„Wieso, er wäre perfekt zum Küssen. Oder nicht?"
Das stimmt. Angelo ist ein hammersüßer Typ mit einem Hammermund und einer Hammerausstrahlung. Aber selbst wenn ich die ganzen Peinlichkeiten ungeschehen machen könnte, bleibt er immer noch der Junge, bei dem ich nicht den Hauch einer Chance habe.
„Er will mich nicht, kapierst du's nicht?", sage ich. „A) hat er mir keine Freundschaftsanfrage geschickt, b) ist er vergeben und c) eine Nummer zu groß für mich."
Eine kleine Zornesfalte taucht zwischen Paulines Augenbrauen auf. „Red nicht so einen Mist! Ich bin auch kein Modeltyp, na und? Trotzdem habe ich das Recht, mich zu verlieben. Oder siehst du das etwa anders?"
Ich gucke beschämt zu Boden. Natürlich hat Pauline recht. Franzi meinte mal, mein Minderwertigkeitskomplex hän-

ge mit meinem nicht vorhandenen Vater zusammen, der mir nie Bestätigung gegeben hat. Aber dafür hatte ich doch Mama! Und die hat nie an mir und meinen Fähigkeiten gezweifelt.

Es klopft an die Tür und Frau Lorenz schaut herein.

„Mögt ihr zu mir rüberkommen? Gleich läuft ein schöner Film."

Das lassen wir uns nicht zweimal sagen. Keine fünf Minuten später liegen wir auf der riesigen Wohlfühlcouch, futtern Popcorn und trinken Limo. Ganz wie im Kino.

Der schöne Film – das stellt sich allerdings erst nach ein paar Minuten heraus – ist die turbulente Geschichte rund um eine Patchworkfamilie. Ausgerechnet.

Paulines Mutter mustert mich immer wieder besorgt von der Seite, aber ich nicke ihr zu und lächele. Kein Problem. Der Film ist witzig und hat mit meinem Leben nicht das Geringste zu tun. Noch sind wir keine Patchworkfamilie und mein Bauchgefühl sagt mir, dass das auch nicht so schnell passieren wird.

Fingerfood

Nick ist ein toller Typ. Er ist witzig, charmant und man kann mit ihm über alles quatschen. Über Schulprobleme, übers Kochen, über die seltsame Spezies *Mutter*, über Freundschaften (Nick beneidet mich um Pauline und Franzi), über Filme, Bücher und Musik und über den verrückten Rest, den man Leben nennt. Es ist richtig cool mit ihm, aber küssen will ich ihn nicht. Und jetzt hat er mich ins Kino eingeladen. Ups …

Ist doch super, Liv. Freu dich!

Tue ich ja auch, aber … Also, ich weiß nicht …

Was weißt du nicht?

Worauf das hinauslaufen soll!

Du meinst, er will was von dir?

Ja, nein, keine Ahnung …

Pauline ist schuld. Sie hat nämlich behauptet, dass man den Sachverhalt *Nick-lädt-Liv-ins-Kino-ein* nur auf eine Art interpretieren kann. Kein Junge geht ihrer Ansicht nach einfach nur so mit einem Mädchen ins Kino. *Einfach nur so* ist angesichts der Tatsache, dass man ebenso gut ein Wow-Mädchen küssen könnte, sterbenslangweilig. (Danke für die Blumen, Pauline. Aber so ein Wow-Mädchen bin ich nun wirklich nicht.) Und da Nick ein Typ im Zenit seiner hormonellen Ausschüttungen ist (O-Ton Franzi), will er mich garantiert küssen. Wahrscheinlich auch befummeln. Was ja nur normal ist. Logisch, dass man sich da das Wow-Mädchen aus dem Kochkurs schnappt, die Seelenverwandte, die so fantastisch kochen kann. (Auch an dich ein dickes Dankeschön, Franzi. Aber ihr müsst mir nicht in

einer Tour Honig um den Bart schmieren.)

Okay, ich habe zugesagt. Warum auch nicht? Im Kochkurs haben wir einträchtig duftendes Basilikum geschnibbelt, selbst geschnitzte Süßkartoffelpommes frittiert, Pizzateig geknetet, Gemüsebällchen gerollt und dem Gekreische der Dreizehnjährigen getrotzt. Ergo: Wir sind gute Freunde. Nicht ganz so gute wie Franzi, Pauline und ich, aber dafür, dass Nick ein Junge ist, kommt es der Sache schon ziemlich nahe.

Es ist ein wunderschöner Sommertag, hot, hotter, am hottesten, als Nick und ich ins Kino gehen. Pauline und Franzi wollen mich unbedingt begleiten, haben aber versprochen gleich wieder den Abflug zu machen. Eigentlich ist die Aktion auch mehr als daneben. Was soll Nick bitte schön denken, wenn ich mit den beiden Grazien anmarschiert komme? Dass ich meine Anstandswauwaus im Schlepptau habe? Dass meine besten Freundinnen ihn erst mal abchecken wollen, bevor sie ihr Go geben? Peinlich, peinlich.

Pauline holt mich bei mir zu Hause ab, unterwegs sammeln wir Franzi ein, die ganz in der Nähe des Kinos wohnt. Geschätzter Fußweg: fünfzehn Minuten in Sneakers. Allerdings trägt Pauline Highheels zum pinkfarbenen Kleidchen und an ihrem Handgelenk baumelt ein Glitzertäschchen, als wolle sie auf eine Party. Geschätzter Fußweg: dreißig Minuten, mindestens. Das ist ungünstig. Schließlich will ich Nick nicht warten lassen.

Paulines Extrem-Styling kann nur einen Zweck haben: Sie will bei Nick Eindruck schinden. Von mir aus kann sie ihn gerne haben, sollte er ihr auch noch in natura gefallen.

Wir laufen also los, aber bereits nach wenigen Metern fängt Pauline an zu schwächeln.

„Schon Blasen?“, necke ich sie. „Braucht Madame ein Taxi?“

„Nee, alles prima.“

„Da bin ich aber beruhigt.“

Pauline schlurft, humpelt und stöckelt, aber ich grinse bloß in mich hinein.

An der nächsten Straßenkreuzung gabeln wir Franzi auf. Zum Glück ist sie genauso unspektakulär gekleidet wie ich. Jeans-Shorts, T-Shirt, flache Sandalen.
Sie umarmt uns, dann meint sie lächelnd, sie müsse uns was erzählen.
„Schieß los", sage ich.
„Willi ... er ist tot."
Im Sekundenbruchteil schießen mir die Tränen in die Augen, aber Franzi lächelt immer weiter. Willi ist ihr Wellensittich, den sie acht Jahre lang umsorgt, umhegt, über alles geliebt hat.

„Aber das ist ja ..." Pauline rollt mit den Augen. „Das tut mir so leid! Wie schrecklich ist das denn!"
Ich nehme Franzi in den Arm und drücke sie, so fest ich nur kann.
Sie ist so tapfer, eine Heldin an diesem glutheißen Sommertag.
„Ihr müsst nicht traurig sein", erklärt sie, als sie sich wieder von mir löst. „Es ist gut so, wie es ist. Willi mochte ja schon nicht mehr fressen. Und jetzt ist er eben da oben."
Ihre Hand fliegt in den Sommerhimmel. Er ist heute so knallblau, so wunderschön, dass es fast schon wehtut.
„Es macht dir gar nichts aus, dass dein Vogel tot ist?", fragt Pauline und ihre schwarz getuschten Wimpern flattern.
„Doch, natürlich. Ein Leben ist zu Ende gegangen." Ein

Spatz hüpft vorbei und Franzi blickt ihm traurig nach. „Aber ihr habt ja auch mitgekriegt, dass es mir in letzter Zeit nicht so gut ging."

Allerdings. Es ging ihr sogar richtig dreckig. Die Tage nach unserem gemeinsamen Einkaufsbummel ist es kein bisschen besser geworden.

„Das war gar nicht wegen der Jeans, sondern wegen Willi?", frage ich.

Franzi schüttelt den Kopf. „Wegen meiner Kristallkugel. Beziehungsweise wegen der Sachen, die ich gesehen habe."

„Was hast du denn gesehen?"

Franzi holt tief Luft. „Dass jemand stirbt. Ich hatte eben schreckliche Angst, es könnte jemand aus meiner Familie sein. Oder sonst wer ..." Sie blickt zu Boden.

„Du meinst, eine von uns?"

Sie sagt nichts darauf und wir wissen, dass sie genau das gedacht hat. Und dass sie jetzt vermutlich heilfroh ist, dass es bloß ihr heiß geliebter Vogel war.

„Er war alt", sagt sie, als müsse sie uns trösten. „Er wäre sowieso früher oder später gestorben."

Wir traben los, der Asphalt glüht, Autos brausen an uns vorbei und dann höre ich Franzi sagen: „Ich hab übrigens noch was in der Kugel gesehen."

„Ach ja?" Ich gebe mich unbeteiligt. Ahne aber schon, was es mit mir zu tun hat.

„Eine meiner besten Freundinnen verliebt sich.“ Ihr Blick geht wie beim Pingpong hin und her und bleibt schließlich an mir hängen. „Sorry, Liv, aber in diesem Fall bin ich mir sicher, dass du gemeint bist.“

„Quatsch, das kann gar nicht sein. Woher willst du das so genau wissen? Ist in deiner Kugel ein L wie Liv aufgeleuchtet? In meinem Horoskop stand heute überhaupt nichts von Liebe.“

Franzi lächelt bloß in sich hinein. Sie und ihre Kugel! Niemand glaubt so wirklich daran und doch haben alle Angst, es könnte etwas Wahres dran sein.

„Und du bist dir ganz sicher, dass nicht ich gemeint bin?“, schaltet sich Pauline ein. Im Gegensatz zu mir scheint sie regelrecht enttäuscht zu sein, dass Franzis Kugel mich auserkoren hat.

„Ganz sicher.“ Franzi grinst breiter und ihre Augen werden zu Schlitzen. Ihre asiatischen Wurzeln. Oder sind es ihre sibirischen? Ich vergesse es immer, weil sie jeden Tag etwas anderes behauptet. Indianer waren angeblich auch unter ihren Vorfahren. Dabei stammt ihre Mutter von einer ostfriesischen Insel, ihr Vater aus Niederbayern und ihr Opa war ein waschechter Kölner.

Je näher wir dem Kino kommen, desto nervöser werde ich. Immer noch hoffe ich, dass es auch für Nick einfach nur ein ganz normales Treffen unter guten Freunden ist.

Und dann sehe ich ihn. Er steht, seinen Rucksack geschultert, unter einem Plakat mit einem futuristischen Superhelden in einem eng anliegenden Glitzeranzug. Das sieht so unfassbar komisch aus, dass ich mich beherrschen muss, um nicht laut loszuwiehern. Pauline stöckelt langsamer, aber nicht ihre Blasen sind der Grund. Ich schätze, sie will den Jungen, den sie nur von Facebook-Fotos kennt, erst mal aus der Entfernung abchecken.

Franzi steuert direkt auf ihn zu und sagt in ihrer nassforschen Art: „Keine Sorge, Pauline und ich hauen gleich wieder ab."

„Wieso, kommt doch mit ins Kino." Nick guckt zu Pauline rüber, die endlich auf uns zustöckelt.

„Hi!", sagt sie und winkt tussihaft. Auweia. „Was für einen Film guckt ihr denn?"

„Die Komödie?" Nick schaut mich fragend an. „Oder willst du lieber den Actionfilm sehen?"

Ich scanne blitzschnell die Kinoplakate. „Von mir aus gern den Actionfilm." In der Komödie geht es anscheinend um Liebe. Ein Thema, das ich mir nicht unbedingt mit Nick reinziehen muss.

„*Du* magst Actionfilme?", fragen Pauline und Nick wie aus einem Munde.

„Klar", antworte ich gespielt lässig. „Wenn sie gut gemacht sind."

Alle drei starren mich an. Nick, mit dem ich mich in der letzten Zeit ausgiebig über Filme ausgetauscht habe, und meine Freundinnen sowieso. Damit haben sie wohl nicht gerechnet. Und ich selbst am allerwenigsten.

„Okay", meint Nick. „Du entscheidest."

Wir verabschieden uns von Pauline und Franzi, kaufen die Karten für den Actionfilm, dann schlendern wir rüber in den Kinosaal. Er ist angenehm kühl und ziemlich leer. Kein Wunder. Wer geht schon am frühen Nachmittag ins Kino? Und dann noch an einem der ersten richtig heißen Sommertage im Jahr? Nur Verrückte und durch einen Kochkurs zusammengeschweißte Volltrottel tun so etwas. So wie wir.

„Deine Freundinnen sind echt nett." Nick kramt und raschelt in seinem Rucksack.

„Findest du es eigentlich peinlich, dass sie mitgekommen sind?" Das Licht wird schon gedimmt und der Werbeblock fängt an.

„Nein, warum denn?" Das Geraschel hört für einen Moment auf. „Ich wäre froh, wenn ich so tolle Freunde hätte. Die vielleicht mal gucken wollen, wie das Mädchen so ist, mit dem ich ins Kino gehe."

Er wendet mir den Kopf zu und auch im Dunkeln kann ich erkennen, dass sein Blick traurig ist.

„Warum hast du eigentlich keine?" Das wundert mich wirklich. Nick ist herzensgut und bestimmt eine treue Seele.

„Ich musste zweimal die Schule wechseln. Einmal, weil meine Eltern von Köln weggezogen sind, und auf meiner ersten Schule in München wurde ich gemobbt."
„Echt? Warum?"
Er rutscht unruhig in seinem Kinosessel hin und her.
„Keine Ahnung, vielleicht wegen meiner Interessen. Ich spiele Basketball, okay, aber ich mache mir nichts aus Fußball. Sauftouren sind auch nicht so mein Ding. Und einer meiner Kumpel hat mal behauptet, ich würde jedes Mädchen aufreißen."
„Und tust du das?"
„Quatsch, natürlich nicht!"
Ups. Bisher hatte ich Nick für ein Neutrum gehalten. Muss ich jetzt damit rechnen, dass er im dunklen Kinosaal vielleicht doch über mich herfällt?
„Tara!", tönt es neben mir und er zieht ein knisterndes Paket aus dem Rucksack. Essen, es riecht megalecker nach Essen, als er die Folie aufschlägt.
„Ich hatte heute Morgen Langeweile und hab ein bisschen Fingerfood ausprobiert. Ich hoffe, du hast Hunger."
Wow, ich bin völlig von den Socken. Total geplättet. Nick hat extra fürs Kino ein Futterpaket vorbereitet! Und dann noch alles selbst gebrutzelt. Was für eine coole Idee! Wenn Pauline mit ihren Verehrern ins Kino geht, gibt es höchstens mal Popcorn.

Er zaubert eine kleine Taschenlampe hervor, knipst sie an und hält den Lichtstrahl auf die Leckereien. „Darf ich vorstellen? Mini-Quiches, Hefeteigpizzen mit Tomate und Anchovis, Gurkensandwichs mit Kresse, glasierte Apfeltaschen und Müslikugeln. Ach, frische Erdbeeren mit Schokoüberzug sind auch noch da."

„Nick, du bist echt verrückt." Wäre er ein Mädchen, wäre ich ihm längst um den Hals gefallen und hätte ihn abgeknutscht. Aber das verkneife ich mir besser.

„Crazy und hungrig. Greif zu."

Das lasse ich mir nicht zweimal sagen und futtere mich,

während der Film mit einer spektakulären Verfolgungsjagd startet, durch die Leckereien. Nick ist schon jetzt ein fantastischer Koch, und würde ich ihn nicht so schrecklich gerne haben, wäre ich vielleicht sogar ein bisschen neidisch.

Reifen quietschen, gleich in der zweiten Szene werden zehn Menschen erschossen, aber Nick und ich bekommen das nur am Rande mit. Wir sind nämlich vollauf mit Essen und Quatschen beschäftigt. Die Mini-Quiches schmecken nach einem pikanten Käse – vielleicht Gruyère? –, die kleinen Sandwiches sind leicht und frisch und von den glasierten Apfeltaschen schiebe ich mir gleich zwei in den Mund.

„Hm, mega!", ächze ich.

Ich bin ganz heiß auf die Rezepte, will jede Zutat wissen,

jedes auch noch so unbedeutende Gewürz. Nick listet alles auf, verlangt im Gegenzug aber eine ehrliche Kritik und am besten gleich Verbesserungsvorschläge.

„Da gibt es nichts zu verbessern“, erkläre ich. „Schmeckt alles super.“

Plötzlich fährt der Typ in der Reihe vor uns herum und blafft: „Könnt ihr mal die Klappe halten? Und woanders essen. Das stinkt ja bis sonst wohin!“

„Moment mal“, sage ich. „Das Essen stinkt nicht. Es riecht lecker, okay?“

„Aber das ist hier keine Kantine, sondern ein Kino!“

Nick zieht mich sanft am Arm zurück. „Er hat ja recht“, flüstert er. „Interessiert dich der Film eigentlich?“

Ich schüttele den Kopf und unterdrücke ein Kichern. Viel zu viel Geballer. Viel zu viel Blut.

„Dann lass uns doch in den anderen Film rübergehen.“

Wir packen das Fresspaket wieder zusammen, verstauen es in Nicks Rucksack, dann huschen wir aus der Reihe und die breite Treppe nach oben.

Kaum fällt die bleischwere Tür hinter uns zu, bekomme ich einen Lachanfall. Nick hat überall Krümel. Auf seinem T-Shirt, an seiner Nase, selbst in seinem Haar klebt etwas Undefinierbares.

„Darf ich mal?“, frage ich und schnippe ein paar Krümel weg.

„Darf ich auch mal?“ Er pflückt mir etwas Quiche vom Shirt.

„Komm.“ Den Rucksack untergeklemmt läuft Nick wieselflink durch das Labyrinth des Kinos. Niemand hält uns auf, als wir das Kino neun betreten. Es ist ein weitaus größerer und ebenso leerer Saal. Gerade küsst sich ein Paar auf einem Balkon. Meerpanorama, Sonnenuntergang, das ganze kitschige Programm.

„Oh, wow!“, meint Nick und hockt sich in die vorletzte Reihe. Kurzes Grinsen in meine Richtung. „Da kann man ja noch richtig was lernen.“

Ich grinse verlegen zurück und sinke tief in meinen Sitz. War das jetzt eine Anmache? Was, wenn gleich seine Finger angekrochen kommen und keine-Ahnung-was bei mir machen? Doch sie bleiben zum Glück da, wo sie sind. Nick fläzt lässig im Kinosessel, die Knie gegen den Vordersitz gestemmt, und schaut auf die Leinwand.

Der Film ist witzig. Zum Brüllen komisch. Als die anschließende Sex-Szene im Desaster endet – der Mann hängt halb über dem Balkon, die Frau rutscht gleich ganz in die Rabatte –, kringeln Nick und ich uns vor Lachen. Alles fühlt sich in diesem Moment so leicht und fluffig, einfach nur richtig an. Die Liebeskomödie. Dass wir wie beste Freunde nebeneinander im Kino sitzen und uns amüsieren. Kann das Leben nicht immer so sein?

Fertigbaguette aus der Mikrowelle

Der Wecker klingelt, das schrille Fiepen sägt sich in mein Hirn, und als ich die Augen aufschlage, spüre ich, dass irgendetwas anders ist. Ich weiß bloß nicht, was. Habe ich Kopfschmerzen? Nein. Fieber? Auch nicht.

Bin ich in Nick verknallt, mit dem ich vor knapp zwei Wochen im Kino war? Nein, bin ich nicht. Aber seitdem sind wir noch dickere Koch-Kumpel als zuvor. Und das fühlt sich ziemlich gut an.

Ich springe aus meinem Bett, laufe barfuß aus der Tür und pralle mit Mama zusammen. Also fast. Bevor es nämlich dazu kommen kann, schlägt sie erschrocken die Hände vors Gesicht und macht einen Satz rückwärts.

„Oh, mein Gott!“

„Was ist denn?“

Mama beugt sich vor. „Nein, das ist ja wohl nicht ... Seltsam ... Du bist doch gegen alle Kinderkrankheiten geimpft.“

Ich will mir ihr Gestammel nicht länger anhören und flitze rüber ins Bad.
Ach, du dickes Elend! Im Spiegel blickt mir ein verquollenes Monstrum mit roten Pusteln entgegen. Auch mein Hals, meine Hände und meine Unterarme sind voller Quaddeln. Was um Himmels willen ist das? Warum bekomme ich das ausgerechnet jetzt – kurz bevor die Italiener anreisen? Dabei war alles gerade so schön harmonisch. Mit Nick ... Mit meinen Freundinnen ... Ich stalke Angelo nicht mehr auf Facebook und habe es auch verkraftet, dass er mir keine Freundschaftsanfrage geschickt hat. Und jetzt das!

So wie ich im Moment aussehe, wird Angelo gleich wieder rückwärts aus unserer Wohnung stolpern. Und die Schönheit mit ihm. Und falls sich Mr Smart zum Bleiben entscheidet, wird er sich dennoch davor ekeln, mit mir im gleichen Raum, am gleichen Tisch zu essen.
Mama taucht hinter mir auf. Eine steile Falte steht zwischen ihren Augenbrauen. Ein Zeichen, dass sie echt besorgt ist.
„Hast du gestern was Komisches gegessen? Oder ein neues T-Shirt angezogen, das vorher nicht in der Wäsche war?“
Ich schüttele den Kopf. Gestern war ein vollkommen normaler Schultag, an dem ich mich über Nastja Elena und Justus geärgert habe. Das Dreamteam musste sich nämlich in der großen Pause, als ich mir in der Cafeteria einen Saft

geholt habe, direkt vor meinen Augen küssen. Zwei Zungen in Aktion. Turbowaschgang hoch zehn. Ich wette, Justus hat das absichtlich getan. Um sich wegen der Sache mit dem Herzkuchen an mir zu rächen. Um mir zu zeigen, sieh her, Nastja Elena liebt mich auch ohne deinen blöden Kuchen. Wir sind saumäßig glücklich und das soll die ganze Welt mitkriegen.
„Okay, Liv, du musst zum Arzt."
Und weil ich weiß, dass bei dieser Tonlage Widerspruch absolut zwecklos ist, füge ich mich in mein Schicksal.

Eine Stunde später sitze ich im rappelvollen Wartezimmer von Doktor Paul. Mama hat mich auf dem Weg zum *Café Karamell* dort abgesetzt. Das ist nur gut so: Zum einen bin ich einer Doppelstunde Chemie entkommen, zum anderen muss ich mich so nicht in der Schule blicken lassen.
„Liv Grete, was hast du denn angestellt?", fragt Frau Doktor Paul, als ich endlich aufgerufen werde.
Äh, ja, was soll man darauf antworten? Ich habe mich zu einem Meerschweinchen in den Stall gequetscht und so lange gewartet, bis endlich die Pusteln kamen? Oder: Ich habe mir scharfes Putzzeug ins Gesicht geschmiert, um die Verträglichkeit auf meiner Haut zu testen?

„Nichts“, antworte ich.
„Dann zieh doch bitte mal dein T-Shirt und deine Jeans aus.“
Kurz darauf stehe ich in Slip und BH vor Frau Doktor Paul und sie beguckt mich von oben bis unten.
„Das sieht ganz nach einer Allergie aus“, meint sie schließlich. Und dann stellt sie ähnliche Fragen wie Mama heute Morgen. Ob ich etwas Ungewöhnliches gegessen, vielleicht ein neues Duschgel oder eine andere Creme benutzt habe.
Ich schüttele den Kopf. Alles wie immer.
Die Ärztin zieht ein ernstes Gesicht. „Liv Grete, manchmal kann eine Allergie auch psychische Ursachen haben.“

Alles klar. Der Satz hätte glatt von Franzi stammen können. Die wittert überall psychische Auslöser. Zum Beispiel, wenn man eine Arbeit verhauen hat. Dann ist es wurscht, wie viel man gelernt hat, man hatte auf jeden Fall eine Psychoblockade.
„Hattest du in letzter Zeit viel Stress?“
Wieder verneine ich.
„Ist in der Schule alles okay?“
Ich nicke.
„Und sonst auch?“, fährt sie fort.
Aber klar doch! Alles supercool. Okay, die Italo-Truppe steht übermorgen auf der Matte, aber das stecke ich doch locker weg!

„Liv Grete?"

„Ja, alles gut", murmele ich. „Sind ja bald Ferien."

Frau Doktor Paul nickt, aber ich spüre, dass sie mir das nicht ganz abkauft.

Sie tritt an den weißen Ärzteschrank, der voller Medikamente ist. Eine Weile kramt sie darin herum, dann reicht sie mir eine kleine Tube.

„Die Salbe trägst du zweimal täglich dünn auf die betroffenen Stellen auf. Wenn es in drei Tagen nicht besser ist, kommst du bitte noch mal wieder. Dann machen wir einen Allergietest."

„Was ist mit der Schule?"

„Morgen bleibst du noch zu Hause und ruhst dich aus. Aber übermorgen kannst du wieder hingehen. Du hast ja kein Fieber und auch nichts Ansteckendes." Sie reicht mir die Hand. „Gute Besserung. Und stress dich bitte nicht so."

Ja, versprochen. Tschüss und Wiedersehen.

Als ich kurz darauf wieder auf der Straße stehe, kreisen mir immer noch Frau Pauls Worte im Ohr. *Stress dich bitte nicht so.*

Toller Ratschlag, aber wie soll ich das anstellen? Dazu müsste ich zu Pauline ziehen, auf einen anderen Kontinent auswandern oder mich einfrieren lassen, um mich nach drei Wochen wieder auftauen zu lassen.

„Und?“, fragt Mama. „Was hat Frau Doktor Paul gesagt?“ Nach dem Arztbesuch bin ich gleich mit der S-Bahn ins Büchercafé gefahren.

„Stress.“

„Wie, Stress?“ Mama schiebt zwei Fertigbaguettes in die Mikrowelle der kleinen Küche, in der auch der Kuchen fürs Café gebacken wird. Eine Gedankenblase schwebt dabei über ihrem Kopf und darin steht: Wo hast du denn bitte schön Stress?

„Ja, sorry, kann ich auch nichts für.“

„Liv, ich hab dir doch gar keinen Vorwurf gemacht.“

„Aber du hast so geguckt.“

Mama holt schweigend zwei Teller aus dem Schrank. Erst als die Mikrowelle *pling!* macht, sagt sie: „Tut mir leid, wenn dich das mit Roberto und den Zwillingen so stresst.“

„Schon okay“, sage ich, während sich eine Schlinge um meinen Magen zieht. Ich weiß schon jetzt, dass ich keinen Bissen runterkriegen werde. Und Fertigbaguettes schon mal gar nicht. „Frau Doktor Paul hat mir eine Salbe mitgegeben.“

„Ach, mein Schatz.“ Mama nimmt mich in den Arm. „Das ist alles ganz schön viel für dich, ich weiß. Für mich ja auch.“

Ach, echt? Auf einmal? Wenn das so ist, hätte sie ja mit

ihrem Roberto in den Liebesurlaub abzischen und mich mit dem Sahneschnittchen und der Schönheit verschonen können!

Sie zählt auf, was bis zur Ankunft der Gäste alles zu tun ist. Waschen, Großputz, den Kühlschrank füllen, vorkochen (hallo, wer soll das denn bitte schön tun?), den Balkon mit Kräutern, Lavendel und Margeriten bepflanzen, die Gästebetten und Luftmatratzen vom Dachboden holen, Platz in den Kleiderschränken schaffen …

„Wie jetzt?", frage ich. „Soll ich etwa meinen Kleiderschrank leer räumen?"

„Nein, nur ein oder zwei Regalbretter frei machen. Und ich gebe dir ein paar Bügel, falls Sonia etwas aufhängen will."

Spinnt Mama jetzt total? Es reicht doch schon, dass die Primaballerina in meinem Zimmer einquartiert werden soll. Ich dachte, sie stellt ihren Koffer in die Ecke und fertig. Mein Zimmer ist immer noch mein Zimmer und kein Hotel.

„Aber mein Schrank ist knallvoll!" Ein blöder Tick von mir, ich weiß, aber ich schaffe es einfach nicht, regelmäßig auszumisten.

„Liv", sagt Mama mit Schmeichelstimme. „Es ist doch nur für drei Wochen. Wir rücken ein bisschen zusammen und dann hast du dein Zimmer wieder für dich."

Nur drei Wochen. Ich lach mich tot. Einundzwanzig Tage

Vorhölle. Das muss ich erst mal überstehen. Und danach? Was ist danach? Eine wichtige Frage, die mir weder Mama noch mein Horoskop, noch Franzis Kristallkugel beantworten kann.

Maki, Nigiri und Ura-Maki

Mein Herz hämmert, mein Magen fährt Fahrstuhl und meine Hände sind schwitzig. Seit etwa fünfzehn Minuten stehen Mama und ich in der Ankunftshalle des Flughafens. Mama in dem schärfsten und kürzesten Minirock aller Zeiten, ich ganz normal in Jeans und Tunika. Der Flieger aus Genua ist bereits gelandet, es kann sich nur noch um Minuten, vielleicht Sekunden handeln, bis die Italo-Truppe durch die Glastür tritt.

Mama trippelt aufgeregt auf der Stelle, sie reckt sich auf die Zehenspitzen, kichert albern, zieht ein besorgtes Gesicht – auch ihre Gefühle scheinen Achterbahn zu fahren.

Und dann spüre ich es. Wie es zu jucken beginnt. Im Gesicht, am Hals, selbst an den Händen.

„Mama?!"

„Keine Sorge, Schatz, sie sind bestimmt gleich da."

Ich lach mich tot. Ich hätte eine Sorge weniger, wenn die drei nicht auftauchen würden.

„Guck doch mal!“ Ich deute auf mein Gesicht.
Mamas Blick geht zu mir, aber sie sagt nichts. Das ist eindeutig. Bestimmt habe ich mich gerade wieder in einen Streuselkuchen verwandelt.
„Sieht's schlimm aus?“, frage ich mit dünner Stimme.
Mama kommt mit ihrem Gesicht näher. „Nein, gar nicht. Es fällt kaum auf.“
Es fällt kaum auf ist wahrscheinlich die nette Umschreibung für *Die Pusteln blühen wie Gänseblümchen auf einer Frühlingswiese.*
„Gib mir mal deinen Spiegel.“

„Den hab ich gar nicht dabei.“
Lüge! Meine Mutter hat ihren Handspiegel IMMER dabei. Weil sie IMMER Lippenstift trägt, selbst wenn sie nur zum Mülleimer geht. Sie ist einfach schrecklich eitel.
„MAMA!“
„Na gut ...“ Die Tür im Auge behaltend kramt sie ihren Handspiegel aus der Handtasche und reicht ihn mir.
Oh, mein Gott! Große Katastrophe! Es ist schlimmer als schlimm. Wäre ich jetzt bei Frau Doktor Paul, würde sie sagen: *Liv Grete, stress dich doch nicht so.*
Nein, ich stresse mich überhaupt nicht. Das Adrenalin pumpt nur wie verrückt in meinen Adern und mein Herz schlägt Salti. Und alles nur wegen Angelo. Mama sagt etwas, aber ihre Worte rauschen bloß durch mich hindurch.

Und dann ist es so weit. Die Glastür gleitet auf und die Italiener treten aus der Schleuse, schicke Alukoffer hinter sich herziehend. Mein Herz stockt und der Magenfahrstuhl in mir rauscht ohne Zwischenstopp ins Untergeschoss.

Liv, jetzt reiß dich mal zusammen! Es gibt Schlimmeres, als irgendwelche Italiener abzuholen.

Genau, irgendwelche, aber nicht diese drei!

So, Liv, lächeln!

Roberto geht forschen Schrittes vorweg. Wippende grau melierte Locken, coole Lederjacke. Er hat sich seit dem letzten Mal nicht verändert. Seine Blicke irren umher, er entdeckt Mama und ein megasmartes, megaglückliches Lächeln erleuchtet sein Gesicht. Knapp dahinter kommt Angelo. Er winkt nicht. Weil er nirgends hinguckt. Außer auf seine Füße vielleicht. Wieder macht sich der Magenfahrstuhl in mir selbstständig, diesmal geht es in den zehnten Stock und gleich wieder runter, das alles im Sekundenbruchteil. Shit, er sieht noch besser aus als beim letzten Mal! Er hat verwaschene Jeans an, ein blitzweißes T-Shirt und ist braun gebrannt wie nach einem Monat Surfen in der Karibik. Als Letzte tritt die Schönheit in mein Blickfeld. Ihre langen Haare hat sie zu einem straffen Dutt gesteckt, sie trägt ein ärmelloses Flatterkleidchen und in ihrer Armbeuge baumelt ein glitzeriges Gucci-irgendwas-Täschchen. Wow, diese Beine! Dünn, lang und muskulös.

Mein Herz trommelt schneller und ich möchte mich einfach nur in Luft auflösen. Aber ich habe keine Wahl. Weder kann ich drei Wochen lang auf Tauchstation gehen noch die ganze Zeit über mieses Essen kochen und darauf hoffen, dass die Gäste von ganz allein das Weite suchen. Sie sind nun mal da. Das ist eine Tatsache. Sonia und Angelo werden mit mir zur Schule gehen, unser Bad benutzen, den Kühlschrank plündern, abends mit uns vor dem Fernseher oder auf dem Balkon sitzen und überall ihren Kram herumliegen lassen. Und da Mamas Liebesglück jetzt Vorrang hat, muss ich das irgendwie ertragen.

„Hi! Hallihallo! *Ciao*!“, gurrt sie und fällt Mr Smart in die Arme.

Und dann küssen sie sich. Weggucken. Bloß weggucken! Ich will nicht mitkriegen, wie meine Mutter ihrem gelockten Typen die Zunge in den Mund schiebt. Dummerweise geht mein Blick millimetergenau in Angelos Richtung, ich kann nichts dagegen tun. Und während Mama noch küsst und die Schönheit in ihrem Täschchen kramt, gucken Angelo und ich uns an. *Wusch* und *wumm* macht es in meinem Magen, der Fahrstuhl bleibt stecken, saust weiter, rauf und wieder runter. Klar, ich weiß, warum er so starrt. Der Ausschlag!

„Das … äh … steckt nicht an“, stottere ich und schlage die Hände vors Gesicht. „Das ist nur eine Allergie.“

Der Anflug eines Lächelns geht über Angelos Gesicht, als er mir die Hand gibt: „Macht doch nichts, Liv."

Liv! Wie mein Name aus seinem Mund klingt! Wie ein Gedicht! Wie eine Ballade! Wie eine wunderschöne Melodie!

„Willst du mir nicht mal Hallo sagen?", reißt mich die Stimme seiner Schwester aus meinem halb benebelten Zustand. „Oder hast du dich gerade in Angelo verknallt?"

Sie lacht schallend auf und mir schießt die Röte ins Gesicht. Klar! Logisch! Natürlich geht alles genauso peinlich los, wie es vor anderthalb Monaten aufgehört hat. Die Fettnäpfchen-Queen ist wieder am Start. Sonia begrüßt mich mit Küsschen links, Küsschen rechts, im nächsten Moment drückt mich Mr Smart an sich. Ehrlich, ich bin heilfroh, dass mir das Sahneschnittchen schon vorher die Hand gegeben hat und wir um die Küsschen herumgekommen sind. Sonst wäre ich auf der Stelle in Ohnmacht gefallen.

Dann plappern Mama, Mr Smart und Sonia drauflos. Es geht um den turbulenten Flug, um Mamas korallenrote Bluse, die ihr so gut steht, um die Münchener Luft (Sonia glaubt die Berge zu riechen), um meine Allergie, um die Trattoria von Robertos Schwester, in der man richtig gut essen kann – ziemliches Blabla. Und dennoch bin ich neidisch darauf, weil mir nicht mal Blabla einfällt, während Angelo und ich stumm hinter den dreien hertrotten. Eine vertrackte Situation: Ich bin schüchtern bis verklemmt und

Angelo hat anscheinend vorhin im Flieger noch eine Familienpackung Schweigepillen geschluckt. Jedenfalls kriegt er den Mund nicht auf.

Roberto dreht sich nach mir um. „Und weißt du schon, worauf du allergisch reagierst?“

Auf das Sahneschnittchen plus Familienanhang.

„Keine Ahnung“, sage ich.

„Also, ich bin gegen Katzenhaare, Federn und Hausstaub allergisch“, plappert Sonia. „Da kriege ich Hustenanfälle, dass du denkst, ich sterbe.“

Mama wirft mir einen erschrockenen Blick zu. Eigentlich

wollte sie noch die Wohnung gründlich sauber machen, aber immer ist irgendwas dazwischengekommen. Garantiert lauern überall gefährliche Wollmäuse. Und als Bettdecken besitzen wir sowieso nur Federbetten. Dicke für den Winter, dünne für den Sommer.

„Hm, Sonia, da weiß ich jetzt gar nicht, was für eine Decke ich dir geben soll“, meint Mama, als hätte sie meine Gedanken erraten.

Sonia reißt panisch die Augen auf – sie sieht sich wohl schon ersticken –, aber Roberto meint: „Hast du vielleicht eine Wolldecke? Das reicht doch bei den Temperaturen.“

Mama nickt erleichtert, dann sind wir schon in der Tiefgarage, verstauen das Gepäck mit Ach und Krach im Kofferraum und steigen ein. Das heißt, wir Kinder müssen

uns hinten ziemlich quetschen. Dass das Schicksal mir den Platz zwischen den Zwillingen zugewiesen hat, passt mir nicht. Aber ich konnte es nicht verhindern. Sonia ist als Erste eingestiegen, ganz durchgerutscht, dann hat sie mich am Handgelenk gepackt und ins Auto gezogen. Pech. Jetzt spüre ich ihren nackten Oberschenkel an meinem Bein, auf der anderen Seite Angelos nackten Ellbogen an meinem ebenfalls nackten Ellbogen, was tausendprozentig schlimmer ist. Augenblicklich fängt die Stelle an zu brennen.
Jetzt stell dich nicht so an, Liv! Angelo beißt doch nicht.
Aber vielleicht bin ich gegen seinen nackten Arm allergisch. Und werde gleich ohnmächtig.
Ist doch super, dann macht er Mund-zu-Mund-Beatmung bei dir.
Sei bloß still!
Ich wage kaum zu atmen, geschweige denn mich zu bewegen. Angelo sitzt stocksteif neben mir und sagt ebenfalls keinen Ton. Dafür redet Sonia umso mehr. Sie fragt mich, wo sie bei uns in der Nähe in einer Ballettschule trainieren kann (hallo, woher soll ich das denn wissen?), ob ich nachts mit offenem oder geschlossenem Fenster schlafe (mit offenem, da sind wir zum Glück einer Meinung) und was es gleich zum Mittagessen gibt.
Ständig hat diese dünne Person Hunger! Ich dachte immer, Tänzerinnen hungern sich bis auf die Knochen runter.

„Keine Ahnung, bin ich hier die Köchin?“, entfährt es mir ungewollt ruppig.
Angelos Arm zuckt zurück und Sonia rückt ein Stückchen von mir ab.
„Nein, äh, ich dachte nur …“
„Sushi“, sagt Mama und schaut mit angestrengtem Lächeln in den Rückspiegel. „Ihr mögt doch Sushi?“
„Na ja“, antwortet Sonia. Angelos Locken wippen auf und ab. Wahrscheinlich soll das ein Ja sein.
„Na ja?“, hakt Mama nach.
„Kommt drauf an.“ Sie heftet den Blick an die Autodecke und fährt fort: „Ich mag Maki lieber als Nigiri, Ura-Maki lieber als Maki, am besten in Sesam getunkt, aber ich steh nicht so auf Krebsfleisch. Avocado ist mittellecker, Gurke perfekt für Maki, manchmal ist aber der Seetang zu zäh und dann bringt auch das Wasabi nichts mehr, *capisci*?“
Äh, nein. Ich glaube, niemand hat etwas von ihren Ausführungen verstanden. Mama fährt sich nervös durch die Haare, Angelo schnaubt leise und Roberto ermahnt seine Tochter auf Italienisch.
Richtig so. Wahrscheinlich will sie sich sowieso bloß wichtigmachen. Außerdem hat Mama das Sushi schon heute Vormittag geholt. Sie tut mir nur ein bisschen leid, weil sie jetzt bestimmt fieberhaft grübelt, ob auch irgendetwas Essbares dabei ist, das Sonias Ansprüchen genügt.

„Sie hat mich doch gefragt!", mault die Schönheit.
Okay, jetzt ist sie eingeschnappt.
Das Sahneschnittchen räuspert sich, beugt sich vor, wobei er noch ein paar Millimeter dichter an mich heranrückt, und zischt: „Manchmal ist es besser, einfach den Mund zu halten."
Wow, diese kratzig-tiefe Stimme! Und dieser sexy Akzent!
„Sagst ausgerechnet du!" Sonias Kopf nähert sich von der anderen Seite und die Geschwister starren sich an wie Stiere kurz vor dem Angriff. „Du isst doch auch nur Maki mit Gurke und kriegst Brechreiz, wenn …"
„Jetzt streitet nicht", geht Mr Smart dazwischen.
„Ist doch gar kein Problem", sagt Mama. Sie gibt sich gelassen, aber ich merke ihr an, wie getroffen sie ist. „Ihr müsst auch kein Sushi essen. Ich habe frisches Brot da und Aufschnitt und Käse."
„Tesoro!" Mr Smart tätschelt Mama die Schulter. „Mach dir bloß nicht immer so viele Gedanken ums Essen. Das ist wirklich lieb von dir, aber keiner von uns wird verhungern."
Mama nickt ihm knapp zu. Runzelstirn. Zusammengepresste Lippen.
„Und ich kann auch gerne das Kochen übernehmen", fährt er fort. „Ich weiß ja, wie ungern du am Herd stehst."
Mamas Augen sprühen Herzchen, als sie ihrem Liebsten

zulächelt. Immerhin, das ist geklärt. Mama hat sich geoutet. Und ich hab eine Sorge weniger.

Anderthalb Stunden später sind wir zu Hause. Eigentlich ist es der helle Wahnsinn, mit dem Auto die weite Strecke zum Flughafen zu fahren. Mit der S-Bahn geht es viel schneller, aber Mama behandelt die Italiener wie Staatsgäste. Und die müssen eben herumkutschiert werden.

Erleichtert, dass mein Arm von der Berührung mit Angelo keine Brandblasen bekommen hat und ich auch nicht ohnmächtig geworden bin, klettere ich aus dem Wagen und flitze in die Wohnung. Noch bin ich Herrscherin in unserem kleinen Reich und die paar Sekunden will ich genießen.

Kaum ist der Gedanke verpufft, höre ich Stimmen und unser Besuch kommt durch die Tür spaziert. Als Erste Sonia, es folgt Roberto, als Letzter taucht Angelo auf. Er sieht sich im Flur um, seine Locken fliegen hin und her, dann sagt er mit Blick auf die Fotowand im Eingangsbereich: „Äh, hier hing doch mal ein Foto von dir, oder?“

„Nee, glaub nicht. Da musst du dich verguckt haben.“ Bevor ich knallrot anlaufen kann, nehme ich Sonia den Alukoffer aus der Hand und hieve das bleischwere Teil in mein Zimmer.

Das Foto … Wie peinlich, dass Angelo sich daran erinnert! Ich hatte gehofft, er hätte es längst aus seinem Hirn radiert. Jetzt hängt an der Stelle ein Foto von unserem Ex-Meerschweinchen Kalle. Süß und völlig unverfänglich.

„Ihr habt ein Meerschweinchen?", fragt Sonia. Sie bleibt mir dicht auf den Fersen. Wahrscheinlich hat sie Angst, dass ich ihr Gepäck entführen könnte.

„Hatten. Es ist schon fünf Jahre tot."

„Und da hängt ihr immer noch ein Foto von ihm auf?"

„Ja, warum nicht?"

„Weil …" Wir betreten mein Zimmer – beim letzten Mal habe ich mich davor drücken können, ihr und Angelo mein Zimmer zu zeigen – und sie scannt die zwölf Quadratmeter.

„Ah, *che bello*!" Ein Lächeln überzieht ihr Gesicht, aber sie kann noch so munter tun, hinter ihrem Showlächeln verbirgt sich ein Gesichtsausdruck wie Bittermarmelade. Garantiert findet sie es kein bisschen schön hier und denkt sich, wo bin ich denn nur gelandet? Luxus geht anders. Ich kann es ihr nicht mal verübeln. Im Gegensatz zu Paulines Wahnsinnsgemach ist mein Zimmer eine Rumpelkammer. Ich bin nicht unordentlich, ich habe nur gerne viele Dinge um mich. Bücher, Kuscheltiere von früher und jede Menge Krempel vom Flohmarkt. Meine letzten Errungenschaften sind ein altmodisches Telefon mit Wählscheibe, eine

Clownsfigur, eine filigrane Teekanne mit Blumenmuster und ein dickes Buch über Sternzeichen.

„Cool!“ Sonia hebt das altmodische Telefon hoch. „Geht das noch?“

„Theoretisch schon. Es ist nur nicht angeschlossen.“

Sie nimmt den Hörer ab und brabbelt etwas mit Mickymaus-Stimme auf Italienisch hinein. Kicher, kicher. Gacker, gacker. Bestimmt würde sie sich bestens mit den Mädchen aus meinem Kochkurs verstehen.

„Du schläfst hier“, sage ich und deute auf die Matratze, die ich neben mein Bett gelegt habe. Die Bücher sind jetzt teilweise auf dem Nachttisch, teilweise neben der Tür verstreut. Falls ich nachts mal rausmuss, habe ich das Vergnügen, über die Schönheit drüberzuklettern. Hoffentlich passieren da keine schlimmen Unfälle.

Sonia bedankt sich höflich und ihr leicht amüsierter Blick bleibt an dem Sessel vom Flohmarkt hängen. Er ist Omagrün, die Armlehnen sind zerschlissen, aber ich liebe ihn heiß und innig. Es gibt keinen besseren Ort zum Lesen und zum Träumen.

„Deine Sachen kannst du hier reintun.“ Ich fahre die Schiebetür meines Kleiderschranks zur Seite und zeige Sonia das leer geräumte Fach. Alles, was dafür rausmusste, habe ich unten reingestopft. Dort herrscht jetzt ein einziges Durcheinander aus T-Shirts, Jeans und keine-Ahnung-was-noch.

Ordnungsfanatiker würden das Gruseln kriegen. „Brauchst du auch Bügel?“

Statt zu antworten, geht Sonia zum Heizkörper und streichelt die Rippen. Hilfe, das sieht nach ziemlich übler Psychomacke aus!

„Die Heizung stellen wir im Sommer aber nicht an“, erkläre ich streng.

„Wir auch nicht.“ Sie kichert leise. „Ich gucke nur, wo ich meine Übungen machen kann.“

Wie bitte? Sonia will in meinem Zimmer Ballett tanzen?

Oh ja, sie will! Schon schlüpft sie aus den Slippers, nimmt ihr Bein hoch und legt es murmelnd auf der Heizung ab. Aus dem Gemurmel wird Gebrabbel, schließlich Geschimpfe. Alles auf Italienisch. Irgendwas scheint ihr an unserem Heizkörper zu missfallen. Sie nimmt den Fuß wieder runter und platziert ihn auf dem Schreibtisch, genauer gesagt auf meinem aufgeschlagenen Bio-Heft. Ich starre auf ihre nackten, mit roten Schwielen übersäten Zehen. Überall kleben Pflaster.

„Muss das sein?“ Ich bemühe mich um einen freundlichen Tonfall, aber in mir brodelt es. Es tut mir ja leid, dass ihre Füße vom vielen Tanzen so verunstaltet sind, aber – sorry – sie haben nichts auf meinem Schreibtisch zu suchen.

„*Mi dispiace.*“ Sonia nimmt ihren Fuß wieder runter und blickt mich ratlos an. „Wo kann ich denn trainieren?“

Das ist nun wirklich nicht mein Problem, doch bevor mir noch eine blöde Bemerkung rausrutscht, verschwinde ich lieber. Die Italiener sind erst ein paar Minuten hier und schon würde ich am liebsten auswandern. Echt schräg!

Aber es kommt noch schlimmer. Das Badezimmer ist besetzt (hallo, ich brauche dringend meine Allergiesalbe!), in der Küche wurschtelt Mami herum, im Wohnzimmer ist bereits der Tisch gedeckt und die Sahneschnittchen-Klamotten liegen in Stapeln auf dem Sofa. Genauer gesagt dort, wo ich am liebsten sitze und fernsehe. Bleibt nur der Balkon. Aber da lehnt Angelo an der Brüstung und guckt in den Sommerhimmel. Bestimmt geht es ihm ähnlich wie mir und er fühlt sich in unserer kleinen Wohnung beengt. Ich mache gleich wieder die Biege und verschnaufe auf dem Flur vor dem Meerschweinchen-Foto.

Die Ruhe hält gerade mal zwei Sekunden an, da ruft Mama: „Kommt ihr dann bitte? Wir können essen!"

Essen mit den Italienern. Schon damals bei unserem Kennenlernen fand ich es gewöhnungsbedürftig mit der Tendenz zu schrecklich und daran hat sich nichts geändert. Wir sitzen um den Wohnzimmertisch, so wie Familien es überall auf der Welt tun. Mit dem kleinen Unterschied, dass wir keine echte Familie sind. Das Internet-Schicksal hat uns zusammengewürfelt und leider gibt es keine offizielle Beschwerdestelle.

Die Schönheit spricht, ohne zu fragen, ein Tischgebet auf Italienisch, dann schaufelt sie sich alle möglichen Nigiri, Maki, *Keine-Ahnung-was*-Sushi auf ihren Teller. Ich hatte nie Geschwister und musste deswegen auch nicht teilen, doch das hier ist so egoistisch, dass schon wieder die Wut in mir hochkocht.

Aber ich sage nichts, nehme mir die Reste und lasse das Mittagessen wie einen Film an mir vorüberziehen. Nein, ich bin überhaupt nicht anwesend. Ich sitze bequem in meinem Kinosessel (leider ohne Nick und ohne sein Fresspaket) und gucke vier Leuten beim Essen zu.

Die Stimmung ist irgendwas zwischen bemüht heiter und angestrengt. Was auch kein Wunder ist an diesem ersten Tag als Quasi-Familie. Roberto ächzt bei jedem Bissen ein begeistertes „Hm!“ und Mama strahlt so stolz in die Runde, als hätte sie das Sushi höchstpersönlich zubereitet. Sonia hüstelt leise (vielleicht ist schon eine Allergie im Anmarsch?), nur Angelo isst schweigend. Er starrt ununterbrochen auf seinen Teller. Bloß einmal – Mama und Roberto sind gerade beim Thema Astrophysik – wirft er etwas Schlaues zur Entstehung des Universums ein und lächelt mich dabei für einen Sekundenbruchteil an. *Wusch* und *wumm* macht es und der Magenfahrstuhl setzt sich in Bewegung. Aber ich reiße mich am Riemen und tue, als sei gar nichts weiter passiert.

Hey, wow, geht doch! Ich krieg das hin! Auch ohne große Peinlichkeiten und Katastrophen. Selbst Mama scheint sich nach und nach zu entspannen, doch dann piepen plötzlich die Handys los. Erst bekommt Sonia eine Nachricht, kurz darauf Angelo (garantiert von der knusprigen Blondine), Robertos Handy zwitschert wie ein Vogel, und als Mama schon etwas säuerlich in die Runde guckt, gibt auch noch mein Smartphone Laut. Eine Nachricht von Pauline. Ich weiß, das ist nicht besonders höflich, aber ich gucke trotzdem unter dem Tisch nach.

Wie läuft's so?

Geht so, schreibe ich zurück.

Heißt …?

Wir essen gerade.

Was machen deine Gefühle? Bist du verknallt?

„Liv, kannst du nicht bis nach dem Essen warten?“, bohrt sich Mamas schrille Stimme in mein Hirn.

Das ist unfair! So was von unfair! Angelo und Sonia sind doch auch am Tippen. Selbst Mr Smart guckt ab und zu aufs Display.

„Also, mich stört das nicht“, sagt Angelo.

Ja, das war süß von ihm, Liv, aber deswegen musst du ihn nicht gleich mit Blicken auffressen!

Tu ich ja gar nicht.

Na, und ob. Du hast lauter Herzchen in den Augen!

„Ist es dein Freund?", dringt Sonias Stimme in mein Bewusstsein. „Also, den würde ich auch nicht warten lassen."
Sie sagt es so arglos, aber nur eine Millisekunde darauf passiert es: Ich werde rot. Knallrot!
Mist, mein angeblicher Freund. Den hatte ich fast schon vergessen.
„Nein, nur meine Freundin." Ich blicke Sonia mit meinem Feuermelderpustelgesicht herausfordernd an, dann stemme ich mich am Tisch hoch. „Und die lasse ich erst recht nicht warten."
Ein Lächeln blitzt in Angelos Gesicht auf, doch das sehe ich bloß aus dem Augenwinkel, denn ich bin schon halb aus der Tür.

Muffins und Cupcakes

Der erste Nachmittag.

Ich könnte heulen. Es ist so, wie ich befürchtet habe – und noch viel schlimmer. Von Sekunde zu Sekunde wird mir

klarer, wie wenig ich das alles will. Dass sich Sonia bei mir einnistet und dass Angelo, der bloß durch eine Wand von mir getrennt ist, aufs Neue meine Gefühle durcheinanderbringt. Zu allem Überfluss riecht es überall nach Sonias süßem Erdbeerparfum. Gleich zweimal musste sie sich seit ihrer Ankunft damit einnebeln.

Während ich auf dem Bett liege und auf meinem Handy herumklicke, wuselt sie zwischen Koffer und Schrank hin und her und räumt ihre Sachen ein. Zu achtzig Prozent bestehen die aus Ballettanzügen, Strumpfhosen, Stulpen und Spitzenschuhen. Okay, das ist kein Verbrechen – zumal sie mir einen wirklich hübschen Kettenanhänger mit einer blauen Glaskugel mitgebracht hat –, doch warum zur Hölle stellt sie ihren Koffer nicht einfach vor den Schrank?

Statt ständig hin und her zu flitzen und die Holzdielen zum Vibrieren zu bringen.
Unter normalen Umständen wäre ich längst zu Pauline oder Franzi geradelt, aber ich will Mama den Gefallen tun und wenigstens heute, an diesem ersten Tag, auf liebe Tochter machen. Auch wenn es mir unglaublich schwerfällt.
Eine Weile schreibe ich mir mit Pauline hin und her und schieße heimlich ein paar Fotos von Sonia (*Boah, ist die schön!*, kommentiert Pauline postwendend), dann nehme ich mein neues Astrologiebuch zur Hand und blättere darin herum.
Sonia lugt neugierig zu mir rüber. „Glaubst du echt an so was?“
„Das hat mit Glauben nichts zu tun“, erwidere ich. „Es gibt Leute, die beschäftigen sich wissenschaftlich damit.“ Das ist jetzt ein bisschen schlaumeierisch, aber sie soll nicht denken, dass ich völlig unterbelichtet bin.
„Und die schreiben dann diese albernen Horoskope, die in den Zeitschriften stehen?“ Glucksend sagt sie: „Passen Sie heute besonders gut auf. Überall lauern Gefahren.“
Ich schüttele den Kopf. „Astrologen berechnen die Stellung der Planeten zueinander und können daraus jede Menge ablesen.“
„Was denn zum Beispiel?“
„Welche Charaktereigenschaften ein Mensch hat.“

Sonia runzelt die Stirn. „Ich bin Widder. Und? Was für einen Charakter habe ich?“

Widder, ausgerechnet. Ich bin Fisch und angeblich harmonieren die beiden Sternzeichen gar nicht miteinander.

Kaum ist der Gedanke verpufft, brüllt Sonia durch die Wohnung: „Angelo, kommst du mal? Liv kann uns analysieren!“

„So einfach ist das nun auch wieder nicht“, wiegele ich ab, doch da geht schon die Tür auf und das Sahneschnittchen schaut herein. Mit diesem Lächeln, das mich immer total umhaut.

Er kommt zögerlich herein und blickt sich um. „Ah, so viele Bücher!“, sagt er staunend.

„Liest du nicht?“, frage ich ihn.

„Doch, schon, ich mag Krimis, aber ...“

„Angelo schafft kein Buch zu Ende.“ Sonia lacht. „Er wird immer von seinen vielen Verehrerinnen unterbrochen.“

Verlegenes Grinsen. Er klemmt sich eine Haarsträhne hinters Segelohr.

„Liv ist Astrologin“, fährt Sonia fort. „Sie kann uns was zu unserem Charakter sagen.“

„Davvero?“ Angelos Wimpern flattern.

Widder haben dicke Hörner.

Sie sind zielstrebig, wollen immer mit dem Kopf durch die Wand.

Sind nur selten zu Kompromissen bereit.
Und wenn sie etwas haben wollen, holen sie es sich.
Nur eins sind sie nicht: schüchtern, so wie du.

„Nein, das kann ich nicht", erkläre ich leise. „Ich bin auch keine richtige Astrologin. Ich habe mich bloß ein bisschen mit dem Thema beschäftigt." Und weil beide mich so neugierig ansehen, fahre ich fort: „Ich weiß ja nicht mal euren Aszendenten. Der ist aber sehr wichtig."

„Und wie kriegt man den raus?" Ganz vom Sternzeichen-Virus erfasst wippt Sonia auf den Zehenspitzen und ab.

„Dazu muss man die genaue Geburtszeit wissen."

„Oh." Sonia runzelt die Stirn. „Angelo, wann sind wir geboren?"

Das Sahneschnittchen zuckt mit den Achseln. „Ich weiß nur, dass du zuerst da warst."

„Angelo hat sich noch zwanzig Minuten Zeit gelassen!" Sonia grinst. „Ich hab mich draußen schon echt gelangweilt."

Jetzt wird mir so einiges klar. Wahrscheinlich war sie bereits im Mutterleib die Forschere von beiden. Und so ist es bis heute geblieben. „Wir können *papà* fragen", quasselt sie ohne Punkt und Komma weiter.

„Was steht denn heute noch so an?", wechselt Angelo das Thema. Vielleicht behagt es ihm doch nicht, von mir in die Psychomangel genommen zu werden. Ich könnte es glatt verstehen.

„Weiß nicht", sage ich und gucke aus purem Selbstschutz schräg an ihm vorbei. Denn sobald ich ihm in die Augen sehe, saust der Magenfahrstuhl wieder rauf und runter. Ich habe mir jedenfalls kein Programm für die Italiener überlegt. Soll Mama sich doch darum kümmern. Kirchen, Museen und Schlösser gibt es ja wohl reichlich in München und Umgebung.

Wie aufs Stichwort schaut Mama herein und ruft putzmunter: „Auf geht's! Wir fahren an den Starnberger See. Packt eure Badesachen ein."

Das ist nicht dein Ernst, Mama! Wenn ich eins nicht tun werde, dann mich vor Angelo im Bikini zeigen! Eher würde ich noch nackt durch die Klasse laufen und jodeln.

„Also, ich ...", fange ich an, aber Mama fällt mir ins Wort. „Komm mit, Liv! Es ist so ein schöner Tag!"

„Ja, bitte!", schließt sich Roberto an, der meiner Mutter über die Schulter lugt.

Und als mich auch noch Sonia nett bittet und Angelo so guckt, als würde er *bitte!* denken, lasse ich mich erweichen.

Wir sind da. Mama, Roberto, Sonia, Angelo und ich samt einer Kühltasche voller Getränke, Muffins und Cupcakes

aus Mamas Büchercafé. Der Himmel ist wolkenlos, der Blick über den spiegelglatten See bis zur Alpenkette phänomenal und Mama sagt alle zwei Sekunden: „Ist das nicht schön hier? Hach, ich liebe den Starnberger See!"
Ich blicke mich um. Ja, es ist schön. Aber auch schön voll. Alles, was zwei oder vier Beine hat, scheint sich heute Nachmittag auf den Weg gemacht zu haben, um ein paar nette Stunden am Wasser zu verbringen. Es gibt nur eine Schatten spendende Kastanie auf der großen Liegewiese, aber dort hat es sich bereits eine Großfamilie gemütlich gemacht. Und unter der Trauerweide am Seeufer wird ein Kindergeburtstag gefeiert. Lachen dringt zu uns rüber –
ein happy Sommernachmittag im Grünen.
„Puh, ganz schön heiß!" Sonia pfeffert ihre Gucci-irgendwas-Tasche in den Sand. „Einen Sonnenschirm haben wir nicht zufällig dabei?"
Mama schüttelt schuldbewusst den Kopf.
„Macht doch nichts", meint Angelo und zieht sich das T-Shirt über den Kopf. „Bei uns knallst du dich doch auch in die Sonne."
Ich will nicht hinschauen und tue es trotzdem. Angelo mit nacktem Oberkörper – das ist der Wahnsinn! Er erinnert mich an ein Magnum und ich muss mich sehr beherrschen, um ihn nicht aus Versehen anzuknabbern. Seine Haut ist samtig und zart gebräunt und seine Figur … wow! Genau

die richtige Mischung aus schlank, aber nicht zu dünn. Aus sportlich, aber nicht zu muskulös. Jungs wie er schwimmen einfach gerne im Meer, spielen mit Freunden Basketball, skaten oder schleppen freiwillig die Getränkekisten.
Weil mein Magenfahrstuhl schon wieder Fahrt aufnimmt, gucke ich schnell weg. Inzwischen gibt es auch etwas anderes Spannendes zu sehen: die Schönheit, die sich in Zeitlupe entblättert. Anders als Angelo ist sie megadünn und megadurchtrainiert. An allen erdenklichen Körperstellen zeichnen sich Muskeln ab: an den Armen und Beinen, am Bauch, sogar am Rücken.

Es ist entschieden. Ich werde den Teufel tun und mich vor den Zwillingen ausziehen. Nicht heute und auch nicht in einer Million Jahren. Ich schäme mich für meine weiblichen Rundungen, für meine blasse Haut, einfach dafür, wie ich nun mal bin. Franzi meint immer, ich müsse endlich mit meinem angeknacksten Selbstbewusstsein Frieden schließen, aber wie soll das gehen, wenn ich ständig Mädchen wie Sonia vor der Nase habe?
Mein Blick geht zu Mr Smart und Mama, die auch schon in ihren Badesachen dastehen. Mama in einem so knappen pink-schwarz gemusterten Bikini, dass ich am liebsten im Sand versinken möchte (peinlich, peinlich!). Mr Smart trägt einigermaßen passable Badeshorts, nur seine Brust ist so behaart wie bei einem Orang-Utan.

Ob Mama das gut findet?
Kaum habe ich den Anblick der drei Halbnackten halbwegs verdaut, sagt Mama: „Liv, zieh doch mal deine Shorts und dein T-Shirt aus. Das ist doch viel zu heiß."
Ich feuere einen bösen Blick auf sie ab, aber sie fährt munter fort: „Oder willst du so ins Wasser?"
„Ich gehe nicht baden", erkläre ich und setze mich in den Sand.
„Hast du deine Tage?", tönt Sonia so laut, dass sich gleich drei Augenpaare auf mich heften. Und wahrscheinlich gucken auch noch die Großfamilie, die Kinder unter der Trauerweide und alle anderen Badegäste.

Ich schüttele den Kopf. „Mit dem Ausschlag gehe ich nicht in so ein kontaminiertes Gewässer."
„Konta... was?" Sonia nimmt ihre riesige Filmstar-Sonnenbrille ab und sieht mich aus aufgerissenen Augen an.
„Verseucht", klärt Angelo sein nicht ganz so schlaues Schwesterchen auf.
„Ihh!", kreischt diese. „Dann geh ich da auch nicht rein."
„Liv, wie kannst du so was behaupten?", mischt sich Mama ein. „Der See ist absolut sauber."
„Ich dachte, ich hätte so was gelesen", murmele ich und klicke mein Handy auf.
„Komm, Roberto." Mama nimmt ihren Liebsten an die Hand, und als müsse sie mir demonstrieren, wie viel Spaß

es macht, in den See zu gehen, kreischt und kiekst sie wie ein Teenager, kaum dass sie ihren großen Zeh ins Wasser getaucht hat. Das ist so peinlich! Checkt sie denn eigentlich gar nichts mehr?

Das Dumme an der Sache ist nur: Angelo und Sonia wollen jetzt auch nicht mehr baden. Im Schießen von Eigentoren bin ich phänomenal! Während sich die Schönheit auf dem Handtuch ausstreckt und rekelt, setzt sich Angelo etwa zwei Armlängen von mir entfernt in den Sand und nimmt sein Handy zur Hand.

Kindergeschrei dringt zu uns rüber, Vögel zwitschern, Sonia döst und eigentlich hätte ich allen Grund, mich sauwohl und tiefenentspannt zu fühlen. Doch das Gegenteil ist der Fall. Mein Gesicht glüht, meine Beine zucken und meine Gedanken fahren Loopings.

Starr ihn nicht immer so an, Liv.

Ich kann aber nicht anders!

Du bist voll peinlich.

Hach, sein Oberkörper! Wie sich das wohl anfühlt ...

O Mann, jetzt drehst du aber total durch. Schalt mal einen Gang runter. Und mach bitte nicht so auf Tussi.

ICH MACHE AUF TUSSI? Never ever!

Doch! Du spielst in deinen Haaren rum und ruckelst so affig an deiner Sonnenbrille.

Sonia wacht aus ihrem Dämmerschlaf auf, stützt sich mit

den Ellbogen ab und sagt: „Wieso unterhaltet ihr euch nicht mal? Ist euch nicht langweilig?“
Angelo nuschelt etwas auf Italienisch, das nicht besonders freundlich klingt. Ich krame geschäftig in meiner Tasche und tue, als würde mich das alles nichts angehen.
„Okay, ich spring dann doch mal in den See.“ Sonia steht auf, reckt und streckt ihren Ballerinen-Körper, dann zwinkert sie mir zu. „Wenn ich ohne Beine zurückkomme, hattest du recht.“
Weg ist sie und das halb nackte Sahneschnittchen und ich sind allein. Obwohl überall um uns herum Menschen lachen, kreischen und Spaß haben, fühle ich mich, als hätte man uns in eine Raumkapsel gesteckt und ins All geschossen.
Angelo guckt angesäuert. Klar, es ist ja auch die Höchststrafe, mit mir an einem See zu sitzen. Kann ich verstehen. Wieder beugt er sich über sein Handy und ich tue, als würde es mich brennend interessieren, wie die Schönheit zum See tänzelt. Sie kiekst genauso wie Mama, als ihr Fuß mit dem Wasser in Berührung kommt. Schlimmer, sie schreit auf und hüpft wie ein durchgedrehter Frosch umher.
Angelo guckt hoch und schüttelt den Kopf. „Echt, dass sie sich immer so wichtigmachen muss!“
Ich sage nichts, starre bloß angestrengt zum See. Mist, wieso fällt mir nichts ein, was ich darauf sagen könnte? Et-

was Schlagfertiges oder Witziges, so wie mir das bei Justus oder Nick ganz automatisch über die Lippen kommt.

Mein Herz hämmert wie verrückt, es dreht fast durch und ich wünschte, es würde irgendwas passieren. Dass Mama und Roberto aus dem Wasser kommen und mich erlösen. Oder dass sich zwischen Angelo und mir eine stinknormale, von mir aus auch langweilige Unterhaltung entspinnt. Doch es wird von Sekunde zu Sekunde bloß noch krampfiger. Und dann dämmert mir eine wirklich niederschmetternde Erkenntnis: Er interessiert sich kein Stück für mich. Nicht mal als stinknormale Gesprächspartnerin bin ich brauchbar.

Eine halbe Ewigkeit später greift er nach der Kühltasche und schaut hinein: „Hast du Lust auf was Süßes?"

Mein Magen ist wie zugeschnürt und ich schüttele den Kopf. „Nö, ich warte noch."

„Isst du nicht so gerne Süßes?

„Doch schon, aber ..."

„Ich weiß, es ist ganz schön heiß. Fast wie bei uns im Sommer."

Er macht die Kühltasche wieder zu und blickt mich ernst an. Megaernst. Eine heiße Vulkanwelle rauscht durch mich hindurch, gefolgt von einer Schippe Eiswürfel, die meinen Rücken hinabrasseln.

Hervorragend! Ganz große Klasse! Das versprechen drei aufregende Wochen zu werden. Ich in einer Zeitzone, wo

das Klima blitzschnell zwischen Hitze und Eis, zwischen Sommer und Winter wechselt.
„Tut mir übrigens leid, dass wir so bei euch reingeplatzt sind“, höre ich Angelo wie aus weiter Ferne sagen.
Ich nicke und murmele: „Schon okay.“
„Nein, das ist nicht okay. Du musst dein Zimmer jetzt mit Sonia teilen, kannst nicht mehr machen, was du willst, und wenn dein Freund mal zu Besuch kommt …“ Er bricht ab und starrt auf seine Füße. Auch die sind wunderschön.
Mein Freund, shit, ja, mein Freund. Die Lüge haftet wie Sekundenkleber an mir.
Du starrst ihn schon wieder an!
Egal. Er hat so wunderschöne Augen. Wie das Schokobraun in meinem Tuschkasten.
Aber er wird denken, du hast sie nicht mehr alle.
„Ehrlich, ich hab das nicht gewollt … Also, dass …“
Bevor er den Satz zu Ende bringen kann, kommen Mama, Roberto und die Schönheit angelaufen. Ausgerechnet in dieser Sekunde! Hätten sie nicht noch ein paar Minuten länger im Wasser bleiben können? Jetzt, wo wir endlich ein paar Sätze miteinander gewechselt haben.
Was hat Angelo nicht gewollt? Dass wir hier einen auf Familie machen? Oder dass wir uns in diesem Leben noch einmal über den Weg laufen?
„Hach, ist das Wasser nicht herrlich!“, ruft Mama und wirft

Sonia und Mr Smart Handtücher hin. „Angelo, Liv, wollt ihr nicht doch noch schwimmen? Ihr verpasst was!“

Kapiert Mama es nicht? Und wenn der Schweiß in Sturzbächen an mir hinabläuft, ich werde mich nicht vor den Italienern im Bikini zeigen.

Aber auch Angelo bleibt sitzen und malt mit dem Zeigefinger eierige Kreise in den Sand. Ein verunglücktes Herz ist dabei, doch das verwischt er gleich wieder.

Dann gibt es Muffins, Cupcakes, kalte Getränke für uns und Kaffee für das Liebespaar, aber ich bringe nicht mal ein paar Krümel runter. Jedes Mal, wenn ich zu Angelo herübergucke, weicht er meinem Blick aus.

Ganz klar. Er will nicht hier bei uns sein. Weil es jenseits der Alpen so viel schöner ist. Mit seiner knusprigen Blondine und seinen tollen Freunden. Ich kann es ihm nicht mal verübeln.

Natursauerteigbrot, Gorgonzola und Mortadella

Die Nacht ist dunkel und voller Geräusche. Sonia hüstelt im Schlaf, sie raschelt mit dem Bettbezug, fiept wie ein Hundejunges, röchelt, murmelt etwas auf Italienisch, wälzt sich hin und her – der blanke Horror.

Wie anders es doch ist, wenn Franzi, Pauline und ich zusammen übernachten! Wir quatschen bis zur Heiserkeit, albern herum und kichern, aber danach herrscht Ruhe. Einfach nur himmlische Ruhe. Und am nächsten Morgen sind wir alle wunderbar ausgeschlafen.

Das kann ich mir abschminken. Stunde um Stunde liege ich wach und bin meinen wild kreisenden Gedanken ausgeliefert. Der Nachmittag am See ... Angelo ... Unsere stockende Unterhaltung ... Diese seltsamen Blicke ... Zum Glück ist wenigstens das Schuljahr schon gelaufen. Die Noten stehen so gut wie fest, es können keine schlimmen Katastrophen mehr passieren.

Erst gegen Morgengrauen schlafe ich ein. Als Mama uns um halb sieben weckt, fühle ich mich, als wäre ein Panzer über mich hinweggebrettert. Einfach nur platt.

„Aufstehen, ihr Hübschen!" Mama, die noch in ihrem neckischen *Vernasch-mich-doch*-Nachthemdchen steckt, huscht an uns vorbei und reißt die Vorhänge auf. Grelles Sonnenlicht blendet mich und ich halte mir die Hand vor die Augen.

„Gut geschlafen, Sonia?"

„*Sì, sì!* Die Matratze ist superbequem. Und Liv hat auch gar nicht geschnarcht."

Bevor ich ihr noch vorhalte, was sie in der Nacht alles getan hat (geröchelt, gehustet, geraschelt und gefiept), schlage ich die Decke beiseite und steige über sie hinweg.

Ich reiße die Badezimmertür auf und pralle gleich wieder zurück.

Angelo.

Starr ihn nicht so an, Liv!

Er steht in Boxershorts vorm Spiegel und putzt sich die Zähne. In gestreiften Boxershorts, die seinen knackigen Po betonen. Bei meinem vermutlich furchterregenden Anblick macht er einen Hopser zur Seite, stößt sich dabei den Fuß an der Duschkabine, stöhnt vor Schmerz auf, wobei eine Ladung Zahnpasta aus seinem Mund spritzt, mitten auf mein Schlafshirt.

Meine Beine, wie peinlich! Jetzt hat Angelo meine wachsweißen nackten Beine gesehen!
„'tschuldigung", nuschele ich und ziehe die Tür gleich wieder zu.
Draußen hibbelt Sonia in ihren superknappen, supersexy Schlafshorts und im bauchfreien Schlafoberteil (keine Ahnung, welchen Zweck bauchfrei nachts erfüllt?) auf und ab.
„Ich muss mal. Habt ihr echt nur ein Klo?"
„Ja, echt. Und ich muss auch. Aber dein Bruder putzt sich die Zähne."
Tolle Idee, die beiden mit mir zur Schule gehen zu lassen. Da heißt es jetzt jeden Morgen Schlange stehen.
„Angelo!" Sonia hämmert an die Tür und ihr Bruder lässt sie rein.
Und ich? Soll ich mir vielleicht in die Hosen machen? Bis zum Anschlag genervt stapfe ich in die Küche. Mama ist zum Glück allein und schmiert fröhlich pfeifend Pausenbrote.
„Wie hast du dir das eigentlich vorgestellt?", frage ich.
„Was?" Sie fährt herum und lächelt wie erleuchtet. Muss ja eine fantastische Nacht für sie gewesen sein.
„Wie wir uns morgens alle gleichzeitig für die Schule fertig machen sollen? Ich kann ja nicht mal aufs Klo, weil … Ein Klo ist einfach zu wenig für fünf Leute!" Ich werde immer

lauter, rede mich richtig in Rage. „Da kannst du ja gleich Pipitöpfe auf dem Flur verteilen."

„Liv!" Mama wirft mir einen vernichtenden Blick zu. Als sei ich die schlimmste Tochter unter der Sonne. „Es ist doch nur vorübergehend."

„Aber sie hat recht, Julia." Mr Smart taucht im Türrahmen auf. Zum Glück ist er schon angezogen. „Vielleicht sollten wir uns doch lieber ein Ferienapartment nehmen."

„Kommt ja gar nicht infrage. Roberto, wir wollten doch gerade testen …" Sie bricht ab.

Was wollte sie testen? Wie wir als Patchworkfamilie funktionieren? Zu fünft in unserer kleinen Wohnung?

„Bad ist frei!", tönt es munter vom Flur. Das war Sonia. Sie und das Sahneschnittchen müssen eine echte Blitzwäsche hingelegt haben.

„Siehst du, geht doch", meint Mama und Roberto macht sich ganz dünn, damit ich mich an ihm vorbeiquetschen kann.

Zehn Minuten später bin ich geduscht, habe meine türkisfarbene Lieblingstunika angezogen und schlinge in der Küche, die eigentlich wegen Überfüllung geschlossen werden müsste, mein Müsli im Stehen runter. Nein, halt! Ich habe

mir vorher ein paar frische Erdbeeren und einen halben Pfirsich hineingeschnibbelt. Dazu ein Klecks Sahne, damit es richtig schön cremig schmeckt. So viel Zeit musste sein.
Sonia sitzt auf meinem Platz am Fenster und lässt ihre Blicke über den reich gedeckten Frühstückstisch gleiten. Eine so große Auswahl an Aufschnitt und Käse gibt es sonst nur an Weihnachten oder am Geburtstag.
„Lang zu, Sonia!“, sagt Mama, die zwischen das Sahneschnittchen und Mr Smart eingequetscht dasitzt. Vor ihm steht ein einsamer Kaffee.
„Habt ihr vielleicht auch ... äh ... einfach nur ein paar Kekse?“, fragt sie.

Kekse? Zum Frühstück? Mama würde mir was husten, würde ich so ungesunden Süßkram schon gleich morgens essen wollen.
Doch Mama springt sofort auf und hockt sich vor den Vorratsschrank. Keine Ahnung, warum sie das tut. Wir haben keine Kekse im Haus, das weiß ich zufällig ganz genau. Mama meint, Kekse haben null Nährwert und ruinieren die Figur (was ja auch stimmt). Eine Weile wühlt sie im Schrank, sie kriecht fast hinein, dann kommt sie wieder hoch und schüttelt den Kopf. „Tut mir leid, Sonia. Aber vielleicht magst du ein Brot mit Erdbeermarmelade? Die ist köstlich. Hat meine Freundin Anett selbst gemacht.“
Mag Sonia nicht. Sie mag nur Kekse. Und langsam fange

ich an zu begreifen, warum sie tagsüber wagenradgroße Pizzen und Sushi bis zum Abwinken verdrücken kann. Weil sie nach dem nährstoffarmen Frühstück einfach Hunger auf was Richtiges hat.

Auch Mr Smart und Angelo nippen nur an ihren Tassen. Dabei hat Mama extra Gorgonzola und Mortadella im italienischen Feinkostladen am Viktualienmarkt und Natursauerteigbrot in der Hofpfisterei gekauft.

„Wir frühstücken eigentlich immer nur ein paar *biscotti*", sagt Mr Smart entschuldigend. „Ab und zu auch mal ein süßes Teilchen in einer Bar."

„Ach, wirklich?", entgegnet Mama. Jetzt tut sie mir echt leid. Sie hat sich total ins Zeug gelegt, aber die Italo-Truppe weiß es leider nicht zu schätzen.

„Kein Problem, *tesoro*. Das Brot sieht fantastisch aus. So herrlich deutsch!"

Wie zum Beweis schnappt er sich eine Scheibe und bestreicht sie, was ihn sichtlich Überwindung kostet, mit dem sahnigen Gorgonzola. Lecker! Müsste ich nicht gleich los, würde ich mir ebenfalls ein Schnittchen schmieren.

Angelo und Sonia weigern sich immer noch beharrlich, etwas zu essen. Offen gestanden ist mir das gerade ziemlich schnuppe. Selbst schuld. Dann gehen sie eben mit leeren Mägen in die Schule.

Rasch Zähne putzen, danach brechen wir auch schon auf.

Für gewöhnlich fahre ich mit dem Rad, heute bringt Mama uns mit dem Auto. Wahrscheinlich wird sie das auch morgen tun. Und übermorgen ebenfalls, weil unseren hochherrschaftlichen Gästen ein Fußweg von zwanzig Minuten nicht zuzumuten ist. Mir soll's nur recht sein. So kann ich noch ein paar Minuten im Dämmerzustand verbringen, bevor gleich der Wahnsinn losgeht. Pauline und Franzi sind schon megagespannt auf die Zwillinge und meine Klassenkameraden löchern mich seit Tagen.

Wie alt sind die?

Wie sehen sie aus? Klein und dunkelhaarig?

Ist die Braut hot?

Und der Junge? Typ Gigolo mit Goldkettchen und gegelten Haaren?

Mein Vater sagt, alle Italiener sind unpünktlich, temperamentvoll und essen den lieben Tag lang Pizza. Stimmt das?

Ehrlich, so ging es die ganze letzte Woche, ich konnte es schon nicht mehr hören. Ja, die Braut ist *hot* und der Typ sowieso. Ich habe so getan, als seien die beiden ganz normal. So wie wir alle – okay, Nastja Elena mal ausgenommen.

Pauline und Franzi stehen an der Ampel vor der Schule und halten nach uns Ausschau. War ja klar. Die Neugier hat sie früher als sonst aus dem Bett getrieben.

Mama wünscht uns viel Spaß, dann steigen wir aus dem Auto. Das Königspaar und ich, die Zofe.

„Cooles Gebäude", meint Sonia, während Pauline und Franzi bereits auf uns zusteuern.

Hat sie Tomaten auf den Augen? Unsere Schule ist ein stinknormaler grauer Kasten von anno dazumal. Zum Glück sind wenigstens die Klassenzimmer und Toiletten vor einigen Jahren renoviert worden.

Pauline ist mit einem Satz bei uns und streckt den Zwillingen die Hand hin.

„Ich bin Pauline und die beste Freundin … sorry", sie deutet auf Franzi, „also, Franzi und ich, wir sind die besten Freundinnen von Liv."

„Servus." Franzi winkt lässig und bleibt etwas auf Abstand.

„Hi!", sagt Sonia.

„Ciao", murmelt Angelo und lächelt wie angeknipst.

„Find ich ja toll, dass ihr mitkommt", meint Pauline, während wir über den Parkplatz laufen. „Ich würde mir das nicht freiwillig antun."

„Wieso, ist doch cool", meint Sonia. „So ganz ohne Noten. Und was sollen wir auch sonst tun? Rumhängen?"

Franzi lacht auf. „In München muss man ganz bestimmt nicht rumhängen. Da kann man so viel unternehmen."

Angelo klemmt sich wieder eine Haarsträhne hinters Ohr und hebt den Blick. Er will was sagen? Er will wirklich etwas sagen? Hallo, Sensation! „*Papà* meint, wir sollen mal ein anderes Schulsystem kennenlernen."

„Und wozu soll das gut sein?“ Pauline sagt das ganz arglos und ich stoße sie verstohlen an. Rafft sie es wirklich nicht? Das ist garantiert alles Teil der Testphase. Falls Mama und Mr Smart eines Tages Ernst machen.

Kaum sind wir in der Schule, geht der Spießrutenlauf los. Ich hab's befürchtet. Alles, was Augen im Kopf hat, starrt uns an. Die jüngeren Schüler, die älteren – sogar unser Hausmeister und ein paar Lehrer gaffen. Und ich verstehe auch, warum. Die Schönheit und das Sahneschnittchen würden selbst noch aus einer Schar Supermodels herausstechen.

Während Pauline und Sonia munter drauflosquatschen – die beiden scheinen sich auf Anhieb zu verstehen –, halte ich mich an Franzis Arm fest und rede mir gut zu.

Das stehst du durch, Liv. Kein Grund, nervös zu werden.

Nein, du bist null gestresst. Dein Ausschlag ist fast weg.

Alles easy-piesy. Mach dich locker.

Nastja Elena steht mit Justus an der Treppe zum ersten Stock und hat ebenfalls ihre Glotzerchen auf uns geheftet. Das ist die Gelegenheit! Ich hole Angelo ein.

„In der Aula finden alle wichtigen Versammlungen statt“, erkläre ich, als hätte er mich gerade danach gefragt. „Manchmal feiern wir hier auch Schulfeste oder der Chor oder die Schulband treten auf.“

„Ihr habt eine Schulband?“, hakt Angelo nach. Seine langen Wimpern flattern.

Ich nicke übertrieben, und während wir an dem Traumpärchen vorbeispazieren, lege ich ein Lächeln der Sorte extrasweet auf. „Schon seit dreißig Jahren."
Wir sehen uns an und müssen lachen.
„Natürlich mit wechselnder Besetzung. Ganz früher war es eine Folkgruppe. Die jetzige Band hat von Indie über Metal bis Deutsch-Pop alles Mögliche im Programm."
„Nicht schlecht", sagt Angelo. Ich glaube, er ist wirklich beeindruckt. „An unserer Schule gibt es so was leider nicht. Und ich hab's bisher auch nicht geschafft, eine zu gründen."
Wow – Angelo ist Musiker? So wie mein Erzeuger?

„Was spielst du denn? Gitarre? Schlagzeug?"
„Etwas Gitarre. Und ich singe. Also, manchmal. Und ich schreibe Songs."
Ich bin baff. Das hatte ich nicht erwartet.
„Was für Songs?", hake ich nach und versuche nicht allzu beeindruckt oder sogar schwärmerisch rüberzukommen.
„Italienischen Pop. Ab und zu auch Balladen auf Englisch."
Wie cool ist das denn! Es gäbe noch so viel dazu zu fragen – Musik ist ein spannendes und auch unverfängliches Thema –, aber da sind wir leider schon in unserer Klasse. Wieder wird gestiert, dass der Boden bebt, doch jetzt stört es mich viel weniger als noch vor ein paar Minuten. Lieber spüre ich dem oberwahnwitzigen Gefühl nach, dass ich mich eben ganz normal mit Angelo unterhalten habe.

Es war weder verkrampft noch haben mich Wusch- und Wumm-Gefühle aus den Socken gehauen. Und ich bin auch nicht ständig rot geworden.
„Wo sollen wir uns denn hinsetzen?", fragt mich Sonia, als wäre ich die Lehrerin.
„Hier!", ruft Maximilian hoffnungsvoll. Der muss natürlich gleich wieder auf Klassenclown machen. „Wir rücken zusammen."
„Oder du setzt dich auf Leos Schoß", feixt sein Banknachbar Nils, woraufhin auch ein paar andere Herren der Schöpfung *Hier! Hier ist auch noch Platz!* grölen.
Alles klar. Die Jungs sind nicht blind; jeder will bci Sonia punkten.
Anders die Mädchen. Einige kichern leise, andere starren Angelo mit leicht geöffneten Lippen an. *Was für ein Hammermund!* steht in ihren Augen geschrieben. *Und erst seine Locken! Die würde ich ja gerne mal verwuscheln!*
Alle sind noch am Feixen, Quasseln und Johlen, als unsere Klassenlehrerin reinkommt. Frau Fleischfresser – anders als ihr Name vermuten lässt, lebt sie vegetarisch – ist die tollste Lehrerin der Welt. Ihr Unterricht ist immer spannend, sie haut niemanden in die Pfanne, ganz im Gegenteil, sie hilft den schwächeren Schülern und versucht so gerecht wie möglich zu sein.
„Grüß Gott und Ruhe bitte", ruft sie in die Klasse. „Da sind

ja unsere Gäste aus Italien!“ Sie steuert auf Angelo und Sonia zu und begrüßt sie per Handschlag. „Ich bin Frau Fleischfresser und unterrichte Deutsch und Biologie.“
Die Schönheit und das Sahneschnittchen wirken plötzlich eingeschüchtert und verziehen keine Miene.
„Ich möchte euch ganz herzlich im Namen der Klasse begrüßen“, fährt sie fort, „und hoffe, ihr werdet bei uns eine interessante, lehrreiche und auch wunderschöne Zeit haben.“
„Dafür sorgen wir schon!“, ruft Adalbert aus der letzten Reihe und alle klatschen.

Während Angelo immer noch stocksteif dasteht, verbeugt sich Sonia wie eine Ballerina und der Applaus schwillt an.
„Ihr könnt euch jetzt langsam wieder beruhigen.“ Frau Fleischfresser läutet das Glöckchen, das immer auf dem Pult bereitsteht, und sofort wird es still. Das ist eine Absprache zwischen ihr und unserer Klasse. Kommt es zum Einsatz, müssen wir ruhig sein. „Sonia, wenn Pauline einen Platz nach rechts rutscht, kannst du dich neben deine Freundin Liv setzen.“
Halt, nein!, würde ich am liebsten rufen. Sonia ist nicht meine Freundin! Und sie ist auch kilometerweit davon entfernt, eine zu werden. Nicht nur, dass ich ihretwegen eine schlaflose Nacht hatte, sie hat es auch geschafft, in den wenigen Minuten zwischen Aufstehen und Keinen-Keks-

Frühstücken mein Zimmer zu verwüsten. Überall flogen ihre knappen Klamotten herum, als ich meine Schulsachen holen wollte.

„Sehr gerne", sagt Sonia wohlerzogen und watschelt mit seltsam nach auswärts gedrehten Füßen auf mich zu.

„Warum gehst du so komisch?", platzt es ziemlich uncharmant aus Tom heraus.

„Weil ich Tänzerin bin, deswegen", antwortet sie und lässt sich mit genervtem Augenrollen neben mich fallen.

„So richtig Ballett?", hakt Maximilian nach. „Dann mach doch mal was vor."

„Maximilian." Frau Fleischfresser schickt ihm einen strengen Blick, dann fährt sie fort: „Angelo kann sich neben Emma setzen."

Alles gackert los, während Angelo mit hochgezogenen Schultern zu seinem Platz geht. Emma kann Jungs nicht ausstehen (jedenfalls sagt sie das von sich selbst) und hält sie sich möglichst vom Leib. Gut so. Dann kann ich wenigstens sicher sein, dass mit den beiden im Unterricht nichts läuft.

Die erste Stunde geht ziemlich locker rum. Sonia berichtet von ihrem Schulalltag in Italien. Wir erfahren, dass sie und Angelo die *Scuola media superiore*, eine Art Oberschule, besuchen und den sprachlichen Zweig gewählt haben. Sie erzählt von einer Klassenfahrt zu einer antiken Aus-

grabungsstätte, von Schulausflügen ans Meer und auch ein wenig von ihrer Ballettausbildung. Angelo bestätigt die Aussagen seiner Schwester mit Kopfnicken, darüber hinaus hüllt er sich in Schweigen. Das ist wieder mal typisch für ihn. Sobald mehr als zwei Leute im Raum sind, wird er total schüchtern. Ich frage mich ernsthaft, wie er es schafft, als Sänger vor Publikum aufzutreten.
In der zweiten Stunde lesen und interpretieren wir ein Gedicht von Ringelnatz. Abermals tut sich Sonia hervor. Sie bestreitet fast die ganze Stunde allein. Manchen Leuten fällt eben alles in den Schoß. Schönheit, Grips und auch noch das Talent, ohne Punkt und Komma zu reden.

In der großen Pause ist wieder Roter-Teppich-Auftritt angesagt. Jede Minibewegung der Italiener wird registriert und kommentiert und dann wollen Nils, Madita und Leo auch noch ein Selfie von sich mit den Zwillingen machen.
„Eifersüchtig?“, raunt mir Franzi zu, als wir uns zufällig im Vorraum der Toilette treffen.
„Quatsch.“ Ich gebe mich betont gleichgültig. „Ich will ja nichts von ihm.“
Franzis Augenbraue hebt und senkt sich. Wenn sie so guckt, weiß ich schon, was sie denkt.
„Ja, okay, ich finde ihn immer noch toll“, gestehe ich, weil Franzi mich weiter mit ihren Blicken durchbohrt. „Aber es hat keinen Sinn. Das muss ich gar nicht erst versuchen.“

„Gut, dann grab dir am besten ein Erdloch und verkriech dich bis ans Ende deiner Tage."

Die Tür geht auf und Pauline platzt herein. „Ach, hier steckt ihr." Sie fällt mir um den Hals, springt übermütig an mir hoch, dann schaltet sie einen Gang runter und sagt gedämpft: „A Punkt ist ja so süß! Wenn du den nicht nimmst, Liv, bist du echt schön blöd!"

Ich stöhne auf. „Seit wann kann man sich einen Typen einfach nehmen? A Punkt ist doch kein Keks. Außerdem fandst du neulich noch Nick Becker mit ck süß."

„Glaub mir, man kann schon mehrere Jungs gleichzeitig süß finden. Aber keine Sorge, ich komm dir nicht in die Quere." Pauline zwickt mich. „Na, los, schnapp ihn dir und vernasch ihn. Also, ich meine A Punkt."

„Ja, schon klar", sage ich und tätschele sie, damit sie mal wieder runterkommt.

„Wenn du Gefühle für ihn hast, solltest du es auf jeden Fall probieren", schaltet sich Franzi ein. Und mit Blick auf Pauline fährt sie fort: „Wobei vor dem Vernaschen schon noch ein paar andere Dinge kommen. Küssen zum Beispiel."

„Die Reihenfolge ist doch wurscht", entgegnet Pauline. „Man kann auch ... äh ... ihr wisst schon machen, bevor man sich küsst."

„Du meinst fummeln?", fragt Franzi.

„Könnt ihr das Thema jetzt mal lassen?", sage ich und taxiere mein Gesicht im Spiegel. Auf einer Skala von null bis zehn liegt mein Ausschlag bei zweieinhalb. Also ganz okay. „Sagt mir lieber, wie ich den Tag mit S Punkt und A Punkt überstehen soll."

„Wieso, du musst sie doch nicht babysitten." Pauline zieht eine Mascara aus ihrer Hosentasche und tuscht sich die Wimpern nach. „Die kommen auch ohne dich klar."

„Eben", meint Franzi. „Alle bewundern und beneiden dich wegen der Italiener."

„Stimmt doch gar nicht!", ereifere ich mich. „Alle bewundern S Punkt und A Punkt. Das ist die bittere Wahrheit.

Mich bewundert niemand."

„Aber ihr Glanz färbt auch auf dich ab." Pauline steckt die Wimperntusche wieder weg und legt ihren Arm um mich. „So, und jetzt genieß es mal ein bisschen, dass so ein Sahneschnittchen bei dir wohnt. Sonst schnappe ich ihn dir wirklich noch weg."

Die beiden kichern und ich ringe mich zu einem Lächeln durch. Im Grunde haben sie ja recht. Ich sollte die ganze Sache nicht so verbissen sehen.

Allerdings habe ich keine Ahnung, wie ich es praktisch anstellen soll.

Spaghetti aglio e olio, Quinoa-Salat, Giraffencreme und Zitroneneis

„Du gehst weg?", fragt Mama mich nach dem Mittagessen. Roberto hat megaleckere Spaghetti *aglio e olio*, also Nudeln mit Knoblauchöl, serviert und wahrscheinlich stinke ich jetzt bis zur Zugspitze nach Knoblauch.

„Ich muss zum Kochkurs. Weißt du doch." Eilig räume ich die Teller in die Spülmaschine.

Was sie nicht ahnt: Ich würde auch abhauen, wenn es gar keinen Kochkurs gäbe.

Mama scheint das nicht in den Kram zu passen, jedenfalls zieht sie eine Runzelstirn und sagt: „Schade, ich dachte, du zeigst deinem Besuch die Stadt."

Ganz ruhig bleiben, Liv. Kein Grund, sich aufzuregen.

Ja, ich weiß, es gibt die eigenartigsten Gestalten im Universum. Eine von ihnen wohnt sogar bei mir zu Hause. Und sie nennt sich meine Mutter.

„Mein Besuch?" Ich muss mich schwer beherrschen, ihr

nicht einen Vogel zu zeigen. „Ich bin nicht Sonias und Angelos Entertainer."

„Das weiß ich doch." Mama lächelt schmallippig. „Ich muss nur ins Café und Roberto wollte mich begleiten."

„Dann gib den beiden unseren München-Führer. Sie sind ja wohl in der Lage, auch was alleine zu unternehmen."

Im Moment sitzen sie jedenfalls gemütlich auf dem Balkon in der Sonne und daddeln auf ihren Handys. Was ja notfalls auch eine tagesfüllende Beschäftigung ist.

„Sag mal, Liv … Hast du wirklich einen Freund?"

Ich starre Mama an und sie starrt zurück. Ein paar Sekunden lang geht das so, dann fängt sie an zu grinsen.

„Ist es der Junge aus dem Kochkurs?"

„Äh … na ja …", krächze ich.

„Schon okay, Schatz, du musst auch nichts sagen. Ich freu mich jedenfalls für dich."

Sie drückt mir ein Küsschen auf und ich mache, dass ich wegkomme. Soll sie denken, was sie will. Die Wahrheit kann ich ihr sowieso nicht sagen.

Nick ist der totale Gentleman. Wie jedes Mal wartet er schon vor dem Kochstudio auf mich. Und hält mir die Tür auf. Und lächelt mich an. Es ist das typische Nick-Lächeln, wobei ein Mundwinkel höher wandert als der andere. Pauline flippt aus, wenn Jungs so lächeln. Dann kann sie nicht an sich halten und würde am liebsten auf der Stelle losknutschen.

„Hi, Liv“, sagt er zur Begrüßung und knotet seinen Hoody um die Hüften. „Wenn du zwei Wünsche frei hättest, welche wären das?“

Dass Sonia aus meinem Zimmer auszieht. Und dass ich mich nicht mehr wie eine komplett vernebelte Idiotin benehme, wenn Angelo in der Nähe ist.

„Hallo? Träumst du?“ Nick zwickt mich in den Arm.

„Äh, Wünsche? Hab ich nicht.“

„Echt nicht?“ Zwei Mädchen aus unserem Kurs huschen kichernd an uns vorbei. Wir folgen ihnen langsam ins Studio. „Also, ich schon.“

„Und was für welche?“

„Dass wir heute mal was Richtiges kochen. Coq au vin. Ein Soufflé. Saté-Spieße. Irgendwas, das uns ordentlich herausfordert. Nicht nur diesen Kinderkram.“

Da bin ich ganz seiner Meinung. Bisher haben wir nur Gerichte zubereitet, für die ich nicht mal ein Kochbuch gebraucht hätte.

„Und Wunsch Nummer zwei?“

Seine Augen blitzen, als er sagt: „Ein Tanzkurs mit dir, das wäre cool.“

Tanzkurs? Meine inneren Alarmglocken bimmeln so heftig, dass es in meinen Ohren zu fiepen beginnt.

„Äh, nee, ich kann nicht tanzen", würge ich hervor.

„Aber man geht doch hin, um es zu lernen", erwidert er.

Tanzen mit Nick – nein, nein, nein! Anders als Kochen hat Tanzen zwangsläufig mit Körperkontakt zu tun. Und Körperkontakt mit Küssen. Und Küssen mit ... Nein, niemals will ich Nick so nahe kommen.

Während wir reingehen, fasse ich mir ein Herz und sage: „Sorry, aber ich hab im Moment nicht so viel Zeit."

Nick hebt fragend die Augenbrauen.

„Wir haben Besuch aus Italien."

„Ach, echt? Davon hast du gar nichts erzählt."

Weil ich den Horror lieber ausgeblendet habe, statt auch noch darüber zu reden.

In Stichworten berichte ich von Mamas Lover und seinen beiden Kindern, den Zwillingen.

„Und die musst du jetzt babysitten?"

Ich lache auf. „Die Kinder sind so alt wie ich. Aber Mama will, dass ich mich um sie kümmere. Ich soll ihnen die Stadt zeigen. Das volle Touri-Programm."

Nick nickt verständnisvoll. „Sag Bescheid, wenn's dir mal zu viel wird. Dann komme ich gerne mit."

Alles, bloß das nicht! Wie peinlich wäre das, wenn mein vermeintlicher Freund auffliegt! Genauso wenig will ich, dass Nick mein Rotwerden und meinen total benebelten Zustand mitkriegt, sobald Angelo in meinen Dunstkreis tritt.

Herr Winterkorn kommt herein und begrüßt uns gut gelaunt.

„Wisst ihr eigentlich, warum Blondinen keine Brezeln essen?“, fragt er und guckt Beifall heischend in die Runde.

Allgemeines Schulterzucken.

„Weil sie den Knoten nicht aufkriegen!“

Alle wiehern los – am meisten freut sich ein Mädchen mit langen blonden Haaren über den Witz –, dann heißt es erst mal Hände waschen und Schürzen umbinden.

Die Stunde beginnt heute mit einem theoretischen Teil. Wir erfahren einiges über das Thema Vitamine, was ich ziemlich interessant finde. Zum Beispiel wusste ich noch nicht, dass Möhren immer mit etwas Öl, Butter oder Sahne zubereitet werden sollen, damit sich das Provitamin A löst und vom Körper aufgenommen werden kann.

Im Anschluss bereiten wir einen veganen Quinoa-Salat mit Avocado und Rucola zu. Quinoa ist ein total gesundes Getreide aus Südamerika, das ich schon mal in den Supermärkten gesehen, aber noch nie probiert habe. Mama steht ja nicht so auf Küchenexperimente und mir ist es bisher nicht in den Sinn gekommen, es auszutesten. Quinoa wird wie Reis in Wasser gekocht – das dauert etwa zwanzig Minuten –, in der Zeit putzen und schnibbeln wir das Gemüse und bereiten ein Himbeerdressing zu. Ehrlich, auch dieses Gericht ist nicht besonders schwierig, aber wir haben alle unseren Spaß dabei.

In der Pause probieren wir den Salat im schattigen Innenhof, wo es im Gegensatz zum Kochstudio angenehm kühl ist. Wow, er ist richtig lecker! Und wieder mal hat Nick den Vogel abgeschossen. Ich kann mich anstrengen, wie ich will, sein Essen schmeckt immer etwas raffinierter als meins.

„Sag schon, was hast du heimlich drangemacht?"

„Nichts!" Sein linker Mundwinkel wandert frech nach oben.

„Wenn du nicht die Wahrheit sagst, muss ich dich leider töten!" Ich pikse ihn mit dem Zeigefinger in die Brust.

Nick lacht. „Okay, okay, ich gestehe. Nur ein bisschen Zitrone."

„Und was noch?"

„Einen Hauch Honig. Und frische Minze."

Fröhliches Geschnatter dringt an mein Ohr, wir essen genüsslich, doch immer wieder driften meine Gedanken zu Angelo. Was er jetzt wohl treibt? Ob er immer noch auf dem Balkon hockt und sich mit der knusprigen Blondine schreibt? Vielleicht hat er sich ja auch aufgerafft und ist ins Museum oder ins Freibad gefahren.

„Fünf Bewerbungen als Koch-Azubi habe ich schon losgeschickt“, dringt es wie aus weiter Ferne an mein Ohr. „Zwei Hotels sind dabei, ein sehr gutes Restaurant … Erde an Liv? Bist du noch da?“

„Äh, sorry. Hab nicht richtig zugehört.“

Nick sieht mich mitfühlend an. „Ist es so schlimm mit deinem Besuch?“

„Schlimmer.“

Er kramt in seiner Tasche und zaubert eine kleine Schachtel mit einer Praline hervor. „Probier mal. Die hab ich extra gemacht, um traurige Mädchen zu trösten.“

Nick ist so süß! Um ihm einen Gefallen zu tun, stecke ich sie mir in den Mund.

„Hm, genial“, sage ich, aber die Schokolade hebt meine Laune nicht wirklich. Ich muss daran denken, dass mir heute eine weitere Nacht mit der schnarchenden Schönheit bevorsteht. Und morgen auch. Und übermorgen. Und überübermorgen …

Herr Winterkorn taucht auf dem Hof auf; es geht weiter.

Im zweiten Teil bereiten wir eine sogenannte Giraffencreme zu. Sie besteht aus einer Quark-Mascarpone-Mischung, die abwechselnd mit pürierten Pfirsichen in ein Glas geschichtet und mit Knusperflocken bestreut wird. Sie ist richtig schön fluffig und auch nicht zu süß, aber nach den Spaghetti und dem Quinoasalat habe ich keinen Hunger mehr und nehme nur ein paar Löffel.

„Was ist denn an den Italienern so schrecklich?“, fragt Nick, als wir am Ende des Kurses gemeinsam rausgehen. „Benehmen sie sich ständig daneben? Rülpsen sie? Türmen sich überall die Müllberge? Sagen sie Kartoffel zu dir?“

„Nein!“ Ich muss lachen. Sonia lässt zwar ihre Ballettsachen herumfliegen, aber es wäre übertrieben, sie deswegen grässlich zu finden. Weil Nick mich immer noch mit Blicken löchert, sage ich: „Meine Mutter ist verliebt.“

Er schweigt einen Moment. Dann sagt er: „Ich geh mal davon aus, dass es sich nicht um deinen Vater handelt.“

Ich schüttele den Kopf. „Ich hab gar keinen.“

Nick haucht ein leises *Oh!*. Ich sehe es förmlich hinter seiner Stirn arbeiten, aber er ist zu anständig, um mich weiter zu löchern.

„Okay, damit du's weißt“, erkläre ich. „Er hat meine Mutter und mich verlassen, als ich noch ganz klein war.“

„Das tut mir leid.“

„Muss es nicht. Ich vermisse meinen Vater nicht. Wie denn auch? Ich kenne ihn ja gar nicht.“

Nicks Blick wird immer trauriger und ich knuffe ihn in die Seite. „He, nicht heulen! Ist echt nicht schlimm.“

„Aber ich versteh nicht ... Dann ist es doch super, wenn sich deine Mutter verliebt hat.“

„Ich will aber keinen Vater, verstehst du? Und schon gar keine Geschwister!“

Nick läuft ein paar Meter vor, dann bremst er abrupt ab und dreht sich zu mir um.
„Weißt du was, Liv?"
„Nein?"
„Ich habe den nervigsten Bruder der Welt und eine total unerträgliche Schwester, aber ich möchte nicht ohne die beiden sein."
Bevor ich etwas erwidern kann, piept mein Handy. Es ist Mama.
Kommst du zum Abendbrot? Angelo und Sonia warten schon auf dich.
Was für eine bescheuerte Lüge! Glaubt Mama wirklich, dass ich ihr das abkaufe? Sonia wartet nur auf ihre nächste Ballettstunde und Angelo auf seine knusprige Blondine.
Trotzdem gehe ich. Nick ist ein toller Freund und er tut alles, um mich aufzumuntern. Aber eine Lösung meines Problems ist er nicht. Zumal ich ein bisschen Angst habe, dass er mehr von mir will als ich von ihm. Das würde alles nur schrecklich kompliziert machen.

Ich schließe die Tür auf und stolpere über einen sperrigen Karton, der im Weg steht. *Bum*, schlage ich lang hin. Kopfüber in die Schuhe der Italiener.

Ganz große Klasse! Gut gemacht, Liv! Du wolltest immer schon mal italienische Schuhe küssen!

„Schatz, da bist du ja!" Mama kommt mit rosigen Wangen aus dem Wohnzimmer. Entweder war der Film so spannend oder ich habe sie beim Knutschen überrascht.

„Ups, du bist hingefallen?", fragt sie intelligenterweise.

„Wonach sieht's denn aus?", schnappe ich zurück, während sie mir aufhilft.

„Roberto wollte den Karton eigentlich im Altpapier entsorgen."

Danke der Nachfrage, Mama! Nein, ich habe mir nicht wehgetan. Alles noch dran.

Ich hänge meine Jeansjacke an die überquellende Garderobe. Neben Robertos edle Wildlederjacke und Angelos coole Musiker-Lederjacke; Sonia hat mit ihren Jacken und Mäntelchen gleich mehrere Bügel und Haken in Beschlag genommen.

„Was war denn drin in dem Riesenkarton?"

„Überraschung!" Sie zieht ein geheimnisvolles Gesicht.

„Ein neuer Fernseher?" Mama redet schon seit Urzeiten davon, endlich den alten Röhrenfernseher, der noch von Oma stammt, gegen ein Flachbildschirmgerät auszutauschen, doch bisher fehlte immer das Geld.

„Sei nicht so neugierig!" Sie knufft mich. „Du wirst schon sehen."

„Sind Sonia und Angelo noch mal weggegangen?“, erkundige ich mich. Das wäre mega, dann hätte ich freie Bahn und könnte ein bisschen in meinem Zimmer chillen.

Mama schüttelt den Kopf. „Angelo guckt mit uns einen Film und Sonia ist in ihrem Zimmer.“

In ihrem Zimmer? Nein, Mama, das ist immer noch mein Zimmer!

Fehlt noch, dass sie etwas wie *Fühl dich aber ganz wie zu Hause* hinzufügt.

Immerhin. Mama und ihr Typ knutschen nicht. Ihre rosigen Wangen haben andere Gründe. Vielleicht ist es das neue, ja so oberwahnwitzige Familiengefühl, das sie seit Kurzem verspürt.

Ich ziehe meine Sneakers aus, pfeffere sie auf den Schuhhaufen, dann gehe ich rüber in mein Zimmer. Nein, ich klopfe nicht an. Ich reiße die Tür schwungvoll auf und weiche gleich wieder zurück. Zwischen meinem Bett und meinem Schreibtisch steht eine Ballettstange. Sonia hat ein Bein auf den oberen Holm gelegt und bewegt sich gummiartig zur Klaviermusik, die aus ihrem Handy plärrt.

„Was soll das?“, frage ich in einem Tonfall weit jenseits von Höflichkeit und Respekt.

Sonia nimmt erschrocken ihr Bein von der Stange. Über den blickdichten Strumpfhosen trägt sie ein Zwitterding aus Hotpants und Windel in Schlammgrau, dazu ein knallenges Oberteil in Aubergine. Das muss der Neid ihr lassen: Sonia sieht auch in den Windel-Hotpants megahot aus. Dagegen wirkt selbst Nastja Elena Schulz wie ein Bauerntrampel.

„Ich dachte, du freust dich."

„Worüber denn? Dass es jetzt noch enger in meinem Zimmer wird?"

Sonia zieht ein enttäuschtes Gesicht. „Papa hat stundenlang im Internet nach einer Ballettstange gesucht. Ich bin so ... so glücklich! Jetzt kann ich überall trainieren. Selbst an einem Strand in der Südsee."

Dann tu das bitte auch, denke ich und stapfe wütend aus dem Zimmer.

Roberto, Mama und das Sahneschnittchen sitzen einträchtig auf dem Sofa und grinsen die Glotze an. Angelos Grinsen wird breiter, als er mich erblickt. Rums in den Magen, Gummibeine, das ganze Programm.

„Hallo Liv." Roberto hebt seine Hand zum Gruß. „War's schön bei deinem Kurs?"

Ich nicke.

„Was habt ihr gekocht? Oh, ich weiß, ich bin schrecklich neugierig."

„Kein Problem. Erzähl ich später. Mama, kommst du bitte mal?"

„Gleich. Der Film dauert nur noch fünf Minuten."

„Okay.“

Ich bleibe in der Tür stehen und mustere Angelo verstohlen. Seine Nugataugen, seinen Hammermund und diese Wahnsinnslocken, die sich bei der Hitze noch mehr kringeln.

Glotz ihn nicht so an, Liv.

Aber er sieht zum Anknabbern aus!

Dann tu's doch endlich. Stürz dich auf ihn.

Sehr witzig, selten so gelacht. Er schaut mich ja nicht mal an.

Weil es vielleicht Spannenderes gibt, als dir beim In-der-Tür-Stehen zuzugucken?

Dafür blickt jetzt Roberto in meine Richtung und sagt: „Ist das nicht fantastisch mit der Ballettstange? Ein paar Klicks und sie gehörte mir!“

Aha? Das hat Sonia aber ganz anders erzählt.

„Und die junge Frau, die sie verkaufen wollte, wohnt auch noch bei uns in der Nähe. Ist das nicht ein unglaublicher Zufall?“ Mama strahlt mich an. Vergessen, dass sie eben noch unbedingt den Film zu Ende sehen wollte.

„Genau darüber muss ich mit dir reden.“

„Ja?“ Mama schielt wieder mit einem Auge auf den Bildschirm.

„DAS GEHT SO NICHT.“ Es ist mir gerade egal, dass Angelo und Roberto nun auch die andere Seite von mir mitkriegen. Die unnette, die *Ihr-seid-ein-Störfaktor*-Seite.

„Liv!“ Bettelnder Tonfall. „Sonia ist so glücklich, wir sind glücklich ...“
„Aber ich bin nicht glücklich. Ich kann mich kaum in meinem Zimmer umdrehen!“ Wäre ich ein paar Jahre jünger, würde ich jetzt noch petzen, dass Sonia überall ihre Sachen rumfliegen lässt.
„Hm“, macht Mama und Roberto sagt: „Julia, dann bauen wir die Stange eben wieder ab.“
„Vielleicht können wir sie hier reinstellen.“
Großartig, Mama! Toller Vorschlag!
Ich höre Schritte hinter mir und die Schönheit schiebt sich

an mir vorbei. „Was ist denn los? Ist jemand gestorben?“
„Nein, Sonia“, sagt Mr Smart ernst. „Liv meint nur, dass es mit der Ballettstange zu eng in eurem Zimmer wird. Und hier im Wohnzimmer ist ja eigentlich auch kein Platz.“
Niemand gibt einen Mucks von sich. Angelo nimmt sein Handy zur Hand und tippt hektisch darauf herum. Ich würde das am liebsten auch tun, nur habe ich meins leider nicht zur Hand.
Mama hüstelt verlegen. „Tja, ich würde mal sagen, das ist jetzt unser erster Konflikt als Patchworkfamilie.“
„Wir sind aber keine Patchworkfamilie“, platzt es aus mir heraus. „Wir haben nur Besuch, Mama.“
Angelo blickt von seinem Handy auf. „Das seh ich auch so. Übrigens kann Sonia ruhig mal ein paar Wochen auf ihr

Training verzichten. Davon geht die Welt nicht unter. Ich verzichte ja auch auf meinen Gesangsunterricht."
Angelo schlägt sich auf meine Seite – wie cool ist das denn!
„Toller Bruder!", faucht die Schönheit und stapft beleidigt aus dem Raum.
Einen Moment herrscht betretenes Schweigen. Der Abspann des Films läuft bereits, aber ich wette, niemand hat das Ende mitbekommen.
Mama fährt vom Sofa hoch und reißt das Fenster auf. Warme Luft strömt herein. „Liv, ich finde, du könntest unserem Besuch zuliebe schon mal ein bisschen zurückstecken."
„Das kann Sonia aber auch", entgegnet Mr Smart. „Liv soll doch normal leben können. Zumindest halbwegs. Vorschlag: Wir nehmen uns eine Ferienwohnung und ihr habt wieder eure Ruhe."
„Gute Idee!", sagt Angelo, während Mama gleichzeitig „Nein, kommt ja gar nicht infrage!" ruft.
Roberto beugt sich zu Mama rüber und flüstert ihr etwas ins Ohr.
„Liv? Bietest du Angelo und Sonia mal ein Eis an?" Mama plinkert mich an. „Ihr könnt euch ja gemütlich in die Küche setzen."
„Wieso das denn?" Garantiert habe ich einen hysterischen Unterton. Ich will nicht mit Angelo und Sonia gemütlich in der Küche sitzen und Eis essen! Mit Sonia würde ich mich

nur zanken und bei Angelo würde mir überhaupt kein Text einfallen.

„Roberto und ich wollen uns kurz besprechen“, dringt Mamas Stimme in mein Bewusstsein.

„Um eine akzeptable Lösung für uns alle zu finden“, ergänzt Mr Smart.

Mama blinzelt und ihre Stirnfalten tanzen auf und ab. *Bitte, Liv!*, soll das heißen.

Und dann passiert, was passieren muss: Ich gehe mit Angelo rüber in die Küche und sammele unterwegs Sonia ein (klar, für Eis ist sie immer zu haben). Doch nachdem ich drei Eisschälchen mit Zitroneneis vorbereitet habe, schnappt sich Sonia ihre Portion, hüstelt einmal demonstrativ und dampft ab in MEIN Zimmer.

Angelo und ich setzen uns gegenüber an den Tisch und fangen an zu löffeln. Und schweigen. Offenbar können wir das am besten zusammen.

Na, los. Liv! Unterhalte dich mit ihm.

Aber was soll ich denn sagen?

Die Wahrheit!

Welche Wahrheit???

Dass er der coolste Typ ist, dem du je über den Weg gelaufen bist.

Dass Justus gegen ihn ein Furz im Universum ist.

Dass du ihn küssen willst! Jetzt auf der Stelle …

Angelo blickt unvermittelt auf. *Blush* macht es und ich werde rot.
„Bist du sehr sauer, dass wir uns hier breitgemacht haben?“, fragt er mit seiner kratzigen Stimme.
„Nein, natürlich nicht. Es ist nur …“
„Ich versteh das. Ich könnte es auch nicht leiden, wenn jemand einfach so in mein Leben platzt.“
„Schon okay.“ Ich schiele ihn über mein Eisschälchen hinweg an. „Du nimmst echt Gesangsunterricht?“
Ein Happy-Feeling-Lächeln erhellt Angelos Gesicht, dann nickt er. „Zweimal die Woche. Das kostet richtig viel Geld. Dafür jobbe ich auch in einer *Gelateria*.“
„Singst du nur deine eigenen Songs?“
„Am liebsten schon. Aber nicht nur.“ Seine Schultern rutschen eine Etage höher. „Ich möchte später mal Sänger werden und versuche mich in allen möglichen Stilrichtungen. Zum Beispiel auch Dance, R’n’B und Jazz.“
„Wow!“, entfährt es mir. Ja, ich weiß, jetzt gucke ich bestimmt verknallt-schwärmerisch wie Pauline.
„Du findest das nicht albern?“
Ich schüttele den Kopf. Albern ist das kein bisschen. Ich frage mich nur, wie er das mit seiner Schüchternheit hinkriegen will. „Mein Vater ist auch Musiker“, erkläre ich.
Angelo blickt mich erstaunt an. „Das hat mir *papà* gar nicht erzählt.“

„Vielleicht weiß dein Vater es überhaupt nicht. Es ist nicht gerade Mamas Lieblingsthema."

Obwohl ich ebenfalls nicht gerne darüber rede, erzähle ich ihm von meinem Erzeuger. Und während ich noch dabei bin, denke ich, wie schräg das eigentlich ist. Sonst spreche ich nie über diesen mir völlig unbekannten Menschen, heute passiert es nun schon zum zweiten Mal.

„*Mi dispiace*", murmelt Angelo leise, nachdem ich zum Ende gekommen bin. „Das tut mir leid."

Ich nehme mein Eisschälchen in die Hand, gucke aus dem Fenster und sage, was ich immer sage, wenn die Sprache

auf meinen Erzeuger kommt. Dass ich niemanden vermissen kann, den ich nicht mal kenne.

„Und deine Mutter?", frage ich.

Mama hat nie etwas gesagt und ich habe sie auch nicht danach gefragt.

Angelo deutet mit dem Daumen an die Decke.

„Sie ist da oben. Im Himmel."

Geschockt lasse ich das Eisschälchen sinken. „Sie ist tot?"

Angelo nickt.

Hilfe, wie reagiere ich jetzt nur? Soll ich ihn trösten? Irgendeine Lebensweisheit von mir geben?

„Liv", murmelt Angelo und seine Stimme rumst ohne Umweg in meinen Magen. „Du musst nichts sagen."

Ich nicke und stottere etwas wie *Tut mir leid.*

„Es ist auch nicht *papàs* Lieblingsthema. Und meins sowieso nicht. Außerdem will ich es nicht jedem auf die Nase binden."

Er blickt mich so ernst an und ich weiß nicht, was gerade in mir überwiegt: der Schock wegen des Todes seiner Mutter oder die Freude darüber, dass ich anscheinend nicht jede für ihn bin. Denn das ist mehr, als ich je zu hoffen gewagt habe.

„Wie lange ist es her?", erkundige ich mich mit zittriger Stimme.

Angelo kratzt mit dem Eislöffel in dem leeren Eisschälchen herum. „Sechs Jahre. Sie war krank."

Noch einmal sage ich, wie schrecklich leid mir das alles tut.

Er kratzt und schabt weiter, ein schier unerträgliches Geräusch.

„Es ist lange her. Sehr lange. Dass sie nicht mehr tanzen konnte ... das war das Allerschlimmste für sie."

„Sie war Balletttänzerin? Wie Sonia?"

Angelo nickt. „Am *Teatro Carlo Felice* in *Genova*."

Ich mag nicht weiter nachhaken. Was für eine Krankheit seine Mutter hatte. Wie Sonia und er das verkraftet haben. Wie Roberto damit umgegangen ist. Und wie sie ihr Leben danach wieder in den Griff bekommen haben. Allerdings ist mir jetzt klar, warum Sonia wie eine Besessene tanzt. Wegen ihrer Mutter. Sie will das fortführen, was die nicht

zu Ende bringen konnte. Doch sie kann nicht gegen den Tod antanzen. Das ist eine traurige Tatsache.
Wir schweigen. Aber jetzt fühlt es sich nicht unangenehm an.
„Hatte dein Vater seitdem mal eine Freundin?", frage ich, als ich mich wieder gefangen habe.
Angelo schüttelt die Locken. „Nein, deine Mutter ist die erste."
„Dann ist es ernst", sage ich.
„Ja, ich weiß. Sehr ernst."
Keine Ahnung, wie er das findet. Ich würde ihn gerne danach fragen, aber da platzt Mama herein und sagt: „Die Ballettstange kommt in unser Schlafzimmer. Einverstanden, Liv?"

Indisches Curry

Angelo, Roberto, Sonia, Mama und ich – das ist meine neue Wirklichkeit. Eine verwirrende Wirklichkeit, die auch nach ein paar Tagen noch keine Routine ist. Jeden Morgen beim Aufwachen knotet sich mir der Magen zu. Ich hasse es, in meinem Schlafshirt vor der verschlossenen Badezimmertür zu warten. Ich fühle mich unwohl, wenn die Italiener mit am Frühstückstisch sitzen und ihre Kekse zerbröseln. Und in der Schule gehe ich sowieso auf Abstand. Besser, ich kriege gar nicht erst mit, wer die beiden schon wieder anglotzt. Würde ich eine Liste führen, wäre die bereits meterlang.

In einem Anfall von Übereifer melde ich mich bei Frau Fleischfresser freiwillig für ein Referat. Reine Beschäftigungstherapie. So habe ich an den langen Abenden zu Hause etwas zu tun. Angelo hat sich nämlich nach unserem Gespräch gleich wieder in sein Schneckenhaus zurückgezogen. Im stillen Kämmerlein Songs schreiben – das

ist anscheinend seine Wirklichkeit. Nur ab und zu wirft er mir irgendwie intensive Blicke zu, die nicht mal Franzi deuten könnte. Bereut er es vielleicht, sich mir anvertraut zu haben? Ist er genervt von mir? Oder habe ich etwas verbrochen, von dem ich gar nichts weiß?
Einziges Highlight ist das gemeinsame Kochen mit Mr Smart. Der Mann ist wirklich ein Küchen-Gott. So oft wie möglich stehen wir gemeinsam am Herd und brutzeln italienische Gerichte. Ich weiß jetzt, wie man *Saltimbocca* brät, wie man es schafft, dass das *Risotto* cremig wird, und was das Geheimnis echter *Spaghetti Carbonara* ist. Und jeden Tag, jede Minute, schleicht sich Mamas Lover ein wenig mehr in mein Herz. Kein Wunder, dass Mama ihn so toll findet. Auch ich fühle mich in seiner Gegenwart einfach nur wohl. Akzeptiert und wertgeschätzt. Und dann frage ich mich, warum es mit Angelo und Sonia nicht genauso sein kann. Bloß ein winziges, mikroskopisch kleines bisschen.

Dann ist Samstag – die erste Woche mit den Italienern ist schon um – und Sonia verabschiedet sich nach dem Essen, um mit Nastja Elena zum Marienplatz zu fahren. Sie sagt das ganz beiläufig und ich kippe fast vom Stuhl. Was ist passiert, dass aus Sonia und der Zimtzicke in null Komma nichts Busenfreundinnen geworden sind? Ehrlich, ich traue Nastja Elena Schulz alles zu. Auch, dass sie den Umweg über Sonia in Kauf nimmt, um sich an Angelo ranzuwanzen. *Ciao*, Justus. Klar, das Sahneschnittchen ist ja auch so viel leckerer …

Es dauert ein paar Minuten, bis ich mich von dem Schock erholt habe, dann brechen auch Roberto und Angelo auf. Sie wollen zum Eisbach fahren und den Surfern zusehen. Mama macht sich für ihre Spätschicht im Büchercafé fertig. Sollen sie nur alle ausfliegen. Ich freue mich wie irre auf die sturmfreie Bude und erkläre mich bereit die Küche aufzuräumen. Endlich kann ich mich frei bewegen.

Kaum bin ich mit der Arbeit fertig und habe es mir auf dem Bett gemütlich gemacht, bimmelt mein Handy. Nick mit ck. Als würde er spüren, dass ich mit meinen Gedanken ständig bei Angelo bin, baggert er mich seit ein paar Tagen an wie der Teufel die arme Seele. Er spuckt am laufenden Meter Komplimente aus, eins origineller als das andere. Ich sei für ihn interessanter als ein indisches Curry steht zurzeit auf Platz eins. Warum ich bei meinen Marie-Antoinette-Gesichtszügen nicht lieber Schauspielerin, Moderatorin oder etwas anderes Prominentes in den Medien werden wolle, hat es auf Platz zwei geschafft. Marie Antoinette war wimpernlos – das habe ich gegoogelt und unter heutigen Gesichtspunkten ist das nicht gerade ein tolles Kompliment. Dennoch muss ich zugeben, dass mich Nicks Schmeicheleien nicht kaltlassen. Er legt sich ins Zeug, ich genieße es, umschwärmt zu werden. Nur leider kann ich kein einziges Kompliment zurückgeben. Weil ich nichts fühle. Ich meine, nichts, was über Freundschaft hinausgeht. Und langsam stellt sich mir die Frage, ob ich ihm das nicht mal sagen muss.

„Hi, Liv, was treibst du so?“, fragt er, nachdem ich mich gemeldet habe.

„Nichts.“

„Das ist ja nicht viel.“

„Und ob!“ Ich erkläre ihm, dass mein Besuch gerade ausgeflogen ist und ich die himmlische Ruhe genieße. „Du kannst dir nicht vorstellen, was für ein Chaos das hier ist. Man hat nicht eine Sekunde seine Ruhe.“

„Also, falls dir langweilig ist …“ Nick räuspert sich. „Ich könnte auch kurz vorbeikommen.“

„Musst du nicht. Alles okay.“

„Aber ich würde dir gerne was vorbeibringen.“

„Aha? Was denn?“

„Ich hab heute Mittag ein Curry gekocht. Mit vielen indischen Gewürzen. Kardamom, Bockshornklee, Koriander, Kumin …“

„Nick, ich …“

„Keine Widerrede. Du musst das Curry unbedingt probieren und mir deine ehrliche Meinung sagen. Ich bin dann auch gleich wieder weg."

„Okay", lenke ich ein und frage mich, warum ich es eigentlich nie schaffe, Nein zu sagen. Nein wie *nein* und nicht wie *also gut, okay.*

Aus *Ich bin dann auch gleich wieder weg* wird eine geschlagene Stunde. Nick war noch nie bei mir zu Hause und findet alles spannend. Den kleinen Balkon, der ins Grüne geht, unser Bad, aber besonders die Ballettstange in Mamas Schlafzimmer. Wir kosten das Curry (es duftet nach den exotischsten Gewürzen und schmeckt richtig toll!), doch statt endlich zu gehen, nistet er sich in meinem Zimmer ein, guckt sich alle Bücher an und erzählt mir, welche Rezepte als Nächstes auf seinem Zettel stehen. Er will alles ausprobieren. Von Urdeutsch über Italienisch bis Französisch, Thailändisch und Japanisch.

Stunde der Wahrheit, Liv.

Sag ihm endlich, dass du nicht in ihn verliebt bist. Los, mach schon!

Warum denn? Soll ich ihn etwa unglücklich machen?

Er hat ein Recht darauf, die Wahrheit zu erfahren.

Solange er mir keine Liebeserklärung macht, muss ich gar nichts.

Aber dann wärst du für Angelo frei!

Sehr witzig ...

„Hörst du das, Liv?“ Nicks Pupillen flitzen hin und her.

„Was?“

„Da singt doch jemand. Oder ist das im Radio?“

Ich spitze die Ohren und dann höre ich es auch. Ja, da singt jemand. Mit kratzig-samtiger Stimme. Und falls nicht irgendein Geist das Radio oder den Fernseher angestellt hat, kann dieser Jemand nur Angelo sein. Himmel, wieso ist er nicht mit Mr Smart beim Eisbach? Eine glutheiße Lavawelle überrollt mich, gefolgt von Eiswürfeln, die meinen Rücken hinabkullern.

„Ist das dieser Italiener?“, fragt Nick.

„Kann sein. Ist doch egal.“

Nick ist mit zwei Sätzen an der Tür und stößt sie auf. Ich hinter ihm her. Ich will nicht, dass Nick Angelo kennenlernt, und Angelo soll auch nicht Nick, meinen vermeintlichen Freund, zu Gesicht bekommen.

Nick steht bereits vor der angelehnten Wohnzimmertür und legt den Finger auf die Lippen, als ich neben ihm auftauche. Mein Magenfahrstuhl saust rauf und runter, meine Beine sind gummiweich. Nein, der Song kommt nicht aus dem Radio. Angelo singt ein Pop-Stück auf Italienisch. Wow, was für eine Gänsehautstimme! Irgendwie soft und rau zugleich.

„*Ti voglio*, ich will dich …“, röhrt er und einen Moment kommt es mir so vor, als würde er nur für mich singen.

Ja, ich will dich auch, Angelo.

Ti voglio, ti voglio, ti voglio!

„Wow, Wahnsinn!" Nick wirft mir ein zärtliches Lächeln hin. „Und der ist jetzt sozusagen dein Halbbruder?"

„Ist er nicht!", erwidere ich scharf.

Der Gesang bricht ab.

Ich gebe Nick ein Zeichen – bloß schnell weg –, da knarzt die Tür und Angelo lugt auf den Flur. Zerzauste Locken, rosige Wangen, wirrer Blick.

„Äh, hi", sagt er und checkt meinen Besuch blitzschnell ab.

„Ich bin Nick", sagt der. „Sorry, dass wir ... Also, äh, wir wollten nicht lauschen oder so ... Aber du singst echt ... richtig super. Kann man glatt neidisch werden."

Angelo tut nichts. Außer mich entgeistert anzustarren und leicht zu nicken.

„Seid ihr gar nicht am Eisbach?", frage ich.

„Wir sind schon zurück. War super."

„Und dein Vater?", frage ich.

„*Papà* wollte noch mal zu deiner Mutter ins Café."

Wir reden irgendwas, aber ein Wort ist banaler als das andere.

Und dann endet die Sahneschnittchen-Nick-Begegnung ziemlich abrupt. Angelo wirft sich seine coole Lederjacke über, stapft zur Tür und sagt: „Schön, dass ich dich mal kennengelernt habe."

Und als sei das nicht alles schon peinlich genug, erwidert Nick grinsend: „Find ich auch. Da hat Liv echt Glück mit ihrem neuen Halbbruder."
Angelo wirft mir einen knappen Blick aus seinen nugatbraunen Augen zu. Im nächsten Augenblick geht er und ich würde mich am liebsten in meine einzelnen Atome auflösen. Weil Angelo Nick hundertprozentig für meinen Freund hält. Und weil ich nichts getan habe, um die Sache richtigzustellen.

Am nächsten Tag wache ich auf und weiß, dass ich es mit keinem Kraftaufwand der Welt schaffen werde, mir meine Gefühle für Angelo auszutreiben. Sie sind einfach da. So wie die Alpen, die man bei Föhn von München aus sehen kann. Wie die Planeten im Weltall. Wie unser ganzes Universum. Seit gestern ist es bloß noch schlimmer geworden. Mein Herz flattert, wenn ich nur an ihn denke. An seine Stimme, an seine Augen, an sein Lächeln. Ich bekomme Schwitzhände und der Magenfahrstuhl in mir saust auf und ab.
So muss es Mama schon seit Monaten ergehen, das ist mir jetzt sonnenklar. Hormonrausch total. Da wird man ja völlig unzurechnungsfähig! Wohl nur deshalb ist sie auf die

Idee gekommen, die Italiener zu uns nach Hause einzuladen.
Sonia schläft noch tief und fest neben mir. Ich drehe mich auf die andere Seite und spule den Film zurück. Sehe mich vor der angelehnten Zimmertür stehen ... Höre Angelos Stimme ... Und könnte bloß heulen. Weil alles so schrecklich verkorkst ist! So ohne jede Aussicht auf ein Happy End.
„Liv, du hast dich die ganze Nacht rumgewälzt." Sonia strampelt die Decke weg und streckt ihre makellosen Ballerinen-Beine in die Luft. Kaum ist sie wach, macht sie schon irgendeine Art von Gymnastik. Ich habe fast ein bisschen Mitleid mit ihr. So krankhaft ehrgeizig zu sein ist bestimmt schrecklich anstrengend.
Ich will noch weiterdösen, aber Sonia lässt mich nicht.
„Willst du gar nicht wissen, wie es gestern mit Nasti war?" Ihre Hände wirbeln durch die Luft.
Die beiden waren einmal zusammen weg und schon nennt Sonia Nastja Elena Nasti? Dass muss ja echte Liebe zwischen den beiden sein.
„Und? Wie war's mit Nasti?", frage ich und sehne mich nach einer heißen Dusche.
„Super. Sie ist voll nett!"
„Ja, voll nett", bestätige ich. „Und was habt ihr so gemacht?" Bestimmt erwartet Sonia, dass ich sie das frage.

„Sie hat mir das Glockenspiel am Marienplatz gezeigt. Das ist ja so was von süß! Und wir waren shoppen. Ich hab dir auch was mitgebracht."

Sonia wühlt in ihrem glitzerigen Gucci-irgendwas-Täschchen, das neben der Matratze steht, und zieht ein Freundschaftsarmbändchen in Pink hervor. Leider kann ich die Farbe nicht besonders ausstehen und aus dem Freundschaftsbändchen-Alter bin ich auch längst raus. Aber dass sie an mich gedacht hat, ist eine wirklich nette Geste.

Ich bedanke mich und deponiere das Bändchen auf dem Nachttisch zwischen meinen noch ungelesenen Büchern.

Mal sehen, ob und wann das Bändchen zum Einsatz kommt. Notfalls kann ich es ja als Lesezeichen benutzen.

Sonia dreht sich auf den Bauch und stützt ihren Kopf in ihre Hände. „Nasti meint übrigens, du bist in ihren Freund verknallt?" Fragezeichen, ganze dicke Fragezeichen stehen in ihren Augen.

„Echt? Meint sie das?" Ich starre Sonia an. Was erzählt diese blöde Kuh bloß herum? Ich wusste ja schon immer, dass man ihr nicht über den Weg trauen kann.

„Oder früher mal?", fährt Sonia fort.

„Quatsch, in den doch nicht", sage ich lässig und schlage die Decke beiseite.

„Hätte mich auch gewundert."

„Wieso?", frage ich, während ich über Sonia hinwegsteige.

„Zwei Lover sind vielleicht ein bisschen viel auf einmal."
Sonia kichert schrill, dann hüstelt sie. Ihre Stauballergie.
„Angelo hat mir erzählt, dass dein Freund gestern hier war."
Ich schnappe mir mein Handy und gehe wortlos zur Tür. Themen dieser Art am frühen Morgen – das ist wie Matjes mit Zwiebeln auf leeren Magen.
„Er ist doch dein Freund, oder?", lässt sie nicht locker.
„Sonia, ich muss mal ganz dringend, darf ich?"
„Klar. Macht übrigens nichts, dass er ein bisschen unscheinbar ist. Also, Angelo meinte das. Ich war auch mal in einen verknallt, der …"
Den Rest bekomme ich nicht mehr mit, denn da bin ich schon auf dem Flur und husche rüber zum Bad. Zum Glück ist es frei. Blitzschnell schlüpfe ich hinein und schließe die Tür ab.

Ich muss einen Plan aufstellen. Einen richtig guten Schlachtplan, wie ich den Wahnsinn hier überstehen soll. Am besten entknalle ich mich augenblicklich. Aber wie soll das gehen, solange Angelo in meiner Nähe ist? Ich brauche ja nur an ihn zu denken und es zieht mir den Boden unter den Füßen weg.
„Franzi, ich brauche dringend deinen Rat!", ächze ich einen Moment darauf ins Handy.
„Boah, du rufst aber früh an", beschwert sie sich. „Heute ist Sonntag! Ich schlaf noch."

„Jetzt eben nicht mehr."

„Okay, was gibt es denn Wichtiges?"

„Ich bin verliebt. Oder ist das nicht wichtig genug?"

„Verliebt?" Franzis Stimme pfeift wie ein Wasserkessel.

„Ja, okay, vielleicht auch nur verknallt", wiegele ich ab. In knappen Worten erzähle ich ihr von Nicks Besuch, wie wir Angelo haben singen hören und was für eine Gefühlslawine das in mir losgetreten hat.

Franzi fängt an zu kichern. „Aber das ist doch nichts Neues, Liv!"

„Äh, ich dachte schon."

„Jetzt mach aber mal einen Punkt. Du bist seit dem ersten Tag in Angelo verknallt. Kein Wunder. Ihr seid ja auch füreinander bestimmt. So wie Romeo und Julia. Das hab ich ja schon damals in meiner Kristallkugel gelesen."

„Aber das kann eigentlich nicht sein. Unsere Sternzeichen passen überhaupt nicht zusammen."

„Mach dich nicht lächerlich. Das ist Humbug."

„Und deine Kugel? Das ist kein Humbug?"

Ich höre Franzi heftig atmen. „Sternzeichen, Kugel ... ist doch letztlich alles schnuppe. Wenn du ihn willst, musst du es ihm sagen."

„Aber das geht nicht!", jaule ich. „Er denkt, Nick ist mein Freund. Und er hat seine knusprige Blondine. Und er findet mich sowieso unattraktiv."

Franzi stöhnt mir ins Ohr. „Echt, Liv, ich kann's nicht mehr hören! Mach dich nicht immer so klein! Glaub mal ein bisschen an dich!"

Ja, ich weiß. Mein angeknackstes Selbstbewusstsein … Dauerthema Nummer eins.

Jemand klopft an die Badezimmertür. Ziemlich zaghaft, dann wird die Klinke runtergedrückt.

„Wer ist da?", frage ich.

„Ich!"

Shit. Angelo.

„Ich … äh … du kannst gleich rein."

„Ist er das?", sagt Franzi an meinem Ohr.

„Ja! Und ich weiß immer noch nicht …"

„Versuch's mal mit der Wahrheit." Peng, bricht die Verbindung ab.

In Zeitlupe drehe ich den Schlüssel um und dann stehen Angelo und ich uns gegenüber. Verwuschelte Locken, schüchternes Lächeln, *Rums-in-den-Magen*-Blick.

Ich tu's. Ja, ich tu's!

Jetzt gleich?

Ja … SUBITO!

Ich hole tief Luft und sage: „Angelo?"

„Ja?"

„Ich muss dir was erzählen."

„Deine Mutter hat mir schon gesagt, dass es kein warmes

Wasser gibt." Er grinst schief. „Macht gar nichts, ich dusche auch kalt."
Er schiebt sich an mir vorbei, die Tür fliegt zu und ich bleibe wie geohrfeigt zurück.

Pesto alla genovese

In der zweiten Woche mit den Italienern schüttet es wie aus Eimern. Das totale Schlechte-Laune-Wetter. Passend dazu passieren mehrere unschöne Dinge:

1. Ich schaffe es nicht noch einmal, Angelo anzusprechen und mich zu outen. Das ist wahrscheinlich auch besser so. Es wäre nur ganz schrecklich peinlich geworden.

2. Franzi befragt ein weiteres Mal ihre Kugel, aber plötzlich treten atmosphärische Störungen auf und sie kann nichts darin erkennen.

3. Ich studiere sämtliche Wochen- und Monatshoroskope, die sich im Netz auftreiben lassen, lese jedoch überall das Gleiche: Mars und Venus stehen so ungünstig zueinander, dass mein Liebesleben für Störungen anfällig ist. Nett ausgedrückt. Im Klartext heißt das: Es findet überhaupt nicht statt und wird auch in absehbarer Zeit nicht stattfinden.

4. In den Pausen steht Angelo neuerdings mit den Jungs der Schulband herum. Okay, so flirtet er wenigstens nicht mit anderen Mädchen. Aber er beachtet mich auch nicht. Das ist fast genauso schlimm.
5. Pauline, Franzi und ich gehen bei strömendem Regen in den Biergarten. Wir trinken Cola, gucken den Pfützen beim Größerwerden zu, und als es schon nicht mehr deprimierender werden kann, baggern uns auch noch drei bescheuerte Typen an. Wir machen, dass wir wegkommen.
6. Eines Nachts kriege ich mit, wie sich Mama und Mr Smart lieben. Ich ziehe mir ganz fest die Decke über den Kopf, aber die Geräusche aus dem Schlafzimmer sind trotzdem nicht zu überhören. So peinlich!
7. Aber die Woche hat auch einen wunderschönen Glanzpunkt: Ich halte das Referat. Es ist eine Erörterung über den Einfluss der Ernährung auf die Gesundheit. Und ob es besser ist, auf Fleisch und tierische Produkte zu verzichten. Eine ziemlich schwierige Fragestellung, finde ich, aber Roberto, der ja gerade ein Buch zu dem Thema übersetzt, hat mir ein bisschen geholfen. Mein Fazit: Am besten isst man viel Obst und Gemüse, schränkt den Fleischkonsum ein und verzichtet auf Fertigprodukte. Alle hören gespannt zu, und als am Ende geklatscht wird, lächelt Angelo mich an.

Ich stehe in der Küche und checke den Kühlschrank. Käse, Aufschnitt, Joghurt ... Nichts kann mich locken, obwohl es fast schon Mittag ist und ich zum Frühstück nur einen O-Saft getrunken habe. Ich lasse den Kühlschrank wieder zuschnappen.

„*Ciao*, Liv."

Ich fahre herum. Zum Glück ist es nur Roberto.

„Alles klar, Liv?"

„Ja, wieso?"

„Du wirkst manchmal so ... ich weiß nicht ... irgendwie abwesend. Und du isst kaum noch was."

Richtig bemerkt. Seit ich Angelo beim Singen überrascht habe und der Gefühlsorkan richtig Fahrt aufgenommen hat, bringe ich kaum noch einen Bissen runter.

„Wollen wir kochen?" Er sieht auf die Uhr. „Deine Mutter kommt gegen eins. Und Angelo müsste dann auch aus der Stadt zurück sein."

Ich nicke. Kochen mit Roberto geht immer.

„Was hältst du von *Pesto alla genovese*? So wie wir das bei uns zu Hause kochen."

„Cool!" Seit ich das Gericht in meinem Pastabuch entdeckt habe, steht es ganz oben auf meiner Liste. „Und Sonia? Kommt die auch?"

„Ich weiß nicht, sie wollte mit Natascha …"
„Nastja Elena."
„Ach ja, richtig. Also, sie wollte mit Nastja Elena in die Stadt fahren und sich eine Ballettschule ansehen."
Habe ich mich gerade verhört? Wozu wollen sich die beiden eine Ballettschule angucken? Nastja Elena versteht vom Tanzen so viel wie ich vom Knutschen. Nämlich gar nichts.
Roberto öffnet den Vorratsschrank – inzwischen kennt er sich bei uns richtig gut aus – und fördert ein längst vergessenes Tütchen mit Pinienkernen zutage. Während er auf der Suche nach Parmesan und Pecorino im Kühlschrank abtaucht, laufe ich rasch auf den Balkon, um zwei Hände Basilikum zu pflücken. Basilikum ist das A und O dieser Pasta. Erfreulicherweise gedeiht das wie Unkraut auf unserem sonnigen Balkon.
„Du kannst schon das Wasser aufsetzen", meint Roberto, als ich zurückkomme. Er schält gerade eine Knoblauchzehe. „Die kommt übrigens roh ins Pesto. Aber nur eine. Sonst wird's zu intensiv."
„Der große Wassertopf ist okay?"
Roberto nickt. „Wie ist es denn jetzt eigentlich so für dich?", fragt er.
„Was?"
Er wirft mir ein Lächeln hin. „Ich weiß ja nicht … Aber

vielleicht wärst du auch gerne mit Sonia und dieser Nastja losgezogen."

Ich schüttele den Kopf und murmele, dass ich heute eh zu kaputt bin. Eine glatte Lüge. Mit meinen Freundinnen wäre ich rasend gerne in die Stadt gefahren, aber Franzi hilft heute beim Großeinkauf und Pauline trifft ihren Vater.

Roberto lässt das Thema zum Glück gleich wieder fallen. Ich muss mich auch nicht mit ihm zwangsunterhalten. Es reicht mir vollkommen, das Basilikum zu waschen, vorsichtig trocken zu tupfen und mit dem Käse in den Mixer zu bröseln. Wenn ich koche, bin ich ganz in meinem Element und alle Probleme sind wie weggeblasen. Da rieche ich nur die köstlichen Aromen, schnibbele, hacke und probiere und bin am Ende megahappy, wenn etwas Leckeres dabei rauskommt.

Mr Smart mustert mich prüfend von der Seite, dann sagt er wie aus heiterem Himmel: „Und wie geht es dir so mit uns, Liv?"

„Wie ... äh ... meinst du das?", stottere ich und gieße noch ein wenig Olivenöl ans fast schon fertig gemixte Pesto.

„Ich meine, hast du dich ein bisschen daran gewöhnt, dass wir hier sind?"

Ich deute ein Nicken an. Oder war es eher ein Kopfschütteln?

Er taucht seinen Löffel ins Pesto und probiert. „Perfekt."

Dann reicht er ihn mir, damit ich ebenfalls koste, aber ich nehme meinen eigenen Löffel.

„Schmeckt super“, sage ich. „Richtig toll.“

Roberto tritt ans Fenster und blickt in den tintenblauen Himmel. „Wäre es für dich vorstellbar“, nimmt er den Faden wieder auf. „Also nur mal angenommen ...“, er dreht sich zu mir um und streicht sich durch die angegrauten Locken, „dass wir irgendwann ... also, ich meine nicht heute und auch nicht morgen, aber eines Tages ... wie eine ganz normale Familie zusammenleben?“

In meinen Venen pulsiert das Blut. Nein, das kann ich mir nicht vorstellen! Selbst wenn wir in einem Palast mit zehn Zimmern und sieben Bädern residieren würden. Wie sollte das auch gehen? Es wäre Folter, mit einem Jungen zusammenzuleben, in den man bis über beide Ohren verliebt ist, den man aber nicht haben kann.

Roberto starrt mich an und ich gucke weg.

„Liv?“

„Ehrliche Antwort?“

„Certo!“

„Ich glaube nicht.“ Es tut mir leid, dass ich das jetzt so sage. Zumal ich Roberto ja wirklich mag.

„Hm, verstehe.“ Er geht zum Wassertopf und schaut ins blubbernde Wasser. „Wir warten noch mit den Nudeln, bis deine Mutter und Angelo kommen, in Ordnung?“

„Okay.“ Ich habe sowieso keinen Hunger. Nun noch weniger als vorher. Wieso musste er auch ausgerechnet jetzt davon anfangen?
„Deine Mutter und ich ...“, fährt er fort. „Wir verstehen uns sehr gut.“
Ich weiß. Das ist weder zu übersehen noch zu überhören.
„Unser Gefühl sagt uns, dass wir es miteinander probieren sollten.“
„Und was tut ihr gerade?“, erwidere ich gereizt.
Er lacht heiser auf. „Im Moment schweben wir noch ein paar Zentimeter über dem Boden. Das zählt nicht. Das ist ja nicht der Alltag. Das hier ist Urlaub, ein bisschen wie Flitterwochen.“
Ach so. Aha. Alles klar.
Roberto läuft geschäftig zwischen Arbeitsplatte und Spüle hin und her, macht dieses Messer sauber, steckt jenes Gefäß in die Spülmaschine, dann wischt er Kräuterreste von der Arbeitsplatte. Ziemlich viel Alltag, finde ich. Mehr geht eigentlich kaum.
„Also, ich könnte rein theoretisch auch hier in München arbeiten“, sagt er, nachdem er mit allem fertig ist und sich die Hände abgetrocknet hat.
„Und Sonia und Angelo? Können und wollen die auch ... rein theoretisch ... in München zur Schule gehen?“
Ein zweiter *Rums* geht durch meinen Magen. Gerade ist

mir siedend heiß eingefallen, dass sich Sonia ja eine Ballettschule anguckt. Das kann ... rein theoretisch ... einen sehr ernsten Hintergrund haben.

Mr Smart blickt mich aus traurigen Augen an. „Eher nicht. Glaube ich jedenfalls ... Immer wenn ich davon anfange, blocken sie ab." Er seufzt leise, es ist mehr ein Krächzen. „Für die beiden würde ja nicht nur ein Ortswechsel anstehen. Sie müssten auch ihr Land verlassen. Ihre Freunde, ihr ganzes Leben aufgeben."

Das müssten wir alle, denke ich.

Ist das die Sache, die sich Liebe nennt, wirklich wert?

„Wenn du nicht langsam mal den ersten Schritt machst, endest du als alte Jungfer." Pauline thront auf ihrem Bett, eine Packung Studentenfutter auf dem Schoß, und schwingt seit geraumer Zeit Reden. Es ist das erste Mal seit keine-Ahnung-wie-viel Tagen, dass wir drei wieder gemeinsam übernachten. Das Fenster steht sperrangelweit offen, kühle Abendluft strömt herein und ich fühle mich so frei wie schon lange nicht mehr. Mama hat zwar sauer geguckt, als ich plötzlich mit gepackter Übernachtungstasche im Wohnzimmer stand, hat es sich aber zum Glück verkniffen, mir Vorhaltungen zu machen.

Franzi hockt mir im Schneidersitz gegenüber, den Blick auf ihre Kristallkugel geheftet.
„Seid mal einen Moment still, ich muss mich konzentrieren."
„Siehst du was?" Pauline lehnt sich zu ihr rüber. Was völlig überflüssig ist. Kein Mensch außer Franzi selbst kann etwas in der Kugel lesen.
„Ja, Chaos."
Na, vielen Dank aber auch. Chaos hab ich schon. Und zwar täglich.
„Geht's vielleicht ein bisschen genauer?", hake ich nach.
Franzi beugt sich tiefer über die Kugel, stößt fast schon mit der Nase ans Glas. „Alsooo." Sie zieht das Wort endlos in die Länge. „Könnte sein, dass es auf dem Sommerfest hoch hergeht."
Auch das überzeugt mich nicht. Schulfeste sind meistens ein bisschen chaotisch. Und ganz besonders das Sommerfest, das jedes Jahr am Tag der Zeugnisausgabe gefeiert wird.
„Du siehst immer nur Katastrophen!", schimpft Pauline. „Gibt's vielleicht auch mal was Positives zu berichten?"
„Nicht so ungeduldig." Franzi hebt ihren Blick und grinst mich herausfordernd an. „Liv, es ist so weit. Du wirst ..."
„WAS?"
„Küssen!"

Ich zeige Franzi einen Vogel. „Klar, und der Papst heiratet Frau Fleischfresser."

Pauline fängt glucksend an zu lachen. „Ist ja heiß! Und steht auch in deiner Kugel, wen Liv küsst? A Punkt oder N Punkt?"

„So was kann ich nicht rauslesen. Das weißt du doch."

„N Punkt will ich sowieso nicht", erkläre ich. „Pauline, du kannst ihn gerne haben."

Sie langt in die Tüte und schiebt sich eine Handvoll Nüsse in den Mund. „Okay, vielen Dank. Mal gucken."

„Was zieht ihr eigentlich zum Sommerfest an?", wechselt Pauline das Thema.

„Irgendwas, ist doch egal", meint Franzi. Sie ist alles, nur kein Modepüppchen. Und sie sieht es schon gar nicht ein, sich für irgendeinen Typen aufzustylen.

„Und du, Liv?"

Ich zucke mit den Achseln. Ich besitze leider keine coolen Klamotten. Und die Tatsache, dass Sonia mir angeboten hat mir etwas fürs Fest zu leihen, macht es nicht besser. Selbst wenn ich drei Jahre lang nur Salatblätter ohne Dressing essen würde, würde ich immer noch nicht in ihre engen Hosen reinkommen. Pauline springt aus dem Bett und zerrt einen Rüschenalbtraum in Pink aus ihrem Schrank.

„Wie findet ihr das?" Sie hält sich das Teil an und tänzelt damit auf und ab.

„Grauenhaft“, antwortet Franzi ehrlich.

„Na ja, so lala“, wähle ich den diplomatischen Mittelweg.

„Ihr seid echt Modebanausen“, brummt Pauline eine Spur beleidigt und stopft das Kleid zurück in den Schrank. „Null Ahnung von nichts.“

„Macht nichts, damit kann ich gut leben.“ Franzi schlüpft kichernd in ihre Schlafshorts. „Wollten wir nicht noch einen Film gucken?“

Pauline ist in der glücklichen Lage, eine eigene Mini-Glotze zu besitzen, die man direkt vors Bett schieben kann. Bequemer kann man kaum fernsehen. Wir gucken eine Herzschmerz-Serie, bei der ich herrlich dösen und von Angelo träumen kann.

„Wisst ihr, was das Schlimmste ist?“, sage ich, nachdem Pauline später das Licht gelöscht hat.

Franzi liegt schon auf der Matratze und ihr flimmerndes Handy wirft Muster an die Wand.

„Nein, was?“

„Dass ich eigentlich gar keine Beziehung zu Angelo habe. Wir reden nur das Nötigste.“

„Aber du hast ihm von deinem Erzeuger erzählt und er dir von seiner Mutter“, sagt Franzi. Sie stellt ihr Handy aus und es wird dunkel. „So was tut man nicht, wenn man sich völlig gleichgültig ist.“

„Trotzdem.“

„Trotzdem was?“, tönt Paulines Stimme im Dunkeln.
„Ich hab das Gefühl, dass wir uns von Tag zu Tag fremder werden. Dabei müsste es doch eigentlich immer vertrauter zwischen uns werden.“
Eine Weile ist es still. Irgendwo draußen bellt ein Hund.
„Seid ihr noch da?“, frage ich.
„Nein, von Außerirdischen entführt.“ Franzi gluckst leise. „Also, wenn du mich fragst, kann das bedeuten, dass ihr eben doch nicht auf einer Wellenlänge seid. Und dass du einfach nur in seine hübsche Fassade verknallt bist.“
Nein!, will ich rufen, aber es kommt kein Ton aus meinem Mund. Natürlich bin ich irgendwie auch in Angelos hübsche Fassade verknallt. Aber es gibt noch so viel mehr, was ich an ihm mag. Seine zurückhaltende Art. Wie er lächelt. Wie er singt. Wie er über seine Mutter spricht.
„Oder das genaue Gegenteil ist der Fall“, fährt sie fort. „Ihr seid beide total entflammt.“
„Möglichkeit zwei!“, ruft Pauline.
„Das denke ich auch“, meldet sich wieder Franzi zu Wort. „Das Problem ist nur, dass ihr es entweder nicht wahrhaben wollt oder zu verklemmt seid, um über euren Schatten zu springen.“
Super Analyse. Genau das wollte ich hören. Allerdings hat Franzi Möglichkeit Nummer drei vergessen: Ich bin entflammt und Angelo ist es nicht.

Frustriert ziehe ich die Decke bis zur Nasenspitze. Irgendwie bringt mich Franzis Psychogequatsche gerade nicht weiter.
„Nacht, schlaft gut“, sage ich und rutsche eine Etage tiefer.
„Ihr auch“, erwidert Pauline und kehrt mir ihr Hinterteil zu.
Po an Po liegen wir da und ich denke, wie schön sich das doch anfühlt. Niemand röchelt und niemand schnarcht – es ist fast wie im Paradies. Vielleicht verflüchtigen sich über Nacht ja auch alle meine Probleme.

Erdbeeren und halbe Semmeln

Zog sich bei der Ankunft der Italiener jeder Augenblick wie Kleister in die Länge, vergehen die Tage plötzlich in Überschallgeschwindigkeit.

Laut Franzi bedeutet das, dass ich mich an die neuen Familienverhältnisse gewöhnt habe. Je mehr Routine einkehrt, desto schneller verfliegt die subjektiv erlebte Zeit. Das sei völlig normal. Pauline sieht das anders. Sie meint, extremes Verliebtsein lässt die Zeit schrumpfen, das habe sie selbst schon x-fach erlebt.

Vielleicht haben beide recht, vielleicht liegt es aber auch daran, dass Mama plötzlich einen extremen Ehrgeiz an den Tag legt, unserem Besuch so viel wie möglich von München zu zeigen. Die Pinakothek, das Jüdische Museum, das Paläontologische Museum – jede Minute, die sie nicht im *Café Karamell* arbeitet, steht irgendeine Unternehmung auf dem Programm. Und ich muss immer mit. Na gut, ich

komme sogar halbwegs freiwillig mit. Wegen Angelo. Aber das würde ich nie freiwillig zugeben.
Unsere Unternehmungen laufen immer nach demselben Muster ab: Mama und Roberto schlendern Arm in Arm voraus, Angelo und Sonia laufen, jeweils mit Stöpsel in den Ohren, hinterher. Ich bilde das Schlusslicht und beobachte dabei die ganze Zeit das Sahneschnittchen. Seine geschmeidigen Bewegungen, seinen Rücken, der in den eng anliegenden weißen T-Shirts, die er immer trägt, besonders gut zur Geltung kommt, seine wippenden Locken ... Manchmal dreht er sich auch nach mir um und lächelt. Das sind die Augenblicke, für die ich mir diesen ganzen Zirkus überhaupt antue. Dann rieseln warme Bäche meinen Rücken hinab und es prickelt von den Haarwurzeln bis zu den Zehenspitzen. Das ist so neu für mich, so überwältigend, dass ich sogar die letzte Kochstunde bei Herrn Winterkorn schwänze. Nick ist nicht gerade begeistert, kann aber verstehen, dass mein Besuch im Moment wichtiger ist.
Zwei Tage vor dem Sommerfest – es ist glutheiß und wir gehen an der Isar spazieren – passiert es. Sonia verlangsamt ihren Schritt, und als ich sie eingeholt habe, nimmt sie die Stöpsel aus den Ohren und fragt: „Sag mal, Liv, wieso schleichst du eigentlich immer hinter uns her?"
„Häh, wie? Was mache ich?"
„Magst du uns nicht oder guckst du dir Angelos Po an?"

Blush macht es und ich werde rot. „Äh, nein, natürlich mag ich euch“, stammele ich.

Und ja, ich glotze die ganze Zeit Angelos Po an.

Natürlich glotze ich Angelos Po an!

Und seine Locken und seinen Rücken und … einfach alles an ihm!

Sonias Augen werden schmal. „Ständig gehst du auf Abstand.“ Ihre Hände flattern empor. „Oder findest du mein Parfum eklig? Du kannst es mir ruhig sagen!“

Stimmt, da ist was dran. Sonias Erdbeerparfum riecht zum Abgewöhnen. Dafür duftet Angelo umso besser. Nach frischer Bergluft und irgendwie auch nach einem Sommertag am Meer.

„Was grinst du denn jetzt so?“ Eine Falte steht zwischen ihren Augenbrauen.

„Ich grinse überhaupt nicht“, erkläre ich und lächle automatisch breiter. Ich kann nichts dagegen tun. Es ist die Erinnerung an Angelos Wow-Geruch, die das bei mir auslöst.

„Du bist manchmal echt komisch.“ Sonia zieht die Nase kraus. „Meint Nastja übrigens auch.“

Nastja Elena Schulz. Ganz schlechtes Stichwort.

„Was Nastja meint, ist mir echt egal“, erwidere ich.

„Oder bist du eifersüchtig, weil …“

„Weil was?“ Langsam werde ich echt sauer. Auch wenn Sonia vorübergehend in meinem Zimmer wohnt, gibt ihr das

noch lange nicht das Recht, sich in mein Leben einzumischen. Sie ist unser Gast, mehr nicht.
„Na ja …“ Sie guckt in den Himmel, wo dickbäuchige Wolkenschweine vorbeiziehen. „Weil Nastja so gut bei den Jungs ankommt.“
Peng, das hat gesessen. Wie gut, dass ich nicht ihr Freundschaftsbändchen umgebunden habe!
„Aha, sagt sie das?“ Ich gebe mich so gelassen wie möglich. Rot bin ich ja schon, schlimmer kann's kaum noch werden.
Sonia schaut schweigend den fliegenden Wolkenschweinen zu. Angelo trottet zwei Meter vor uns her.
„Hat sie das behauptet?“, lasse ich nicht locker.

Sonias Blick geht in Zeitlupe zu mir, dann nickt sie.
„Sie ist eine total blöde Kuh“, sage ich. „Das wirst du spätestens dann zu spüren bekommen, wenn sie dich wie eine heiße Kartoffel fallen lässt.“
„Keine Sorge, das wird schon nicht passieren.“
„Im Moment vielleicht nicht. Ihr seid ja gerade ganz dicke Freundinnen. Das kann sich aber schnell ändern. Da braucht sie bloß ein anderes Mädchen kennenzulernen, das sie interessanter findet.“
„Du spinnst ja.“
Ich schüttele den Kopf. Leider ist es die bittere Wahrheit. In der fünften Klasse waren Pauline und Nastja Elena beste Freundinnen, aber eines Tages kam Margarida aus Por-

tugal in ihre Klasse und Pauline war von jetzt auf gleich abgemeldet. Und dann sage ich etwas, das ich im nächsten Moment schon wieder bereue: „Vielleicht will sie über dich ja auch nur an deinen Bruder rankommen."

Sonia lacht schrill auf. „An den? Du spinnst ja wohl. Der ist doch ..." Sie kommt nicht mehr dazu zu sagen, was *der ist*, weil sich besagter Angelo in diesem Moment die Stöpsel aus den Ohren reißt und herumfährt.

„Könnt ihr mal aufhören?", blafft er.

Ich erstarre zu einem Eisklotz.

Bitte, lass ihn nicht mitbekommen haben, was wir geredet haben.

„Wie, was denn?" Selbst Sonia scheint etwas erschrocken zu sein.

„Ich weiß ja, dass ihr so eure Probleme miteinander habt, aber könnt ihr euch nicht mal zusammenreißen?"

„Liv hat nur gemeint ...", beginnt Sonia.

Ich ramme sie in die Seite und sie verstummt. Zum Glück spricht sie es nicht aus. Dafür bin ich ihr wirklich dankbar.

„Immer diese angespannte Stimmung zwischen euch, das ist ..." Er bricht ab, dann fährt er fort und seine Nugataugen funkeln: „Ich wünschte, ich wäre wieder zu Hause."

Ende der Durchsage. Er stopft sich die Stöpsel zurück in die Ohren und meine Welt fällt im Sekundenbruchteil in sich zusammen.

Es ist also amtlich: Angelo hasst mich. Ich frage mich, wie mein vernebeltes Hirn auch nur Millisekunde lang hat glauben können, dass er einen Funken Interesse an mir hat. Das hat er nämlich nicht, auch wenn er ab und zu in meine Richtung geguckt hat. Das war purer Zufall. In Wirklichkeit ist er megagenervt von mir.
Noch fünf Tage, bis die Italiener abreisen. Fünf lange Tage, an denen ich mich am liebsten in einem Erdloch verkriechen möchte. Damit ich für Angelo und Sonia unsichtbar bin. Stattdessen muss ich weiter mit den beiden in die Schule gehen. Ich muss ihren Glamour-Status ertragen und so tun, als wäre alles in bester Ordnung. Das ist es aber nicht. Alles ist verkorkster denn je.

„Liv, ich mache mir langsam Sorgen", meint Roberto beim Abendbrot.
Es ist der Vorabend der Zeugnisse und ich bin gerade von einem Treffen mit Nick nach Hause gekommen. Wir haben seinen guten Realschulabschluss mit einer Bionade im Biergarten gefeiert. Es war nett, lustig und unverfänglich. Definitiv kein Date. Und jetzt hocken diese drei schönen Menschen plus Mama im Wohnzimmer und starren mich erwartungsvoll an.

„Wieso?“, frage ich und gieße mir ein Glas Wasser ein.
„Du isst ja kaum noch was.“
Blitzmerker. Erstaunlich, dass Mama überhaupt nicht mitbekommen hat, wie ich mich in letzter Zeit ernähre. Mir reichen meistens ein paar Erdbeeren und eine halbe Semmel. Und das, obwohl ich sonst keine Leckerei auslasse. Es ist nur … ich kriege einfach nichts runter.
„Ist es wegen der Zeugnisse, Schatz?“, fragt Mama.
Ich schüttele den Kopf. Mein Zeugnis wird dieses Halbjahr ziemlich gut ausfallen. Alles Einsen und Zweien, nur in Geschichte bekomme ich eine Drei.

„Machst du Diät?“, fragt Sonia und kichert leise.
Von wegen! Mit Diäten habe ich nun wirklich nichts am Hut.
Ich bleibe ganz ruhig, extrem gelassen, und sage: „Ich hab schon mit Nick im Biergarten gegessen.“
Angelos Pupillen wandern unruhig hin und her, Sonia grinst und das größte Liebespaar seit Romeo und Julia nickt zufrieden.
Roberto wechselt das Thema und kommt auf das morgige Sommerfest zu sprechen. Er will wissen, wann es losgeht, wie lange es dauert, ob es ein Programm gibt, und so weiter und so fort. *Gähn …* Fragen wie diese bringen mich dazu, auf der Stelle in einen komatösen Dämmerschlaf zu fallen. Zum Glück ist Sonia ganz heiß darauf, ihrem Vater

zu antworten, und ich versenke mich in den Anblick von Angelos Fingerspitzen, die leise auf den Tisch trommeln. Das Sommerfest ... Statt mich zu freuen, liegt es mir wie ein dicker Klumpen im Magen.
Wieso denn, Liv, das wird bestimmt mega! Du nutzt die Gelegenheit und tanzt mit Angelo eng.
Alles klar. Dazu müsste ich ihn aber erst betrunken machen oder mir eine Nastja-Elena-Maske aufsetzen.
Vielleicht läuft es aber auch ganz anders. Er kommt auf dich zu, zieht dich in seine Arme und sagt dir ...
„Ich weiß noch gar nicht, ob ich überhaupt hingehe", dringt Angelos Stimme an mein Ohr und ich schlage hart in der Realität auf.

Okay, er kann mich nicht ausstehen, das weiß ich mittlerweile. Aber warum will er nicht aufs Sommerfest gehen? Geplant war ein Auftritt mit der Schülerband. Verlässt ihn womöglich gerade die Angst vor der eigenen Courage?
„Aber du musst mitkommen!", protestiert Sonia.
Ja, Sonia, richtig! Er muss! Unbedingt!
Angelo klemmt sich eine Locke hinter die Segelohren. „Wieso? Wer sagt das? Ich muss gar nichts."
„Aber alle freuen sich auf dich! Nastja Elena und ich und Liv." Ihr Blick wandert zu mir. „Da wirst du aber viele Mädchenherzen enttäuschen."
Während Angelo unwillig grunzt, drückt Mama Robertos

Hand. „Das kann ich mir sehr gut vorstellen. Er ist eben ganz der Vater."

Wieder stöhnt Angelo entnervt, dann guckt er für einen Minimoment in meine Richtung und es macht *rums* in meinem Magen.

„Was soll ich denn auf dem Fest?", sagt er in Sonias Richtung. „Ich kenn da doch kaum jemanden."

Doch, du kennst mich, Angelo.

Und ich muss dir auch dringend was sagen.

Es haut mich jedes Mal vom Hocker, wenn ich dich sehe … wenn du mit mir sprichst … wenn ich an dich denke …

Ich bekomme Ausschlag und werde rot.

Mein Magenfahrstuhl setzt sich in Bewegung.

Heiße Wellen rauschen durch mich hindurch und Eiswürfel kullern meinen Rücken hinab.

„Spielverderber, echt, du wolltest doch was singen", sagt Sonia.

Ich nicke ihr knapp zu und denke, hach, was würde ich nur darum geben, ihn noch einmal singen zu hören!

Kirschkuchen mit Streuseln

Am nächsten Morgen wache ich früh auf, die Sonne wirft Lichtpunkte an die Wand, aber meine Laune ist auf dem absoluten Tiefpunkt. Schon rattert das Gedankenkarussell los und lässt sich nicht mehr stoppen.

Er mag mich nicht.

Er hat mich nie gemocht.

Er wird mich nie mögen.

Sein Lächeln und seine Blicke hatten nie etwas zu bedeuten.

Er ist ein Vollidiot.

Er soll gefälligst aus meinem Leben verschwinden!

„*Non ci posso credere!* Ich fass es nicht!“, tönt es neben mir und Sonias durchtrainierte Ballettbeine schälen sich aus der Wolldecke. Nicht mehr lange, und ich muss mir morgens nicht als Erstes ihre zerschundenen Füße angucken.

„Was ist denn?“, frage ich.

Sonia richtet sich mit einem Ruck auf. Erst jetzt sehe ich, dass sie ihr Handy in der Hand hat und aufs Display starrt.

„Das geht dich nichts an“, erklärt sie.
„Okay, dann posaune aber auch nicht so laut hier rum.“
Sonia blickt mich undurchdringlich an. „Nastja“, kommt es schließlich über ihre Lippen.
Bitte keine Nachrichten zu Nastja Elena am frühen Morgen! Das schlägt mir nur auf den Magen.
„Sie hat sich von Justus getrennt.“ Sonia zieht ein Dramagesicht, hustet ein wenig, dann plumpst das Handy in ihren Schoß.
„Aha“, sage ich und spüre ein flaues Gefühl im Magen.
Alles klar: Heute Abend ist Showtime. Nastja Elena Schulz will sich auf dem Sommerfest an Angelo ranmachen. Ein wirklich raffiniert ausgeklügelter Plan. Nur ahnt sie nicht, dass Angelo gar nicht zum Sommerfest kommt. Hah! Pech gehabt, Madame.
„Die Arme!“, sagt Sonia.
„Wieso ist sie denn die Arme, wenn sie sich trennt? Hätte sie ja nicht tun müssen.“
„Sie hat es echt mit Justus versucht, aber der ist voll der hohle Macho.“
„Ach nee, echt?“, entgegne ich und muss daran denken, wie ich für ihn einen Herzkuchen backen sollte.
Sonia nickt. „Eifersüchtig, besitzergreifend, egoistisch. Der hat immer Stress gemacht, wenn wir mal was alleine unternehmen wollten.“

„Dann kann sie doch froh sein, dass sie den Typen los ist." Sonia bindet ihre Haare im Nacken zu einem Knoten, dann schwingt sie sich von ihrer Matratze. „Vielleicht mag Angelo sie heute Abend ja ein bisschen trösten."

Es fühlt sich an, als würde mir jemand eine Faust in den Magen rammen. Angelo und Nastja Elena Schulz. Das werde ich nicht überleben!

„Wieso, ich denke, er kommt nicht." Ich bemühe mich um einen lockeren Tonfall.

„Mal gucken. Ich versuch ihn zu bequatschen."

Damit ist Sonia aus dem Zimmer und ich bleibe wie vom Donner gerührt zurück.

Ja, ich bin vollkommen klar im Kopf. Auch noch, als ich mir mein Handy schnappe und Nick simse:

Kommst du heute Abend mit zum Sommerfest?
Würde mich riesig freuen. Liv.

An der Schule geht es um wie ein Lauffeuer. Zwischen Nastja Elena und Justus ist es aus. Was ist schiefgelaufen? Warum, wieso, weshalb? Es wird getuschelt, getratscht, gemunkelt und Sonia spielt sich als Superinformantin Nummer eins auf.

„Du kannst echt froh sein, dass du um den Macho herumgekommen bist“, raunt mir Franzi in der großen Pause im Mädchenklo zu. In der nächsten Stunde bekommen wir unsere Zeugnisse und wir sind ein bisschen hibbelig. Vielleicht wartet ja doch die eine oder andere Notenüberraschung auf uns.

Pauline tupft sich extra dick Gloss auf die Lippen.

„Mann, Liv, du siehst echt furchtbar aus“, sagt sie, als sich unsere Blicke im Spiegel begegnen.

Ich beuge mich vor. Pauline hat recht. Mein Ausschlag ist zwar endlich verschwunden, dafür habe ich Augenringe bis zum Nordpol.

„Das ist ganz normal, wenn man L Punkt hat.“ Franzi legt tröstend ihren Arm um mich.

„L Punkt?

„Lie - bes - kum - mer.“ Franzi haucht jede einzelne Silbe.

Gut so. Es muss ja nicht jede hier mitkriegen, worüber wir reden.

„Willst du es nicht doch bei A Punkt probieren?“, fragt Pauline.

Ich schüttele den Kopf. „A Punkt meinte gestern, dass er vielleicht gar nicht kommt. Der hat keine Lust. Und auf mich am allerwenigsten.“ Ich winke meine Freundinnen näher. „Aber jetzt will S Punkt ihn bequatschen. Damit A Punkt dann N Punkt tröstet.“

„N Punkt?“, kreischt Pauline. „Du meinst N Punkt E Punkt?“

Ich nicke.
„Ach, du Scheiße!“, platzt es aus Franzi raus.
„Du sagst es.“ Ich schlage mir mit der flachen Hand gegen die Stirn.
„Und jetzt hab ich auch noch Nick eingeladen! Warum hat mich niemand davon abgehalten? Echt, Franzi, du hättest mal vorher deine Kugel befragen sollen.“
„Wieso, ist doch perfekt.“ Sie zupft ihren Zickzackpony in Form. „Dann wird A Punkt, also falls er kommt, vielleicht eifersüchtig.“
„Wird er nicht!“ Wie oft soll ich ihr und Pauline denn noch erklären, dass nie etwas zwischen A Punkt und mir sein wird. Weil ich für A Punkt völlig indiskutabel bin!
Es klingelt zum Unterricht, Pauline steckt den Lipgloss weg und wir machen, dass wir zurück in die Klasse kommen. Angelo lehnt an der Tür, die Hände lässig in den Hosentaschen vergraben.
„Toi, toi, toi“, raunt er mir zu, als ich an ihm vorbeigehe. Sein Duft lässt mich kurz taumeln, aber dann schaffe ich den Weg zu meinem Platz ohne weitere Zwischenfälle.
Wieso ist er nur so? Mal nett, dann wieder abweisend und verschlossen ...
Hak ihn ab, Liv. Hak ihn endlich ab!

Frau Fleischfresser macht kein großes Tamtam um die Zeugnisvergabe. Sie sagt, sie sei mit unseren Leistungen im Allgemeinen sehr zufrieden und freue sich auf ein neues Schuljahr mit uns, dann teilt sie die Bögen aus.

Eine Eins in Deutsch, wie cool ist das denn! Die Note habe ich sicher dem Referat zu verdanken. Vorher stand ich auf Zwei plus, wäre aber auch damit zufrieden gewesen.

Ich gucke zu Franzi und Pauline rüber. Franzi hat wie schon angekündigt fast nur Einsen, Pauline ist gutes Mittelmaß und freut sich besonders über ihre Vier in Mathe.

„Was haltet ihr von Kirschkuchen?", fragt Frau Fleischfresser, als das allgemeine Gemurmel abebbt.

Blöde Frage! Natürlich halten wir sehr viel davon. Besonders, da Frau Fleischfresser ihn extra für uns gebacken hat. Meine Appetitlosigkeit macht für einen Moment Pause und ich greife nach einem extra großen Stück – hm, lecker mit Streuseln! –, als unsere Klassenlehrerin mit der Kuchenplatte durch die Reihen geht.

„Angelo", sagt sie eine Millisekunde darauf und bleibt vor seinem Platz stehen. Alle Köpfe fliegen herum. Auch meiner. Ich nutze jede Gelegenheit, ihn anzugucken. Immer noch. Ich kann nichts dagegen tun. „Wie war es denn für dich in unserer Klasse?"

Angelo klammert sich an seinem Federmäppchen fest wie an einem Rettungsanker auf hoher See. „Gut", sagt er leise.

Frau Fleischfresser zieht ein betrübtes Gesicht. „Oh, das klingt jetzt aber nicht so begeistert."

Angelos Kopf sackt noch ein paar Zentimeter tiefer. Er mag es nicht, von allen angestarrt zu werden.

„Na ja, äh, es war schon interessant", zischelt er durch die Zähne.

Der Arme! Er tut mir richtig leid.

„Also, ich fand's total cool", kommt Sonia ihrem Bruder zu Hilfe. „Besonders mochte ich die Gedichtinterpretationen. Und Livs Referat war echt mega."

Ich fahre wieder herum. Äh, peinlich. Sonia hätte mich nicht vor allen loben müssen. Keine Ahnung, was gerade in sie gefahren ist.

„Da bin ich ganz deiner Meinung", pflichtet ihr Frau Fleischfresser bei.

Ich spüre Angelos Blick in meinem Nacken. Es brennt richtig zwischen meinen Schulterblättern, aber ich drehe mich nicht noch einmal um. Wenn ich das tue, werde ich in Flammen aufgehen.

„Fahrt ihr jetzt erst mal wieder nach Hause?", erkundigt sich unsere Klassenlehrerin.

Aber hallo! Natürlich! Was denkt sie denn!

„Ja, sicher!", bestätigt Sonia meine Gedanken.

„Und nach den Ferien?", fährt Frau Fleischfresser fort. „Sehen wir euch da wieder?"

Pause. Niemand sagt etwas.

„Ich meine, zieht ihr vielleicht nach München?"

Es ist so totenstill im Klassenzimmer, dass man eine Stecknadel fallen hören könnte. Alle sind wahnsinnig gespannt – und ganz besonders ich. Mama hat kein Wort darüber verloren, wie es nach den Sommerferien weitergehen soll. Ob es überhaupt irgendwie weitergeht. Aber klar, wer macht schon freiwillig Schluss, wenn die Liebe wie ein Meteorit eingeschlagen hat?

„Ich hoffe, ich habe nichts Falsches gesagt?" Frau Fleischfresser hat eine kleine Kummerfalte zwischen den Augenbrauen, als ihre Blicke zwischen Angelo und Sonia hin- und hergehen.

Verstohlen drehe ich mich nun doch um.

„Nein, gar nicht", erklärt Angelo leise. „Es steht bloß noch nicht fest. Mein Vater meint ..."

Sonia macht einen kleinen Hopser auf ihrem Stuhl. „Was meint er? Häh? Wir bleiben doch in *Genova.* Tun wir doch, oder?" Es folgt ein aufgebrachter Wortschwall auf Italienisch, unterstrichen von wilder Gestik. Ich verstehe nur Bahnhof, bloß die Wörter *balletto* und *danza* kann ich mir erschließen.

Frau Fleischfresser hebt beschwichtigend die Hände. „Also, das müsst ihr wirklich nicht vor der ganzen Klasse besprechen. Tut mir leid, dass ich davon angefangen habe."

Die Schönheit verstummt. Ihre Wangen glühen und ihre Kinnpartie zittert.
Für den Rest der Stunde ist mir kodderig. In meinem Magen rumort es und ich weiß nicht, was ich denken und fühlen soll. Dabei sind Sommerferien! Endlich Sommerferien! Wir hören Ausschnitte aus einem Hörbuch, Frau Fleischfresser erzählt etwas über die Entstehungsgeschichte des Romans, dann klingelt es und Sonia flitzt aus dem Klassenzimmer. Wenig später entdecke ich sie an der Bushaltestelle. Angelo steht vor ihr, redet auf sie ein und fuchtelt mit den Händen. Das sieht nach einem heftigen Streit aus. Ehrlich, da muss ich nicht dabei sein. Lieber trödele ich noch ein wenig durch die Gegend und nehme einen späteren Bus nach Hause. Zum Mittagessen gibt es sowieso nur belegte Brote.
Und ich will auch nicht Sonia dabei zugucken, wie sie sich womöglich stundenlang fürs Sommerfest aufrüscht. Ich gehe nämlich ganz normal. Weil ich immer noch keine coolen Klamotten habe und auch keinen Sinn darin sehe, mich für Nick oder sonst wen extra in Schale zu werfen.

Obatzter, Brezen und irgendwas Gepanschtes

Ein bis zum Anschlag aufgetunter Nick wartet am Eingangstor der Schule. Er trägt ein übergroßes Herrenjackett, einen schwarzen Hut und über seinem bedruckten T-Shirt baumelt eine locker gebundene Krawatte. An den Füßen: wild gemusterte Chucks.

„Wow, cool!", kreischt Pauline. „Und den willst du nicht, Liv? Der ist so süß, den könnte ich ja auf der Stelle ..."

Bevor sie *küssen, vernaschen* oder etwas Ähnliches sagen kann, stoße ich sie in die Rippen. Zum Glück klappt ihr Mund sofort zu. Sie grinst nur noch in sich hinein, zupft sich den pinkfarbenen Rüschenalbtraum zurecht (ja, sie hat das Kleid tatsächlich angezogen!) und stöckelt los. Franzi und ich sehen neben ihr vermutlich wie Mauerblümchen aus.

„Wo ist denn dein Besuch?", sagt Nick statt einer Begrüßung.

Ich zucke mit den Achseln. „Die kommen noch. Oder sie sind schon da. Keine Ahnung."

Nick hebt die Hand und lächelt erst Franzi, dann Pauline an. Es ist ein ganz normales Lächeln, das nicht erkennen lässt, wie er die beiden findet oder ob er eine von ihnen bevorzugt.

Wir durchqueren die Aula und gehen weiter auf den Pausenhof. Ich blicke mich um. Ein paar Leute aus unserer Klasse entdecke ich am Gemüsebeet, das die sechsten Klassen dieses Jahr im Rahmen einer Projektwoche bepflanzt haben. Justus lungert mit seinen Kumpels an der Bühne herum, die für den Comedy-Club und die Band aufgebaut ist. Nastja Elena? Nicht zu sehen. Sonia? Ebenfalls nicht. Und Angelo schon mal gar nicht. Ich schätze, er wird nicht kommen. Wahrscheinlich hatte Sonia nach dem Streit auch gar keine Lust mehr, ihn zu überreden.

Beim Mittagessen war die Stimmung jedenfalls gedrückt. Noch vorm Nachtisch – es gab Erdbeeren mit Sahne – sind die Zwillinge abgedampft. Angelo auf den Balkon zum Indie-Luft-Stieren, Sonia zum Training ins Schlafzimmer.

Die pummelige Rothaarige aus unserem Kochkurs steuert auf uns zu, sie kreischt und kiekst und kann es kaum glauben, Nick hier anzutreffen. Mich nimmt sie zum Glück gar nicht wahr und ich nutze den Moment, um mit Pauline und Franzi ein paar Meter abseits zu quatschen.

„Von der kannst du echt noch was lernen.“ Pauline lehnt sich gegen mich. „So geht aufreißen.“
„Ich will Angelo aber nicht aufreißen. Ich reiß keinen auf, dem ich nur auf die Nerven gehe, verstehst du das nicht?“
„Dann such dir ein anderes Opfer. Ich meine, nur mal so zu Testzwecken.“
„So einen Ekeltypen, wie du ihn vor einem Jahr aufgetan hast?“
Pauline grinst zwar, aber eigentlich finde ich das nicht besonders witzig. Sie muss immer übertreiben. Mit dem Flirten, mit dem Alkohol, eigentlich mit allem. Es ist nur eine

Frage der Zeit, bis sie mal so richtig auf die Schnauze fällt.
„Versprich mir was“, sage ich leise in ihr Ohr.
„Und was?“ Pauline sieht so süß und unschuldig aus, dass ich ihr ein Küsschen auf die samtige Wange presse.
„Dass du heute mal einen Gang runterschaltest.“
Paulines Augen weiten sich. „Wie meinst du das?“
„Das weißt du ganz genau. Man muss nicht mit jedem knutschen, der *Hier!* ruft.“
„Und auch nicht alles in sich reinkippen, was so rumgeht“, ergänzt Franzi.
Alkohol ist für alle unter sechzehn sowieso tabu, aber manche Leute aus unserem Jahrgang betrachten es als Sport, gepanschte Getränke in die Schule reinzuschmuggeln und sich damit volllaufen zu lassen.

„Ja, versprochen." Paulines Blick wandert über den Pausenhof. „Ach nee, guck mal da."

Ich folge ihrem Blick und dann sehe ich, was ich eigentlich nicht sehen will.

Sonia, Angelo und Nastja Elena.

Schock!

Ich gucke weg und gleich wieder hin.

Sonia trägt ein Kleid mit Spaghettiträgern und einem bauschigen Ballettrock, Nastja Elena hat ein Nichts von einem silbrigen Fummel an. Nur Angelo sieht in Jeans und weißem T-Shirt ganz normal aus. Normal gut. Normal bombastisch. Einfach zum Niederknien.

Mein Magenfahrstuhl setzt sich ruckelnd in Bewegung, Gummibeine, feuchte Hände. Nastja Elena verlangsamt ihren Schritt, sodass sie jetzt neben Angelo hertrippelt. Ihr nackter Oberarm berührt seinen, aber er macht keine Anstalten, auf Abstand zu gehen.

Das tut weh. Hammerweh.

„Ich hab's geahnt", hauche ich. Normal sprechen geht nämlich gerade nicht.

„Ich fass es nicht!", höre ich Pauline sagen. „Die Tussi zieht echt alle Register!"

„Kein Grund zur Panik." Franzi tätschelt mir die Wange. „Sie wird nicht bei ihm landen."

„Wie kannst du dir da so sicher sein?"

„Guck dir doch bloß mal seine Körperhaltung an. Hochgezogene Schultern, die Hände in den Hosentaschen. Der ist megaverkrampft!"

„Kommt ihr dann?", frage ich und hake mich bei meinen Freundinnen unter. Keine Lust, dem Dreiergespann weiter Aufmerksamkeit zu schenken. Es gaffen sowieso schon wieder alle. Es fehlt bloß noch, dass gleich jemand klatscht und *Bravo!* ruft. Lieber sichere ich mir einen guten Platz auf einem Sitzkissen vor der Bühne.

Justus lächelt mir zu, als wir uns hinhocken. Ich lächele zurück, das passiert ganz automatisch, aber die Gefühle, die ich mal für ihn hatte, sind wie weggeblasen. Seit dem Vorfall mit dem Herzkuchen existiert er nicht mehr für mich. Er ist nur noch ein x-beliebiger Junge an unserer Schule.

Pauline rempelt mich verstohlen und kichert leise. „Ich glaub, bei dem könntest du heute auch punkten."

„Will ich aber nicht", entgegne ich und winke Nick zu uns, der verloren herumsteht. Die Rothaarige aus dem Kochkurs ist nicht mehr zu sehen. „Hier! Hier sind wir!"

Ich habe extra ein Kissen für ihn freigehalten, auf das er sich jetzt fallen lässt. Ich hoffe, Justus guckt gerade hin.

„Was wollte das Mädchen denn?", frage ich und lehne mich für einen Sekundenbruchteil gegen ihn. Als mir klar wird, was ich da eigentlich tue, zucke ich gleich wieder zurück.

„Das Rezept von den Blinis."

„Blinis? Was ist das?“
„Russische Pfannkuchen. Die hatte ich zur letzten Stunde mitgebracht.“ Er knufft mich mit dem Ellbogen. „Die du ja geschwänzt hast.“
„Ich weiß, das war doof. Aber meine Mutter hätte mich sonst gekillt.“ Und es wird auch nicht wieder vorkommen, füge ich in Gedanken hinzu. Nicht wegen einer Person, für die ich gar nicht existiere.
Unser Schulleiter Herr Dirksen betritt unter donnerndem Beifall die Bühne. Er hält eine knappe Ansprache, dann startet das offizielle Programm. Nein, ich gucke jetzt nicht, wo Nastja Elena, Angelo und Sonia sind. Weil es mich nicht interessiert. Soeben habe ich nämlich einen Entschluss gefasst: Ich will das Fest genießen! Spaß haben! Und zwar mit Menschen, für die ich wichtig bin und die mich mögen.
Als Erstes hüpft Willi, ein Slammer aus der Elften, auf die Bühne. Willi ist ein Unikum und auf Schulfesten der Hit. Er schert sich nicht darum, was andere Leute von ihm denken könnten, sagt immer geradeheraus seine Meinung. Heute zieht er die Lehrer kräftig durch den Kakao. Sein Act ist so witzig, dass sich selbst Frau Fleischfresser und ihre Kollegen die Tränen aus den Augen wischen. Die Schüler aus dem Comedy-Club, die danach auftreten, haben es richtig schwer. Ein Mädchen aus der Sechsten versucht sich an

einer Nummer über ihr Meerschweinchen, was leider nur mäßig komisch ist. Danach ist ein Jungs-Duo dran. Die Pointen sitzen, aber ihre Stimmen sind leider so leise, dass man nur die Hälfte mitbekommt. Als Letzter tritt unser Klassenclown Maximilian auf. Schießt er die Witze im Unterricht nur so aus der Hüfte, verhaspelt er sich jetzt ständig und seine Gags wollen nicht richtig zünden. Das tut mir echt leid für ihn. Ich hätte ihm einen cooleren Auftritt gewünscht. Geklatscht und gejohlt wird trotzdem und ich finde, er hat es auch verdient. Jeder, der sich traut vor der ganzen Schule aufzutreten, hat es verdient.

In den Applaus hinein tippt mich Emma aus meiner Klasse an und eine Tüte mit einer versteckten Flasche schiebt sich in mein Blickfeld.

„Trinken und weiterreichen", flüstert sie mir zu.

„Und was ist drin?", will ich wissen.

„Was Leckeres."

Erneut brandet Beifall auf. Die Mitglieder der Schulband erstürmen gerade die Bühne. Schon heult Mickys E-Gitarre auf und sie legen los. Ein bisschen Grunge, ein bisschen Country, ein bisschen Hip-Hop. Eine wilde Mischung, die niemanden mehr auf dem Kissen hält.

Ach ja, die Flasche. Klar nehme ich einen Schluck, vielleicht auch zwei. Und als eine andere Flasche rumgeht und ich aus dem Augenwinkel sehe, wie Angelo auf die Bühne

steigt, trinke ich auch ein bisschen mehr von dem klebrig-süßen Getränk.
Also doch. Er tut es. Obwohl er nicht mal kommen wollte. Obwohl er es nicht mag, wenn ihn allen anstarren. Oder war alles bloß Show und er genießt den Auftritt jetzt umso mehr?
Micky greift nach der Gitarre und lässt ein paar softe Akkorde anklingen. Diese Melodie ... Shit, die kenne ich doch!
Lass das, Angelo. Das ist unser Song. Den soll niemand sonst hören.
Spinnst du, Liv? Du hast ihn nicht gepachtet.
Ich will es trotzdem nicht. Niemand soll den Song hören. Und schon gar nicht Nastja Elena!

Aber ich kann Angelo nicht aufhalten. Er klemmt sich eine Locke hinters Segelohr, schon ertönt seine satte, leicht kratzige Wow-Stimme.
Und wieder passiert es. Wieder bringt sie irgendetwas in mir zum Schmelzen. *Ti voglio, ich will dich ...*
Um mich herum ist es andächtig still, fast wie in einer Kirche, und ich bin mir sicher, dass sich in diesem Augenblick auch noch das letzte Mädchen an unserer Schule in Angelo verliebt.
Knappe drei Minuten später ist der Ausbruch aus Raum und Zeit auch schon wieder vorbei. Erst jetzt merke ich, dass ich die ganze Zeit Paulines Hand gequetscht habe. Mir

ist ein bisschen schwindelig von dem Alkohol und ich lehne mich gegen meine Freundin.

Alles klatscht, johlt und trampelt.

„Zugabe!“, kreischen ein paar Mädchen.

Aber Angelo verbeugt sich nur knapp, dann taucht er blitzschnell in der Menge ab. Alles klar, seine Schüchternheit. Oder will er auf direktem Weg zu Nastja Elena, um in ihre Arme zu sinken?

Die Band spielt noch ein paar Stücke, dann ist es zwanzig Uhr und wir müssen wegen der Anwohner in die Aula wechseln. Kein Problem. Es hat zu nieseln begonnen und drinnen steht das Essen bereit. Eine D-Jane aus der Zwölften legt auf, es gibt Brezen, Würstchen, marinierten Tofu, Obatzter und Radi und ich hoffe, dass sich der Seegang in meinem Kopf bald wieder legt.

„Du bist echt süß, wenn du was getrunken hast“, meint Nick und füttert mich mit kleinen Häppchen. „Aber jetzt musst du mal was essen, sonst ist alles zu spät.“

Ich finde mich im Moment weniger süß. Nur nicht mehr ganz zurechnungsfähig. Ich scanne die Aula – wo ist Angelo? –, kann ihn jedoch nirgends entdecken. Ob er schon abgehauen ist? Zusammen mit Nastja Elena?

Mein Blick fällt auf Justus und Sonia, die an der Bar stehen und etwas trinken. Auch das noch. Justus, der Mädchenkiller.

„Na, hopp, tanzen!“
Pauline wackelt mit dem Po, dann zieht sie mich und Franzi unter die glitzernde Discokugel, wo es schon mächtig abgeht. Nick zögert nicht eine Sekunde, als ich ihn zu uns winke. Es ist ja auch nichts dabei, mit ihm zu feiern, einfach Spaß zu haben. Pauline, Franzi und ich liefern uns einen albernen Balztanz, auf den Nick mit ebenso übertriebenen Verrenkungen einsteigt. Es ist witzig, es ist schräg und ich blende alles andere aus. Heute will ich Spaß haben!
Plötzlich werden die Bässe von einem langsameren Beat überlagert. Shit, Engtanzstück. Franzi verlässt fluchtartig die Tanzfläche – auf so was kann sie gar nicht –, Nick, Pauline und ich stehen einen Moment wie Pik Sieben da. Engtanz ist peinlich, Engtanz löst Panik in mir aus, Engtanz gehört verboten.
Meine Gedanken vollführen noch wilde Loopings, da wird das Licht gedimmt, ein Raunen geht durch die Aula und mehrere Dinge passieren gleichzeitig: Pauline umarmt Micky und schiebt mit ihm los. Gleichzeitig bewegen sich Nicks Arme wie die Tentakel eines Tintenfischs auf mich zu und – das ist jetzt der absolute Schocker – Angelo und Nastja Elena tauchen wie aus dem Nichts auf der Tanzfläche auf und tanzen eng. MEGAENG! Nicht mal eine gepresste Butterblume hätte zwischen seinem weißen Shirt und ihrem Silberfummel mehr Platz.

„Ist das okay für dich?", höre ich Nicks Stimme an meinem Ohr.
Wie nett, dass er das fragt. Obwohl seine Hände schon auf meinen Hüften liegen. Weil alles sowieso nicht mehr schlimmer kommen kann, schlinge ich meine Arme um seinen Nacken. So wie Pauline es bei Micky tut und Nastja Elena bei Angelo. Und jeder, der uns beobachten würde, würde denken, hach, was für hübsche Pärchen!
Nicks Hände wandern ein paar Zentimeter nach oben und landen auf meinem Rücken. Dann umarmt er mich fester und wispert mir zu, wie cool das sei, dass wir uns im

Kochkurs kennengelernt hätten, und dass man mich, falls es mich noch nicht gäbe, unbedingt backen müsse. Klar schmeichelt mir das, mehr, mein alkoholisierter Kopf will, dass er noch einen Zahn zulegt, ich bin schon ganz berauscht von seinen Komplimenten.
Während wir langsam weitertanzen, scanne ich die Aula. Micky langt Pauline gerade an den Po (ups, das lässt sie sich gefallen?), Justus und Sonia stehen am Rand und gucken zu (wahrscheinlich trauen sie sich nicht), im nächsten Moment schieben sich Nastja Elena und Angelo in mein Blickfeld. Ein Blitz flackert auf und exakt in dieser Millisekunde kreuzen sich unsere Blicke. Angelo schaut mich an und ich ihn und ich denke, was ist das jetzt? Was hat dieser Blick zu bedeuten? Dann ist die Millisekunde auch

schon wieder vorüber, er sieht weg und taucht mit seinem Gesicht in Nastjas blonder Wallewalle-Mähne ab.

Mist!

MIST!

GANZ GROSSER MIST!

Nick hebt sanft mein Kinn an. „Alles gut?“

Ich nicke. Klar ist alles gut. Auch wenn es jetzt viel schöner wäre, in Angelos nugatbraune Augen zu gucken. Ein Schwindelanfall lässt mich taumeln, aber Nick hält mich fest. In seinen Armen kann mir nichts passieren, denke ich noch, da nähern sich seine Lippen. Einen Wimpernschlag darauf berühren sie meinen Mund, ganz sanft, ganz zart und mein Herz trommelt.

Mein erster Kuss! Das ist er, auf diesen Moment habe ich so lange gewartet. Doch irgendwas ist komisch, irgendwas fühlt sich einfach falsch an.

Du musst es beenden, denke ich noch, da schlüpft Nicks Zunge in meinen Mund, nur minikurz, aber es ist ein unschönes Gefühl, das mich zurückzucken lässt. *Labberig ist der Tod jeden Kusses,* schießt es mir automatisch durch den Kopf. Paulines Kuss-Regel Nummer drei.

Nicks Wimpern flattern. „Äh, sorry, ich dachte …“, stottert er noch, da habe ich mich schon losgerissen und dränge mich durch die Tanzenden zum Klo.

Mir ist kotzübel, ein Heulanfall schüttelt mich und gebirgskalte Rinnsale laufen mir den Rücken hinab.
Mein erster Kuss, und er war kein bisschen schön! Ich hätte es gar nicht erst drauf ankommen lassen dürfen. Es war falsch. Weil ich nicht in Nick verliebt bin. Er ist nur ein guter Freund. Und gute Freunde küsst man nicht.
Die Tür geht auf und Franzi stürmt herein. „Hier bist du! Ich hab dich gesucht. Hey, du heulst ja!"
Sie reißt ein Stück Papiertuch ab und reicht es mir. Ich

schnäuze mich, dann lehne ich mich an sie.
„Du hast Nick geküsst. Na und? Wo ist das Problem?"
Ich starre sie an. „Du hast es mitgekriegt?"
„Jeder hat es mitgekriegt."
„JEDER?" Schon wieder kommen die Tränen.
„Nur Pauline nicht. Die hat ja selbst rumgeknutscht. Ausgerechnet mit Micky, ich kapier das nicht. Der ist doch auch so ein Aufreißer."
„Und Angelo?", frage ich.
„Der ist kein Aufreißer. Er hat …"
Stöhnend werfe ich das Papiertuch weg. „Was? Nastja geküsst?"
Franzi schüttelt den Kopf und lacht. „Er hat beim Tanzen die ganze Zeit zu dir rübergeguckt."

„Hat er nicht."
„Doch, Liv! Er hat sich immer wieder den Kopf nach dir verrenkt. Ziemlich eindeutig, wenn du mich fragst."
Ein winziger Hoffnungsschimmer flackert in mir auf. Vielleicht mag er mich ja doch. Zumindest ein kleines bisschen. Doch gleich darauf erstickt das zarte Flämmchen wieder. Zurück auf Los. Denn sollte er mich tatsächlich mögen, hat er jetzt ja gesehen, wie Nick mir seine Zunge in den Mund geschoben hat.
Kann ich bitte sterben? Jetzt sofort?
„Liv, du musst das mal so sehen", sagt Franzi mit ihrer Psychologenstimme.

Weiter kommt sie nicht, denn die Tür wird aufgestoßen und Micky platzt herein.
„Kommt schnell! Pauline!"
Bevor wir fragen können, was passiert ist, ist er bereits wieder draußen. Eine Schocksekunde lang sehen Franzi und ich uns an, dann stürmen wir hinaus.
Eine Menschentraube hat sich in der Aula gebildet, darunter auch Nick, Angelo, Sonia und ein paar Leute aus unserer Klasse. Ich zögere nicht, boxe mich durch die Umstehenden und dann sehe ich sie: meine allerliebste Freundin. Sie liegt am Boden und rührt sich nicht. Ihre Arme und Beine sind verdreht. So sehen Tote aus, aber doch nicht Pauline!

„Was ist mit ihr?“ Meine Stimme kreischt und zittert, meine Beine geben mir kaum noch Halt.

„Sie atmet“, sagt Emma, die neben Pauline hockt und ihren Puls fühlt.

„Süße! Wach auf!“ Ich knie mich neben sie und klopfe ihre Wangen. „Hat jemand den Rettungswagen gerufen?“

Stummes Kopfschütteln. Ich fasse es nicht! Sonst tippen immer alle auf ihren Handys herum und jetzt ruft keiner die 112 an?

„Ich mach das.“ Franzi zerrt ihr Smartphone aus der Hosentasche und verschwindet im Gewühl.

Alle brabbeln durcheinander.

„Wie ist das passiert?“

„Keine Ahnung … Sie lag plötzlich da.“

„Shit, hoffentlich hat sie nicht …“

„Die haben Quatsch gemacht, also Sonia und Pauline …“

„Micky hat sie geschubst.“

„Gar nicht wahr, sie ist gestolpert! Ich wollte sie noch festhalten.“

„Zu viel Alk?“

„Macht euch nicht ins Hemd, sie wacht gleich wieder auf.“

„Und wenn nicht …?“

Der Boden unter mir schwankt, in meinem Kopf sägt ein Schmerz. Irgendwie bekomme ich mit, dass Sonia weint, dass Frau Fleischfresser Pauline in die stabile Seitenlage bringt und Nick wie ein Eichhörnchen auf Speed um uns herumläuft. Und als endlich, ENDLICH die Sanitäter eintreffen, legt sich eine Hand auf meine Schulter. Es ist Angelo und er sagt etwas, das mich in diesem Moment kolossal beruhigt: „Mach dir keine Sorgen, Liv. Alles wird gut.“

Automatenkaffee

Es ist spät am Abend und wir sitzen in der Notaufnahme des Krankenhauses. Franzi, Sonia, Angelo und ich. Paulines Mutter ist verständigt, Angelo hat soeben seinen Vater angerufen, damit er uns nachher abholt.

Mein Handy piept. Eine Nachricht von Nick. Shit, den habe ich in dem ganzen Trubel ja komplett vergessen!

Wie geht es Pauline?, lese ich.

Wir sind im Krankenhaus, schreibe ich zurück. Sie wird noch untersucht.

Ich entdecke das Handy-Verbotsschild an der Wand und stelle mein Smartphone aus.

„Ist dein Freund sauer?“ Angelo, der nicht mal eine Armlänge von mir entfernt sitzt, blickt mich an. Auch noch hier, im grellen Neonlicht der Wartezone macht seine Stimme mich ganz kribbelig. Ich gucke schnell wieder weg.

„Nein, es ist nur ...“

Am liebsten möchte ich ihm sagen, dass Nick gar nicht mein

Freund ist und ich ihn nur geküsst habe, weil er mit Nastja Elena so innig getanzt hat, aber das geht nicht. Nicht jetzt, nicht vor Franzi und Sonia und auch nicht an diesem Ort.
„Schon okay." Angelo klemmt sich eine Locke hinters Ohr. „Ich hol uns mal einen Kaffee."
Er dampft ab und ich atme auf. Einen Moment Luft holen und mich von seiner körperlichen Nähe erholen. An Pauline denken. Wünschen und hoffen und sie in meinen Gedanken umarmen. Ich schaue zur Seite. Sonia hat ihre Hände gefaltet und betet, wobei sich nur ihre Lippen bewegen.
Kurz darauf ist Angelo wieder zurück. Kaffeelos. Und er sieht so verzweifelt aus, als wäre eine weitere Tragödie passiert.
„*Cazzo!* Der Automat ist kaputt." Er lässt sich neben mich auf den Stuhl fallen.
„Macht doch nichts", sage ich. „Ich wollte sowieso keinen."
„Ich bin schuld", höre ich Sonia einen Sitz weiter murmeln.
„Quatsch, das bist du nicht", meint Franzi.
„Bin ich doch! Wenn ich nicht so wild mit Pauline getanzt hätte …" Sie blickt erst Franzi, dann Angelo und schließlich mich verzagt an.
„Dann wäre vielleicht was anderes passiert", erkläre ich.
Franzi beugt sich vor. „Eher bin ich schuld."
„Wieso? Wir waren doch im Klo, als es passiert ist."
„Die Kugel." Sie streicht sich den Pony aus dem Gesicht.

„Was für eine Kugel?“, will Sonia wissen, aber Franzi winkt müde ab. Ich kann verstehen, dass sie jetzt nicht über ihre Kristallkugel reden will. Klar, sie hat uns Chaos vorhergesagt. Nur hat das keine von uns richtig ernst genommen.

Meine Hände sind eiskalt und ich puste hinein. Warum dauert das bloß alles so lange? Was ist mit Pauline?

„Frierst du?“, erkundigt sich Angelo.

Ich nicke, schüttele den Kopf, nicke wieder.

Und dann passiert etwas, das mich beinahe ohnmächtig werden lässt. Angelo beugt sich zu mir rüber, bloß ein paar Zentimeter, und sagt: *„Posso?“*

Bevor ich reagieren kann, greift er nach meinen Händen und reibt sie zwischen seinen. Eine heiße Welle rauscht durch mich hindurch. Werde ich rot? Garantiert werde ich rot! Knallrot! Ich spüre Franzis Blick, auch Sonia guckt, dann schwingt die Doppeltür auf und Frau Lorenz stürmt herein. Sie ist ungeschminkt und ungekämmt und läuft gleich weiter, um einen Arzt zu suchen.

Und ich? Sitze immer noch da und spüre, wie meine Hände langsam in Angelos Händen auftauen. Sie sind fast schon schwitzig, da erst lässt er sie los und rückt wieder von mir ab.

Hallo, Liv, was war das denn eben?

Keine Ahnung. Aber es hat sich mega angefühlt.

Fünf Minuten vergehen, zehn, es dauert eine knappe halbe

Stunde, bis Paulines Mutter endlich zurückkommt. Sie lächelt, zum Glück lächelt sie!
„Pauline hat nur eine leichte Gehirnerschütterung“, verkündet sie. „Und ihr Fuß ist verstaucht. Aber sonst geht es ihr gut.“
Pauline geht es gut! Ganze Gesteinsbrocken fallen mir vom Herzen, einen Wimpernschlag darauf hat mich Franzi vom Sitz gezogen und wir führen einen übermütigen Freudentanz auf.
„Dürfen wir zu ihr?“, will ich wissen.
Frau Lorenz schüttelt den Kopf. „Sie soll jetzt schlafen. Die Ärzte wollen sie über Nacht zur Beobachtung dabehalten. Aber wenn es ihr weiterhin gut geht, kann ich sie morgen früh abholen.“
Mama und Roberto sind inzwischen ebenfalls eingetroffen. In mir toben die Gefühle, als wir das Krankenhaus verlassen. Warum hat Angelo eben meine Hände warm gerubbelt? Wollte er mich wirklich nur wärmen? Oder mich vielleicht trösten?
Ich kenne die Antwort nicht, ich weiß nur eins: Die paar Minuten, in denen Angelo und ich uns so nahe waren, waren die schönsten meines Lebens.

Es ist weit nach Mitternacht, als wir zu Hause eintreffen. Ich bin hundemüde und will nur noch ins Bett, aber der Durst treibt mich in die Küche. Eben im Auto war Angelo wieder total unnahbar und hat in die finstere Nacht gestarrt. Als hätte er niemals meine Hände berührt. Was für ein seltsamer Junge.
Ich nehme eine Flasche Wasser aus dem Kühlschrank, da steht er überraschend in der Küche.
„Auch Durst?", frage ich. Ups, Wackelstimme.
Er nickt und holt zwei Gläser aus dem Schrank. Ich gieße uns ein, meine Hände zittern. Vielleicht können wir uns ja noch ein bisschen unterhalten, denke ich, über seinen coolen Auftritt oder so, doch Angelo trinkt sein Glas auf ex und sagt beim Rausgehen: „Wie gut, dass Pauline nichts passiert ist." Und mit einem „Gute Nacht, Liv" zischt er ab ins Wohnzimmer.

Sonia hockt im Schneidersitz auf der Matratze und starrt die Wand an. In voller Partymontur, der bauschige Ballettrock ist bis zur Taille hochgerutscht.
„Was machst du da?", frage ich.
„Nichts." Ihre Lider stehen auf halbmast, als sie mich anblickt. Hat sie etwa auch was getrunken?

„Zieh dich doch aus und leg dich hin“, schlage ich vor.
Sie nickt, bleibt aber sitzen. Ein paar Sekunden höre ich bloß das Ticken meines Weckers, dann sagt sie: „Das hätte nicht passieren dürfen.“
„Wie meinst du das?“
Sonia lässt sich ziemlich viel Zeit mit ihrer Antwort. Also schlüpfe ich schon mal aus meinen Sachen.
„Na ja“, murmelt sie schließlich. „Nastja und ich hatten auch noch was dabei.“
„Wie, was dabei?“
„Was zu trinken. Nastja hat ihren Eltern eine Flasche Wodka aus der Bar geklaut und mit O-Saft gemixt.“

„Und Pauline hat davon getrunken?“ Ich will über Sonia hinwegsteigen und in mein Bett krabbeln, aber sie klopft neben sich, damit ich mich da hinsetze.
Premiere! Sonia und ich einträchtig auf ihrer Matratze!
„Ja, hat sie. Und wir haben ihr nicht gesagt, dass da ziemlich viel drin ist.“
„Aber das wird sie doch geschmeckt haben.“
Sonia umschlingt ihre Beine und taucht mit ihrem Kopf zwischen ihren Knien ab. „Keine Ahnung. Wir hätten es ihr sagen müssen.“
„Pauline hätte aber so auch stolpern können.“
Sonia guckt wieder hoch und nickt. Sie scheint fast ein bisschen erleichtert zu sein, dass ich das gesagt habe.

„Und du? Happy?“ Sie legt den Kopf schief und lächelt mich an.
„Wie meinst du das?“
„Ich würde mich ja nicht trauen meinen Freund so vor allen Leuten zu küssen. Aber er sieht nett aus. Und überhaupt nicht unscheinbar.“
Ich hole tief Luft und dann sage ich es einfach: „Nick ist nicht mein Freund. Und er war es auch nie.“
Sonias Wimpern flattern. „Wie jetzt? Echt nicht?“
„Nein.“ Ein Gutes hat die Sache: Die Wahrheit ist endlich raus. Ich muss niemandem mehr etwas vorspielen. Klar,

jetzt werden es wahrscheinlich auch Angelo, Mama und Roberto erfahren, doch dann ist es eben so.
„Aber wieso habt ihr euch denn geküsst?“, fragt Sonia verwirrt. „Ich mein, man küsst ja eigentlich nicht seinen besten Freund!“
„Ich weiß“, murmele ich. „Es ist einfach so passiert. Ich hatte auch was getrunken.“
Den wahren Grund kann und will ich ihr nicht sagen. Der Engtanz zwischen ihrem Bruder und Nastja Elena, der so verdammt innig ausgesehen hat.
„Und wie war's?“, hakt sie nach und ihre Augenbrauen rutschen eine Etage höher.
„Was willst du hören?“
„Die Wahrheit.“

„Okay, es war … einfach nur daneben."
„Weil er schlecht küsst?"
Ich schüttele den Kopf und ziehe gleichzeitig die Schultern hoch.
„Das verstehe ich nicht." Sonia sieht mich aus ihren nugatbraunen Angelo-Augen an.
„Ich hab keine Ahnung. Ich weiß nicht, was ein guter Kuss ist."
Sonia gluckst los. „Du hast auch noch nie …?"
Ich schüttele den Kopf.
Ihr Mund klappt zu und sie guckt mich an. Es ist ein beinahe inniger Schwesternblick und in diesem Mini-Augenblick habe ich sie richtig gern. Doch dann taucht eine kleine Zornesfalte zwischen ihren Augenbrauen auf.
„Und warum hast du die ganze Zeit so getan als ob?"
Shit, jetzt geht es ans Eingemachte. Ich kann ihr alles Mögliche auftischen, nicht jedoch, dass mich Angelo damals beim Italiener so komplett aus der Bahn geworfen hat. Und dass ich froh war, als Sonia mir die Ausrede mit dem Freund quasi in den Mund gelegt hat.
„War es dir peinlich, keinen Freund zu haben?"
Ich nicke. Okay, das entspricht nicht hundertprozentig der Wahrheit, aber eine Lüge ist es auch nicht. Schließlich war monatelang genau das mein Problem.
„Kenn ich", gesteht Sonia. „Aber ich kann wenigstens das

Tanzen vorschieben. Keine Zeit für einen Freund. Trotzdem wird es immer peinlicher. Alle haben schon geknutscht, nur ich hab keine Ahnung von nichts."

Wie Sonia mir aus der Seele spricht! Hätte ich das nur früher gewusst!

„Und Angelo?", frage ich vorsichtig.

Sonia dreht den Kopf zur Seite und lächelt, wie mir scheint, eine Spur spöttisch.

„Was willst du wissen?"

„Ob er eine Freundin hat", sage ich mutig.

Diese knusprige Blondine.

„Im Moment nicht, soweit ich weiß. Aber er hatte schon mal eine. Anna. Die beiden waren allerdings nur eine Woche zusammen, dann hat sie Schluss gemacht. Er hat ihr ziemlich lange nachgetrauert."

„Was ist passiert?"

„Ganz einfach. Sie hat sich in einen anderen verliebt."

Wie kann man sich nach einer Woche Beziehung mit dem tollsten Jungen weltweit in einen anderen verlieben? Das ist doch krank!

„Angelo ist kein Aufreißer", fährt Sonia fort und zieht sich endlich das Partykleid über den Kopf. Ab damit in die Ecke. „Auch wenn viele das denken."

Mein Herz flattert. Aber der Engtanz ... Das war doch eindeutig!

Sonia läuft wie aufgezogen durchs Zimmer. „Wo ist denn jetzt mein Schlafshirt?"
„Keine Ahnung."
Erschöpft krieche ich unter die Decke und gucke Sonia beim Suchen zu. Minuten später findet sie es endlich zerknüllt im Bücherregal.
„Wie kommt das denn da hin?", wundert sie sich.
„Das waren wohl die Bücherregalgeister", antworte ich und gähne herzhaft.
Sonia lacht und zieht sich das Shirt über. „Gute Nacht, Liv."
„Gute Nacht, Sonia."
Schwups verschwindet sie unter ihrer Wolldecke und knipst die kleine Lampe auf dem Fußboden aus.
Einen Moment ist es still, dann tönt ihre Stimme in der Dunkelheit: „Angelo ist übrigens nicht in Nasti verliebt."

Eine schale Schorle

Der nächste Tag fängt schon mal mega an. Eine Elefantenherde trampelt durch meinen Schädel, Angelo lässt sich beim Frühstück nur minikurz blicken, um sich einen Kaffee zu holen (wobei er mich überhaupt nicht beachtet und sich auch keinen Keks mitnimmt), Pauline antwortet nicht auf meine SMS, stattdessen kommt eine Nachricht von Nick.

Wie geht es Pauline?

Alles gut, schreibe ich zurück. Sie ist über Nacht im Krankenhaus geblieben.

Liv, können wir reden?

Klar, tippe ich ins Handy und fühle einen Kloß im Hals.

Heute?

Okidoki.

12 Uhr am Chinesischen Turm?

Um 12 Uhr am Chinesischen Turm, bestätige ich.

Magenkrampf total. Was will Nick von mir? Mich beschimpfen, weil ich nach dem Kuss weggelaufen bin? Mir die Freundschaft kündigen? Mich noch einmal küssen? Aber ich muss hingehen, das bin ich ihm schuldig.

Kaum haben sich meine flatternden Nerven ein wenig beruhigt, ruft Pauline an. Sie sei wieder zu Hause, alles im Lack, sie habe nur Kopfschmerzen und ihr Fuß sei megadick.

Ich verspreche ihr, sie so bald wie möglich zu besuchen, aber erst müsse ich mit Nick reden.

„Wegen dem Kuss?", fragt sie und kichert. Zum Glück ist sie schon wieder zu neunzig Prozent die Alte. Voll im Plapper- und Gackermodus.

„Genau, wegen dem XY", sage ich kryptisch. Es könnte ja sein, dass Angelo auf dem Flur herumschleicht oder Sonia in mein Zimmer platzt.

„Ich weiß schon, du hättest lieber das Sahneschnittchen geküsst. Aber sei doch froh, dass es überhaupt passiert ist. Das wolltest du doch die ganze Zeit."

Aber nicht so! Und ich wollte ganz bestimmt nicht mit Nicks Gefühlen spielen.

„Mit A Punkt kann das ja immer noch was werden", fährt sie fort.

„Nein, kann es nicht! Kapier das endlich!"

„Zwischen Nastja und ihm ist jedenfalls nichts gelaufen, falls du das denkst. Er hat ihr wohl ziemlich deutlich zu verstehen gegeben, dass er nichts von ihr will."

„Aha, wie denn?“ Mein Herz puckert wie verrückt.

„Keine Ahnung, ich hab die beiden ja nicht die ganze Zeit beobachtet, aber Nastja ist anscheinend richtig sauer geworden.“

Ich höre Schritte auf dem Flur und flüstere: „Ich muss Schluss machen. Vielleicht komm ich nachher noch vorbei.“

„Du kannst Nick auch gerne mitbringen. Ich hätte nichts dagegen.“

Ich lege auf, schnell aufs Klo, dann schlüpfe ich auf dem Flur in meine Sneakers.

„Du gehst weg?“ Angelo taucht so überraschend hinter mir auf, dass ich zur Seite taumele und mich am Garderobenhaken stoße. Wahrscheinlich werde ich rot, aber okay, dann ist es eben so.

„Ja, ich muss ... äh ... gleich die S-Bahn kriegen.“

Er sieht so süß aus! Zum Vernaschen!

Dann schnapp ihn dir endlich, Liv!

Wie denn, herrje?!

„Fährst du ins Büchercafé?“

„Nein, in den Englischen Garten.“ Meine Stimme klingt dünn, meine Beine wollen mich kaum noch tragen.

„Ich könnte mitkommen.“

Shit, Shit, Shit! Wieso fragt er ausgerechnet jetzt? Warum ist er nicht mal früher auf die Idee gekommen?

„Also, ich meine … Falls du nicht schon was anderes vorhast.“
„Ich treffe Nick“, erkläre ich leise. „Ich muss was mit ihm besprechen.“
„Verstehe.“ Angelos Locken wippen auf und ab.
Gar nichts verstehst du! Null, nada, niente!
„Okay, dann … viel Spaß.“
Schon trottet er ins Wohnzimmer und ich verlasse mit hämmerndem Herzen die Wohnung.

Die Schorle, die mir Nick im Biergarten spendiert, schmeckt schal. Und als sich auch noch dicke Wolken vor die Sonne schieben, würde ich mich am liebsten nach Hause unter meine Bettdecke beamen.
Nick ist ziemlich blass um die Nase und ich bin es wohl auch. Es ist so komisch, ihm nach dem verunglückten Kuss gegenüberzusitzen. Komisch und auch ein bisschen peinlich.
Worüber wir reden? Über das Sommerfest. Über Paulines Unfall. Und irgendwann sehr viel später auch über uns.
Nick fasst sich ein Herz, ich kann es ihm förmlich ansehen, und sagt: „Das mit dem Kuss … sorry, aber ich dachte, du wolltest es auch.“

„Das war ja auch so." Mein Mund ist so trocken wie eine Dörrpflaume. „Jedenfalls am Anfang." Pause. „Aber dann plötzlich nicht mehr. Tut mir leid, Nick. Ich hätte eher merken müssen, dass ich es eigentlich nicht will."

„Nein, nein, ist schon okay!", wiegelt er ab.

Wie bitte? Es ist okay für ihn? Ich bin ziemlich baff.

„Hör zu, Liv, ich muss dir was sagen."

Aha? Jetzt wird es aber spannend.

„Und ich hoffe, du stehst nicht gleich auf und rennst weg."

„Wieso sollte ich?" Ich lache verunsichert auf.

Nick rutscht nervös auf der Holzbank hin und her.

„Was soll's. Ich sag's jetzt einfach. Soll ich?"

„Ja, los!"

Er holt tief Luft und erklärt: „Ich bin schwul. War ich wohl schon immer. So, jetzt weißt du's."

„Äh, wie, was?", stottere ich. Nicht etwa, weil ich etwas gegen Schwule habe, ich bin nur so megaüberrascht.

„Ich stehe einfach mehr auf Jungs als auf Mädchen, das ist mir jetzt klar geworden."

Bevor ich ihn fragen kann, wieso er das ausgerechnet bei mir gemerkt hat, fängt er an zu erzählen. Von seinem ersten und bisher einzigen Freund Fritz. *Big love* und so, aber irgendein Blödmann aus seiner Klasse hat ihn vor allen geoutet und danach ist die Sache mit dem Mobbing erst richtig schlimm geworden.

Armer Nick! Es muss furchtbar sein, von seinen Klassenkameraden ausgegrenzt zu werden, nur weil man nicht wie alle anderen tickt.

„Das tut mir leid“, murmele ich.

„Es war eine ganz schön heftige Zeit“, sagt er und ritzt mit dem Daumennagel Muster in den Biergartentisch. „Der Schulwechsel ... Fritz hat mit mir Schluss gemacht ... Ich war echt verzweifelt und hab gedacht, hey, vielleicht bist du ja gar nicht schwul. Probier's doch mal mit einem Mädchen.“ Er sieht mich an und lächelt sein knuffiges Zahnlückenlächeln. „Na ja, und den Rest weißt du ja. Dann habe ich dich kennengelernt. Das tollste Mädchen weit und breit.“

„Nee, Quatsch jetzt“, entgegne ich.

„Oh doch, das bist du!“ Er zwickt mich in den Arm. „Es ist so schön, mit dir zu kochen oder einfach nur zu quatschen. Das hatte ich noch nie so mit einem Mädchen.“

Ich nicke. Das geht mir mit ihm ganz genauso.

„Aber auf dem Fest“, fährt Nick fort.

Oh bitte, lass das mit dem Kuss! Das ist so peinlich! Wir müssen nicht darüber reden!

Prompt sagt er: „Als wir uns geküsst haben ... da hab ich eben gemerkt, dass es irgendwie nicht passt.“

Labberig ist der Tod jeden Kusses, geht es mir durch den Kopf.

„Ehrlich, es war nur gut, dass du mich stehen gelassen hast“, kommt er zum Ende.

Wir sind beide plötzlich etwas verlegen und schweigen.

„Liv?“, sagt er, als endlich wieder die Sonne rauskommt und unsere Nasen kitzelt. „Ich will dich nicht verlieren.“

„Ja, denkst du, ich etwa?“, erwidere ich und fühle eine zentnerschwere Last von mir abfallen. Es wäre richtig schlimm gewesen, wenn der Kuss alles kaputt gemacht hätte.

Nick guckt mich an und etwas Schmerzliches liegt in seinem Blick. „Und du fühlst dich jetzt nicht von mir benutzt? Ich mein, so als Kussobjekt?“

„Quatsch! Wenn, dann habe ich dich genauso als Kussobjekt benutzt.“

Weil ich plötzlich das Gefühl habe, Nick alles anvertrauen zu können, erzähle ich ihm von Angelo. Von meinem Gefühlsdurcheinander und dass ich auf der Tanzfläche Angst hatte, er könne Nastja küssen.

„Klar, Angelo.“ Nicks linker Mundwinkel wandert nach oben.

„Wie meinst du das jetzt?“

„Ich hab’s irgendwie geahnt. Du hättest dich sehen sollen, als wir ihn beim Singen erwischt haben. Du hattest einen total verknallten Hormonblick.“

„Hatte ich nicht!“, protestiere ich.

„Aber hallo!“

Wir lachen – es ist ein fluffig-leichtes, ja befreiendes Lachen –, dann fragt Nick mich, wie es denn jetzt mit Angelo weitergehe.
„Na, gar nicht. Er ist nicht an mir interessiert."
Nick mustert mich mit leicht zusammengekniffenen Augen. „Ehrlich, wenn er dich nicht will, ist er ein Idiot."
Es tut gut, das zu hören, nur leider bringt das auch nichts.
„Soll ich ihm das mal sagen, Liv?"
„Untersteh dich!" Ich boxe ihn über den Tisch hinweg. „Komm, trinken wir noch eine Schorle? Ich lade dich ein."
Und in dem tollen Gefühl, endlich den Nick-Kumpel gefunden zu haben, den ich mir so sehr gewünscht habe, laufe ich rüber zum Getränkestand.

Pasta alla Norma

Noch zwei Tage und zwei Nächte, bis die Italo-Truppe abreist. Obwohl ich das Datum seit Wochen herbeisehne, fühlt es sich plötzlich seltsam an. Wer weiß, vielleicht werde ich das alles sogar vermissen? Die Ballettstange im Schlafzimmer, die anstrengenden Mahlzeiten, das Gegaffe der anderen, die überquellende Garderobe im Flur, mein dauerverwüstetes Zimmer.

Apropos Sonia. Ihre innige Freundschaft zu Nastja Elena ist bereits wieder abgekühlt. (O-Ton Nastja: „Sorry, aber ich hab im Moment so viel um die Ohren.") Vielleicht ist das nicht mal gelogen, aber ich vermute, sie hat das Interesse an Sonia verloren. Bei Angelo konnte sie nicht punkten, wozu soll sie sich also eine Freundin ans Bein binden, die, optisch betrachtet, ihre schärfste Konkurrentin ist? Es ist eine ziemliche Genugtuung für mich, allerdings würde ich das nie offen zugeben. Stattdessen zeige ich mich von meiner nettesten Gastschwestern-Seite und fahre mit Sonia zum Marienplatz, wo sie ein letztes Mal die Münchner Atmosphäre genießen will. Sonia ist vernarrt in München. Sie liebt das Glockenspiel, die vielen Straßencafés, den Viktualienmarkt.

Und ich liebe Angelo.

Leider hat er sein Angebot, mich irgendwohin zu begleiten, nicht noch einmal wiederholt. Und ich blöde Kuh schaffe es einfach nicht, ihm zu sagen, dass Nick und ich nichts weiter als gute Kumpel sind.

Am Vortag der Abreise läuft Mama wie ein Zombie herum. Ich kann das sehr gut verstehen. Deshalb bin ich bloß froh, als Roberto mich zu einem Kochduell herausfordert.

„Liv gegen Roberto“, sagt er. „Bist du dabei?“

„Klar“, erwidere ich. Auch wenn ich hundertprozentig gegen ihn verlieren werde – die Challenge lasse ich mir nicht entgehen. Dann bin ich wenigstens abgelenkt.

„Okay. Wir bereiten eine sizilianische Nudelsoße zu. *Pasta alla Norma.* Nur fünf Zutaten sind erlaubt. Olivenöl, Knoblauch und Gewürze wie Pfeffer und Salz zählen nicht.“

Ich nicke. Das klingt nicht einfach, ist aber machbar.

„Wir kochen getrennt“, fährt er fort. „Damit ich nicht von dir und du nicht von mir abgucken kannst.“

„Und wo?“, frage ich. „Hier steht nur ein Herd.“

„Du kochst hier, ich im *Café Karamell*.“

„Einverstanden“, sage ich.

Er klopft mir auf die Schulter: „Bin gespannt, wer von uns gewinnt.“

Ich auch, aber eigentlich ist das nicht das Wichtigste an der Sache. Ich habe einfach Lust, eine neue Soße zu kreieren. Und *Pasta alla Norma* kenne ich noch nicht.

Kaum haben sich Mama und Mr Smart kurz darauf verabschiedet, gehe ich ins Internet und mache mich schlau. *Pasta alla Norma* ist ein Nudelgericht mit Auberginen,

Tomaten und Ricotta. In einigen Rezepten finde ich auch Abwandlungen mit Mozzarella. Mozzarella ist eine super Idee! Den mag ich sowieso viel lieber als Ricotta. Ich mache mir Notizen, streiche vieles wieder durch und überlege, wie ich das Rezept etwas aufmöbeln kann. So kriege ich nur am Rande mit, dass Sonia durch die Wohnung wuselt und schon ihre Sachen packt.

Die fünf Zutaten lauten: Auberginen, geschälte Tomaten aus der Dose, Büffelmozzarella, Kapern und Basilikum. Keine Ahnung, ob das alles gut zusammenpasst, aber ich lasse es drauf ankommen.

„Kommst du mit in den Supermarkt?“, frage ich Sonia, als ich meinen Einkaufszettel fertig habe.

Doch die will nicht. Sie will weiterpacken und trainie-

ren und überhaupt scheint sie in einer ganz merkwürdigen Verfassung zu sein. Irgendwas zwischen himmelhoch jauchzend und zu Tode betrübt.
Auf dem Flur steht Angelo vor der Fotowand und studiert jedes einzelne Bild. Besonders lange verweilt er vor dem Meerschweinchen-Foto, das sehe ich aus dem Augenwinkel, während ich in meine Sneakers schlüpfe.
Frag ihn, ob er mit zum Einkaufen kommt!
Nein, das ist lächerlich. So auf den allerletzten Drücker …
Du hast nur diese eine Chance, Liv.
„Schade“, sagt Angelo und guckt kurz zu mir rüber.
„Was?“
„Dass du das Foto abgehängt hast.“
Mein Magenfahrstuhl nimmt Fahrt auf.
„Welches Foto?“, frage ich mit zittriger Stimme, obwohl ich sehr genau weiß, wovon er spricht.
„Das Foto von dir am Strand. Das Meerschweinchen ist zwar süß … aber …“
„Tot, ich weiß.“
Wir wechseln einen Blick und mir wird heiß und kalt. Und weil ich es nicht länger ertrage, dass er mich so ansieht, verlasse ich fluchtartig die Wohnung.

Ein herb-frischer Geruch nach Blüten und Gras hängt in der Luft, als wir uns zum Essen auf dem Balkon zusammenfinden. Der Sommerregen, der eben noch sturzbachartig runtergekommen ist, hat aufgehört, die Luft ist angenehm abgekühlt. Es ist immer noch warm, aber nicht mehr drückend. Perfektes Wetter für ein Dinner unter freiem Himmel.

Dies ist unser letzter Abend. Und der soll etwas Besonderes sein. Roberto hat eine gute Flasche Rotwein aufgemacht und Angelo, Sonia und ich dürfen sogar ein Gläschen mittrinken. Windlichter flackern auf dem Tisch, den ich mit

einer karierten Tischdecke bedeckt habe. Ein Teller mit Parmesan und einer Käsereibe steht bereit. Ich bin ganz stolz auf mich, weil es so hübsch aussieht.

Während sich die anderen schon hinsetzen und etwas trinken, beratschlagen Mr Smart und ich uns in der Küche. In einem großen Wassertopf kochen bereits die Penne, die ich neben einem Glas Kapern und einem Schälchen Oliven zur Deko in einem edlen italienischen Feinkostgeschäft besorgt habe. Roberto schlägt vor, erst seine, dann meine Pasta zu servieren. Oder umgekehrt.

„Aber da können die Testesser gar nicht richtig vergleichen“, wende ich ein. „Ich finde zwei kleine Probierportionen auf einem Teller besser.“

Roberto ist einverstanden und füllt kurz darauf die *al den-*

te gekochten Nudeln auf die Teller. Auf die linke Portion kommt meine Soße, unter die ich erst im allerletzten Moment den cremigen Büffelmozzarella hebe, auf die rechte seine. Meine Portion wird mit einer grünen Olive markiert, seine mit einer schwarzen.

„Und was machen wir?“, frage ich, als wir die Teller aus der Küche zum Balkon tragen. „Enthalten wir uns der Stimme?“

Mr Smart nickt. „*Buona fortuna*, Liv!“

Ich wünsche ihm ebenfalls viel Glück, dann servieren wir unsere Kreationen. Selten war ich so aufgeregt wie in diesem Moment. Dabei geht es mir gar nicht ums Gewinnen.
Angelos Anwesenheit macht mich total nervös. Als wäre es das erste Mal, dass ich mit ihm an einem Tisch sitze.

„*Salute! Cin cin!*“, sagt Roberto und erhebt das Glas.

Wir stoßen an – der Wein schmeckt ziemlich herb –, dann sagt er in Mamas Richtung: „Danke, dass wir die drei Wochen hier sein durften. Es war eine fantastische Zeit.“

„Fand ich auch“, erwidert Mama und im Schein der Kerzen sehe ich, dass sich ihre Wangen rosig färben.

Ich schiele zu Angelo rüber, der mich kurz anblickt, aber gleich wieder wegguckt.

Roberto klatscht in die Hände. „So, und jetzt fangt endlich an! Bevor die Pasta noch kalt wird.“

Auf geht’s. Mama isst langsam und bedächtig, Sonia seufzt

bei jedem Happen von Robertos Pasta, Angelo fängt an zu husten, als er meine Nudeln probiert. Ein ganz schlechtes Zeichen. Mein Magen ist wie zugeknotet, aber ich würge tapfer ein paar Bissen runter. Meine Soße ist lecker, Robertos einfach nur himmlisch. Sie schmeckt nach Italien, nach Sonne und Meer und einer großen Prise Verliebtsein.

Keine unserer bisherigen Mahlzeiten ist so ruhig, ja andächtig verlaufen. Niemand sagt einen Ton, alle konzentrieren sich bloß auf das Essen. Während Mama erst Robertos Kreation mit dem Ricotta und danach meine mit dem Mozzarella aufisst, switchen Angelo und Sonia zwischen beiden Portionen hin und her. Sie schmecken nach, gucken ins Nirgendwo und ab und zu auch prüfend in Robertos und meine Richtung.

Es kommt mir ewig vor, bis die Teller endlich leer geputzt sind. Mama spült mit einem Schluck Wein nach, Sonia wischt mit einem Stück Weißbrot das letzte bisschen Soße auf, Angelo dreht die grüne Olive zwischen den Fingerspitzen und lächelt geheimnisvoll in sich hinein.

„*Bene*“, sagt Roberto. „Dann sagt jetzt mal. Welche Pasta hat euch besser geschmeckt? Die mit der grünen oder die mit der schwarzen Olive?“

Ich flüchte in die Wohnung, kurz die Aufregung wegatmen, und als ich zurückkehre, steht das Ergebnis bereits fest.

„And the winner is …“ Mr Smart strahlt in die Runde. „Liv

Grete! Vier Leute hier am Tisch fanden die Portion mit der grünen Olive besser."

Ich brauche einen Moment, um zu begreifen, was er gerade gesagt hat. Ich habe gewonnen? Alle mochten meine Soße mit dem Mozzarella und den Kapern lieber? Das ist der Wahnsinn! Einfach nur der Oberhammer!

Sonia fängt an zu klatschen, Mama drückt mir ein Küsschen auf die Wange, Angelo murmelt etwas auf Italienisch und Roberto klopft mir anerkennend auf die Schulter.

„Das hast du großartig gemacht, Liv", sagt er. „Tolle Idee, *mozzarella di bufala* statt Ricotta zu nehmen."

Ich bin total verlegen. Noch nie haben Leute applaudiert und mich beglückwünscht, nur weil ich etwas Leckeres gekocht habe.

„Aber wieso vier Leute?", will ich wissen.

„Ich habe zwar gesagt, ich enthalte mich der Stimme, aber deine Soßenkreation hat mich einfach überzeugt", sagt Roberto. „Also, ich finde, Liv hat einen Preis verdient. Sie darf sich was wünschen."

Ich will Angelo küssen!

Das willst du ja schon länger, aber du bist ja doch zu feige. Ich kann's nicht mehr hören!

Deine albernen Komplexe werden dir noch bis ans Ende deiner Tage im Weg stehen. Vergiss sie! Jag sie endlich zum Teufel!

„Na los, Liv“, ermuntert mich Mama. „Nicht so schüchtern. Was wünschst du dir?“

„Angelo“, stottere ich und verstumme gleich wieder. Wie peinlich ist das denn! Ich wünsche mir Angelo?

„Äh ... wie?“, stottert der, während Sonia loskichert.

„Er soll mir helfen nachher die Küche aufzuräumen.“

Keine Ahnung, wer mir diesen Text eingeflüstert hat. Er ist einfach so aus mir rausgekommen.

Aber das war gar nicht mal so dumm. Es ist die einzige Gelegenheit, ein paar Minuten mit Angelo allein zu sein, bevor morgen alle wieder nach Italien abzwitschern.

„Okay.“ Angelo springt auf. „Oder ... äh, will noch jemand einen Nachschlag?“

„Nachschlag!“, rufen alle wie aus einem Munde.

„Und später gibt’s noch Nachtisch“, sagt Mama. „Ich habe Himbeer-Macarons und Tiramisu aus der Stadt mitgebracht.“

Small Talk. Wir reden nichts als Small Talk, während wir die Teller in die Spülmaschine räumen, die Töpfe auswaschen, dies und das und jenes machen. Ich könnte mich ohrfeigen! Jetzt versage ich schon wieder auf ganzer Linie. Dabei brennt mir die ganze Zeit eine Frage auf der Zunge.

Warum hast du im Krankenhaus meine Hand gehalten? Hatte es etwas zu bedeuten? Oder eben nicht?

Aber auch Angelo ist Meister im Nichts-Sagen. Er lobt zum x-ten Mal meine Pasta, sagt, wie toll es sei, dass es nicht mehr regnen würde, und dass Tiramisu sein absoluter Lieblingsnachtisch sei.

Scheiße! Shit! Merda!

Liv Grete, wenn du nicht langsam die Initiative ergreifst, wird das nichts mehr. Dann fährt er morgen weg und du bereust es bis an dein Lebensende, ihm nicht wenigstens diese eine Frage gestellt zu haben.

„Angelo?", sage ich und er dreht sich zu mir um. Meine Stimme zittert, als ich fortfahre: „Ich wollte dich mal was fragen."

„Ja?"

„Warum hast du ... Ich meine ..."

Peng, knallt die Küchentür zu und der Schlüssel wird von außen umgedreht.

Angelo und ich wechseln einen erschrockenen Blick. Was hat das jetzt zu bedeuten? Und wieso steckte der Schlüssel überhaupt außen?

„Ey, aufmachen!" Ich hämmere gegen die Tür, doch niemand antwortet. „Kapierst du das?", frage ich Angelo. Gleichzeitig piept das Handy in seiner Hosentasche.

„Nein, keine Ahnung. Du?"

Nein! Sonst hätte ich ja wohl kaum gefragt.

Er guckt aufs Handy, sein Mund steht offen, die langen Wimpern flattern, da meldet sich auch mein Smartphone. Bestimmt Pauline. Oder Franzi. Eigentlich will ich nicht nachschauen. Nicht jetzt. Ich habe doch nur diese wenigen Minuten mit ihm.

„Du kannst ruhig rangehen", sagt er, den Blick immer noch starr auf sein Smartphone geheftet.

Also gut. Die Nachricht ist weder von Pauline noch von Franzi, sondern von Sonia. Von der Person, die sich bloß wenige Meter von uns entfernt auf dem Balkon befindet.

Los jetzt! Avanti!, lese ich.

Los jetzt? Was meint sie damit? Wir sind doch fast fertig mit dem Aufräumen.

„Liv?", dringt Angelos Stimme wie aus einem anderen Universum an mein Ohr.

Ich fahre herum.

„Sonia hat mir geschrieben", sagt er heiser.

„Ja, mir auch", sage ich. „Aber ich weiß nicht, was das bedeuten soll ... Los jetzt ... *Avanti*?"

Angelo lächelt, nur ganz leicht, doch seine Augen blitzen, als er nach meiner Hand greift und mich zu sich heranzieht.

Hilfe, ich sterbe!

Sag was!

Denk wenigstens was!

Ich vergesse, wer ich bin und wo ich mich befinde, und dann passiert es. Angelo, das Sahneschnittchen, die hammertolle Hammergestalt, küsst mich. Zart, sanft und hitzig zugleich. Vergessen sind Paulines Kuss-Regeln. Ich schmecke Berge und Strand und Meer und fliege mit Angelo auf einer puffigen Wolke davon.

Irgendwann sehr, sehr viel später – Mama, Roberto und Sonia sind längst ins Bett gegangen – sitzen Angelo und ich auf dem Balkon. Die Windlichter flackern in der Dunkelheit und wir reden. Ich meine, wir reden wirklich. So wie wir es noch nie getan haben.

Angelo gesteht mir, dass er mich vom ersten Augenblick an toll gefunden hat, sehr sogar, dass er sich aber erst in dem Moment in mich verliebt hat, als mir der Tampon aus der Hosentasche gefallen ist und ich ihn so unglaublich panisch angesehen habe.

„WAS?" Ich kann es kaum glauben und fange hysterisch an zu lachen. „Du hast dich schon damals in mich ...", es fällt mir unglaublich schwer, das Wort auszusprechen, „verliebt?"

Angelo nickt und wieder tauche ich in diese wattige Wolke

ein. Ich bade in den Gefühlen, die so neu und umwerfend für mich sind, dass ich sie immer noch nicht ganz begreifen kann.

Meint er es wirklich ernst? Und warum habe ich so gar nichts davon mitbekommen?

„Aber du warst doch so genervt von mir", erkläre ich. „Ich hätte fast dein teures Handy kaputt gemacht. Und du hast *cazzo* zu mir gesagt! Ich hab's gegoogelt, ich weiß, was das heißt."

Es zuckt um Angelos Mundwinkel. „Das tut mir echt leid, das ist mir so rausgerutscht. Ich hätte mich danach selbst ohrfeigen können." Er nimmt meine Hände, streichelt jeden Finger einzeln. „Ja, ich war sauer, das stimmt. Aber ich hab auch gedacht, du kannst mich nicht leiden. Du warst so total auf Abwehr. Du bist ja ständig vor mir weggerannt."

Oh ja, das ist richtig. Unterm Strich war ich fast öfter unterwegs als zu Hause und auch in unserer Wohnung habe ich es hervorragend geschafft, ihm aus dem Weg zu gehen.

„Aber warum hast du nie was gesagt?", frage ich.

„Was hätte ich denn sagen sollen? Da war doch dein Freund!"

Mein Freund … Jetzt wird's brenzlig.

„Nick war nie mein Freund", gestehe ich mit gepresster Stimme. „Er ist nur ein guter Kumpel."

Angelo lässt meine Hand los und starrt mich an. „Im Ernst?"

Ich nicke. Sonia hat es also nicht gleich weitergetratscht, das rechne ich ihr hoch an.

„Aber warum?"

Wie soll ich das jetzt erklären? Es ist schrecklich kompliziert. Oder vielleicht doch ganz einfach?

„Ich hab mich schon im ersten Moment in dich verliebt", sage ich und wundere mich, dass mir die Worte plötzlich so leicht über die Lippen kommen. „Als du bei uns im Flur standst."

„Vero?" Er schmatzt mir ein kleines Küsschen auf die Lippen und eine Liebeswelle rauscht durch mich hindurch.

„Ja, aber ich hab mich so peinlich benommen. Beim Pizzaessen ist alles schiefgegangen und ich wollte nur noch weg." Ich weiche seinem Blick aus. „Und dann hat deine Schwester mir den Freund ja quasi in den Mund gelegt."

Angelo erwidert nichts, er mustert mich bloß eine Spur amüsiert.

„Und ich dachte ja auch ..." Ich gebe mir einen Ruck. „Dass du mit diesem Mädchen zusammen bist."

„Von wem redest du?"

„Diese Blonde ... Mit der du dir geschrieben hast."

„Das hast du mitbekommen?"

Ich schaue verlegen auf meine Knie. Als ich wieder hochsehe, grinst er mich provozierend an.

„Ach so, du meinst Chiara. Keine Sorge, sie ist nur eine

Freundin. Wir kennen uns schon ewig." Er stockt. „Aber da war nie was zwischen uns. Sie ist für mich wie eine zweite Schwester. Und du?", fragt er und greift wieder nach meiner Hand.

„Was … ich?"

Eine kleine Falte taucht zwischen seinen Augenbrauen auf. „Küsst du öfter Jungs, in die du nicht verliebt bist?"

Shit, er hat den Kuss mit Nick gesehen und ich bin ihm eine Antwort schuldig.

„Nein", krächze ich. „Das auf dem Sommerfest … das ist mehr aus Versehen passiert."

Angelo sagt nichts, aber auch seine Finger hören auf mich zu streicheln.

„Willst du's echt wissen?", fahre ich fort.

Er nickt.

„Aber es ist peinlich."

„Macht nichts."

„Es war wegen dir und Nastja Elena."

„Oh nein, wirklich?"

„Ja, für mich sah es so aus, als ob … Na ja, als ob da was zwischen euch laufen würde."

Angelo lacht auf. „Da läuft aber nichts, hundertprozentig. Obwohl sie ja nicht gerade hässlich ist."

Nein, das ist sie nicht. Genauso wenig wie die knusprige Blondine, für die er nur schwesterliche Gefühle hat.

Er hebt den Kopf und sagt: „Ich mag mehr Mädchen, die so sind wie du." Eine kleine Pause entsteht.
„Wie bin ich denn?", frage ich mit dünner Stimme.
„Hm, lass mich mal überlegen." Angelo starrt in die Dunkelheit. „Okay: Du bist interessant, süß, tough, intelligent, sensibel und einfühlsam."
Wow! Hätte ich mich selbst so beschrieben? Ganz sicher nicht.
Ich lächele meine Verlegenheit weg und frage: „Und Nastja ist das alles nicht?"
Angelo schüttelt den Kopf. „Ich finde sie ziemlich egoistisch. Sie muss dauernd im Mittelpunkt stehen."

Da hat er recht. Nastja hält am liebsten Hof und lässt andere um sich herumtanzen. Franzi meinte mal, das hänge mit ihren arbeitslosen Eltern zusammen, sie habe deswegen Komplexe. Ob wirklich das der Grund ist? Ich weiß es nicht und ich werde es wohl auch nie erfahren, wenn sie nicht mal eines Tages ihre Maske ablegt.
„Aber ich bin auch egoistisch", sage ich. Mit schlechtem Gewissen denke ich daran, dass ich die Italiener gar nicht bei uns in der Wohnung haben wollte.
„Nein, Liv, du denkst immer an andere. An deine Freundinnen, an deine Mutter. Du hast selbst vor *papà* für Sonia Partei ergriffen. Weißt du noch? Als er gesagt hat, sie ruiniert mit dem Tanzen ihre Gesundheit."

Ich nicke. Das stimmt.
„Du hast uns drei Wochen ertragen", fährt er fort. „Sonia durfte sogar mit in dein Zimmer und ich weiß, dass sie nicht immer ganz einfach ist. Aber was das Schönste ist …"
Er lächelt und seine Zähne blitzen im Dunkeln.
Was kann denn jetzt noch kommen? Er hat mir schon die tollsten aller tollen Komplimente gemacht.
„Ja? Was?"
„Dass du am liebsten eine gute Pizza Margherita isst! So wie ich."
Wir sehen uns an und gackern los, aber bevor ich etwas Lustiges oder Intelligentes erwidern kann, sind wir schon wieder dabei, uns zu küssen. Es gibt nur uns, unsere Lippen, die sich berühren, unsere Zungen und unsere Hände, die auf Erkundungstour gehen. Dazu raschelt der laue Wind in den Bäumen, die Zikaden zirpen und in der Ferne murmelt die Großstadt. Endlich verstehe ich, was Pauline meint. Dieses Kribbeln im Bauch, das mit nichts anderem auf der Welt zu vergleichen ist. Und dass man immer mehr davon haben will, einfach, weil es so wunderschön ist.
„Echt blöd, dass ihr morgen fahrt", sage ich, als wir uns Millionen Jahre später endlich voneinander lösen.
Kurz ist das Licht im Wohnzimmer angegangen. Egal. Ich schätze, Mama wollte mal nach dem Rechten sehen. Zum Glück hat sie sich aber gleich wieder diskret verzogen.

„Richtig blöd." Angelo blickt mich traurig an.
Ich will gerade etwas sagen wie *Zu dumm, dass wir nicht eher zusammengekommen sind*, doch Angelo legt mir den Finger auf die Lippen.
„Sprich es nicht aus."
„Wieso, du weißt doch gar nicht …"
„Doch, ich glaub schon." Er streicht meine Stirn glatt. „Wir freuen uns einfach, dass wir uns bald wiedersehen, okay?"
„Sehen wir uns denn bald wieder?"
„*Certo.* Sicher. Dafür werde ich schon sorgen."
Ein letzter Kuss, dann raffen wir uns endlich auf. Meine Füße sind eiskalt, meine Lippen brennen, aber ich bin einfach nur megaglücklich.

Nach einem kurzen Abstecher im Bad taumele ich wie benommen in mein Zimmer. Ich ziehe mich leise im Dunkeln aus und will über Sonia hinwegsteigen, als sie sich plötzlich wie ein Gespenst aufrichtet.
„Und? Wie knutscht mein Bruder so?"
Ich zucke erschrocken zusammen.
„Du schläfst nicht?"
„Wie kann ich schlafen, wenn endlich das passiert ist, was schon längst hätte passieren sollen!"

Jetzt wird mir alles klar.

„Hast du etwa die Küchentür abgeschlossen?", frage ich.

„Ja, hab ich. Ich konnte es nicht mehr ertragen, wie ihr immer umeinander herumgeschlichen seid. Irgendwann waren die Herzchen in euren Augen nicht mehr zu übersehen."

„Echt jetzt?"

„Ja, echt." Sie kichert.

Wow – Sonia als Liebesbotin! Ich hätte sie nie für so selbstlos gehalten.

„Also, wie ist Angelo jetzt?"

Eine Granate!

Der Hammer!

Eine Wucht!

„Süß", sage ich nur. „Ziemlich süß."

„Ja, ich weiß. Ich kenne ihn ja schon sechzehn Jahre." Sie gähnt. „*Buona notte,* Liv."

„Gute Nacht, Sonia."

Und dann falle ich in einen tiefen Schlaf.

Einfach nur Kekse

Am nächsten Morgen fühle ich mich flau. Drei Wochen lang habe ich diesen Tag so sehr herbeigesehnt, jetzt könnte ich einfach nur heulen. Und Mama geht es anscheinend ganz genauso.

Das Frühstück fällt passend zu unseren bedrückten Mienen kärglich, sprich italienisch, aus. Es gibt Kekse zum Milchkaffee – das Brot ist alle und im Müsliglas befindet sich auch nur noch ein kleiner Rest –, aber egal. Ich kriege sowieso keinen Bissen runter.

Es gibt so viele offene Fragen, doch ich traue mich nicht, die zu stellen.

Wie geht es denn jetzt weiter?

Wann sehen wir uns wieder?

Könnten wir vielleicht in den Sommerferien zusammen verreisen?

Zieht ihr eines Tages nach München?

Ich hocke nur da, zerkrümele einen Keks auf meinem Tel-

ler und streichele den Rand meiner Tasse. Angelo sitzt mir gegenüber und wirft mir traurige Blicke zu.
Nur Sonia ist in ihrem Element. Sie plappert von ihrer Ballettschule, freut sich auf die *Gelateria Profumo* und darauf, ihre Freundinnen wiederzusehen. Das kann ich gut nachvollziehen. Drei Wochen ohne Pauline und Franzi wären auch für mich die Hölle.
Jetzt ist es die Hölle, Angelo wegfahren zu lassen.
Das Sahneschnittchen. Die Hammergestalt.
Den Jungen, der so gut küsst, dass sich allein beim Gedanken daran der Magenfahrstuhl in mir in Bewegung setzt.

Rauf und wieder runter, und das in einem Affenzahn.
„Ihr habt ja gestern noch ganz schön lange auf dem Balkon gesessen“, sagt Mama wie aus heiterem Himmel.
„Äh, ja?“ Mist, ich glaube, ich werde ein bisschen rot.
„Aha“, macht Roberto und grinst, während Sonia einen Kicheranfall bekommt.
„Wollt ihr es ihnen selbst sagen?“, fragt sie.
„Was denn?“, meint Angelo ganz cool.
„Na, dass ihr …“
„Okay, Angelo und ich sind zusammen“, verkünde ich mit fester Stimme.
Mama und Roberto wechseln einen Blick. Keine Ahnung, ob sie überrascht sind oder sich eh schon so was gedacht haben.

„Das ist ziemlich cool", fahre ich fort, „aber auch blöd, weil ..."
„Ich weiß, mein Schatz", meint Mama und legt ihre Hand auf meine. „Schlechter Zeitpunkt. Aber ich freue mich trotzdem für euch."
Roberto lächelt in meine Richtung. „Dann müssen wir eben zusehen, dass wir uns alle so schnell wie möglich wiedersehen, nicht wahr?"
„Wann denn?", fragt Angelo mit kratziger Stimme.
„Das wird sich zeigen", sagt Roberto. „Vielleicht noch in den Ferien?"
Mama gibt ihrem Liebsten ein Küsschen. Ich muss mich damit begnügen, Angelo über den Tisch hinweg anzuschmachten.
„Ihr habt's gut", seufzt Sonia. „Für mich gibt's hier ja wohl niemanden zum Verknallen."
„Wieso, du bist doch in deine Spitzenschuhe verknallt", sagt Angelo und alle wiehern los.
Mitten in unser Gelächter hinein klingelt es. Pauline und Franzi stehen in der Tür, die eine an Krücken, die andere in Hochwasserjeans.
„Wir wollten uns nur von deinem Besuch verabschieden", sagt Franzi. „Wir können aber auch gleich wieder abhauen, wenn dir das lieber ist."
Ich schüttele den Kopf. „Kommt mal kurz mit."

Ich ziehe die beiden in mein Zimmer, in dem nur noch Sonias Gepäck und die verpackte Ballettstange stehen. Ansonsten sieht es plötzlich so leer und aufgeräumt aus, dass mir fast die Tränen kommen.

„He, was hast du denn?", fragt Pauline.

„Haben sich deine Mutter und …" Franzi deutet nach nebenan, „getrennt?"

Bevor die beiden noch wildere Horrorszenarien entwerfen können, bringe ich sie auf den neuesten Stand. Angelo und ich. Mein erster Kuss. Mein erster wirklicher Kuss. Liebe und das ganze Zeug.

„Boah!"

„Ey, Hammer!"

„Nee, wie cool!"

„Mensch, Liv!", rufen die beiden durcheinander, und damit sie nicht noch laut loskreischen, halte ich ihnen die Münder zu.

„Okay, wir sagen jetzt schnell Tschüss. Damit du noch ein paar Minuten mit deinem Sahneschnittchen hast", erklärt Franzi.

„Danke, ihr seid so toll!"

„Und nachher kommst du zu mir", meint Pauline. „Du musst alles noch mal in Ruhe erzählen."

Ich nicke. Ein winziger Trost an diesem so aufwühlenden Tag.

Dann geht alles im Zeitraffertempo. Franzi und Pauline verabschieden sich von unseren Gästen und zischen ab. Während Mama und Roberto das Gepäck zur Haustür schleppen, schiebt Angelo den Karton mit der Ballettstange auf den Flur und mich in mein Zimmer. Tür zu.

Im nächsten Moment liegen wir uns in den Armen und küssen uns. Wolke siebeneinhalb. Und wenn nicht das gemeine Gefühl da wäre, dass wir uns gleich trennen müssen, wäre es auch Wolke acht, mindestens.

„Nicht weinen, versprochen?", sagt Angelo in einer Atempause.

„Versprochen", erwidere ich und spüre ein ganzes Tränenmeer heranfluten.

„Wir treffen uns ja wieder."

„Ja", erwidere ich mit erstickter Stimme. „Aber wann?"

Angelo hebt die Schultern, da sehe ich, dass auch er Tränen in den Augen hat.

„Bald. Und dann …"

Was dann sein wird, erfahre ich nicht mehr, weil Roberto energisch an die Tür hämmert.

„*Tesoro, dobbiamo andare!* Das Taxi ist da!"

„Ich komme!"

Er umarmt mich ganz fest, ich spüre noch einmal seinen warmen Körper, einen Pulsschlag darauf folgen wir den anderen nach draußen. Mama und ich haben vorher besprochen, dass wir nicht mit zum Flughafen kommen. Wir sind beide nicht scharf darauf, vor allen Leuten loszuflennen. Und wir können die drei auch nicht bringen, weil die Ballettstange nicht in unser kleines Auto passt.

Es dauert nicht lange und die Alukoffer samt Ballettstange sind im geräumigen Kofferraum des Taxis verstaut. Roberto lächelt zwar, aber jeder Idiot kann sehen, wie schwer auch ihm der Abschied fällt. Er küsst Mama, Angelo nutzt den Moment und haucht mir schnell ein Küsschen auf den Mund, ich umarme Sonia und Roberto, schon schiebt Mama ihren Liebsten zur offen stehenden Wagentür.

„Ab mit euch." Sie lächelt schmerzlich, ihre Wimperntusche ist total verschmiert.

„Und kommt bald wieder", sage ich leise.

Ein letztes Mal streiche ich über die Lederjackenschulter, dann steigen die Italiener ein. Die Fensterscheiben werden runtergefahren, der Taxifahrer lässt den Wagen an und rollt langsam aus der Parklücke.

„*Ciao*, Liv!", ruft Angelo. Seine Lippen formen zwei Worte, die ich jedoch nicht mehr hören kann.

Roberto winkt, Sonia lässt ihr Tuch flattern, das Taxi wird kleiner und biegt schließlich um die Ecke. Mama nimmt mich in den Arm, sie drückt mich ganz fest an sich und schnieft ein bisschen an meinem Ohr, bevor wir Hand in Hand in unsere Wohnung zurückkehren.

Es ist Sommer. Die großen Ferien haben begonnen. Und ich glaube, dass es ein fantastischer Sommer wird. Weil die Küsse, die ich erlebt habe, nicht nur Küsse, sondern echte kleine Wunder waren.
Ja, ich bin verliebt. In Angelo. Aber auch in mein Leben hier mit Pauline, Franzi, Nick und meiner Mama. Und würde Franzi in diesem Augenblick in ihre Kristallkugel gucken, wären da garantiert ein Herz zu sehen und Angelo und ich mit einem fetten Glücksgrinsen im Gesicht. Weil es so wunderschön mit ihm war. Und ich weiß, dass unser Abschied erst der Anfang von so viel mehr ist.

Livs Pasta alla Norma

Zutaten für 4 Personen:

400–500 g Penne

2 Auberginen

8 Esslöffel Olivenöl

3 Knoblauchzehen

evtl. 1 kleine Zwiebel

800 g Tomaten aus der Dose

1 Handvoll Basilikumblätter

2 große Kugeln Büffelmozzarella

1–2 Teelöffel Kapern

Salz, Pfeffer

Zubereitung:

Die Auberginen waschen und in Stücke schneiden.

Knoblauch und Zwiebel klein hacken.

Auberginen, Knoblauch und Zwiebel im Olivenöl so lange anbraten, bis sie weich sind. Häufig (vorsichtig) umrühren!

Die Tomaten aus der Dose hinzufügen, salzen und pfeffern.

Die Kapern hinzufügen.

Das Ganze bis zu einer Stunde leise simmern lassen.
Die Soße soll am Ende eingedickt sein.

Die Pasta je nach Angabe auf der Packung *al dente* kochen.

Die Nudeln abgießen und mit dem fertigen Sugo vermischen.

Den Büffelmozzarella in kleine Stücke schneiden und erst kurz vorm Servieren vorsichtig unterheben.

Die fertige Portion großzügig mit Basilikum bestreuen.

Je nach Geschmack mit geriebenem Parmesan verfeinern.

Buon appetito!

Leseprobe

Wie wird es weitergehen mit Liv und Angelo und ihren beiden Familien?
Der nächste Band erscheint im Herbst 2018. Und hier könnt ihr schon mal reinlesen:

Eine Glastür öffnet sich wie von Geisterhand und ich befinde mich in der Ankunftshalle. Reisende mit Rollkoffern wuseln durcheinander, Leute vom Abholservice halten Schilder hoch, ein Mann schwenkt einen Rosenstrauß, ein anderer wirbelt ein Kleinkind durch die Luft. Nur Mama und die Italiener sind nirgends zu sehen.
Tja, die sind dann wohl ohne dich losgefahren. Pech, Liv.
Gar nicht wahr! Das würden sie nie tun.
Da bin ich mir nicht so sicher. Du hättest eben nicht so lange auf dem Klo herumtrödeln müssen.
„Liv!" Eine kratzige Wow-Stimme dringt an mein Ohr und im Sekundenbruchteil rauscht der Fahrstuhl in meinem Magen vom zehnten Stock ins Untergeschoss.
Ich fahre herum. Und da stehen sie dann wie hergebeamt: Angelo in Bermudashorts und weißem T-Shirt, samtig lächelnd.

Mr Smart mit Dreitagebart und gestutzten Wuschellocken. Sonia in einem knappen Trägerkleidchen und Ballerinas, die langen Haare zum Dutt gesteckt. Daneben Mama mit einem Leuchten im Gesicht.

„Da bist du ja endlich!"

„Wo warst du denn so lange?"

„Ciao!", tönen ihre Rufe durcheinander.

Mein Herz hämmert, ich lächele ein wenig befangen und gucke dabei nur eine Person an.

Angelo.

Er sieht fast noch besser aus als beim letzten Mal! Seine Locken sind ein Stück gewachsen, seine zum Anknabbern samtige Haut ist noch eine Spur dunkler geworden und seine Augen sehen aus wie Nugatschokolade. Und dann wird mir erst so richtig bewusst, wie sehr ich ihn die ganze Zeit vermisst habe. Ehrlich, ich war so neben der Spur, dass meine beste Freundin Pauline schon die Augen verdreht hat. Obwohl sie eigentlich immer für Liebesstorys zu haben ist. Und meine Psychologen-Freundin Franzi wollte mich in eine Anstalt für Schwerstverknallte einweisen lassen.

Sonia kichert. Erst nur leise, dann wird aus dem Gekicher schrilles Gegacker.

Hallo? Was geht denn jetzt ab?

Angelo zischelt seiner Schwester etwas zu, das nicht gerade freundlich klingt.

„Komm schon her, Liv!" Mr Smart breitet seine Arme aus und ich lasse mich wie ein Kartoffelsack hineinfallen. Einfach weil ich so erleichtert bin, dass wir gut angekommen sind. Und dass die Sommerferien jetzt richtig beginnen können.

„Hallo", presse ich hervor. Bestimmt klinge ich wie kurz vorm Erstickungsanfall.

Schon gibt Mr Smart mich wieder frei und Sonia fällt mir um den Hals, etwas auf Italienisch brabbelnd. Dabei weiß sie doch genau, dass ich kein einziges Wort verstehe.

„Äh, was hast du gesagt?", frage ich.

Sie starrt mich an und fängt schon wieder an zu giggeln. Keine Ahnung, was los ist. An der Hitze kann es ja wohl kaum liegen. Die müsste sie eigentlich gewohnt sein.

Ich gucke zu Angelo rüber, der jetzt auch irgendwie seltsam in sich hineingrinst.

„Hi", sage ich hoffnungsvoll.

„Hi, Liv", murmelt er. Und obwohl wir uns gestern Abend noch heiße Liebesnachrichten geschickt haben, tut er erst mal nichts.

Ich meine, wirklich GAR NICHTS.

Er nimmt mich nicht in den Arm.

Er gibt mir keinen Kuss.

Er streckt mir nicht mal die Hand hin.

Hoffentlich hat er sich auf dem Weg hierher nicht in eine andere schockverliebt. Das wäre echt grausam!

Ey, nun chill mal! Natürlich hat er das nicht. Aber warum muss eigentlich er den ersten Schritt machen?

Weil … weil wir in Italien sind und das hier so üblich ist?

Ich lach mich tot! Du traust dich nicht, Liv! Echt, du bist voll verklemmt!

„Schön dich zu sehen", krächze ich.

Wir beugen uns gleichzeitig vor und unsere Köpfe rumsen zusammen.

Angelo lacht verlegen und ich denke, wieso können wir uns eigentlich nicht wie ein ganz normales Liebespaar begrüßen? Ohne dass wir gleich noch wegen Erregung öffentlichen Ärgernisses verhaftet werden?

Versuch Nummer zwei gelingt auch nicht wesentlich besser. Ich drücke Angelo ein Küsschen auf die Wange, er will mich zurückküssen, aber weil ich mich gleichzeitig zur Seite drehe, landet sein Kuss ziemlich feucht und ziemlich geräuschvoll auf meinem Ohr. So in etwa muss es sich anfühlen, wenn einem eine Nacktschnecke ihre Liebe gesteht.

Erst beim dritten Anlauf berühren sich unsere Lippen. Ich meine, so richtig. Und ich rieche Angelos unnachahmlichen Sommertag-am-Meer-Geruch.

„Ich freue mich so, dass du da bist!", flüstert er und es macht *wusch* und *wumm* in meinem Magen.

In dieser Sekunde weiß ich, dass er sich die ganze Zeit genauso nach mir gesehnt hat wie ich mich nach ihm.

„Ähm, Liv?", sagt Mama leise in meine Richtung. „Guck mal da."
Sie deutet auf den Boden und ich möchte vor Scham am liebsten im Erdboden versinken. Unter meinem rechten Turnschuh klebt Klopapier, schlimmer, ich ziehe eine bestimmt fünfzig Zentimeter lange Papierschlange hinter mir her! Wie peinlich ist das denn?! Deswegen hat Sonia also wie irre gegluckst und Angelo non stop gegrinst.
Ich befreie mich rasch von dem Papier und werfe es in der Hoffnung, mich nicht mit gemeinen Killerbakterien infiziert zu haben, in den nächsten Mülleimer. Mr Smart schnappt sich Mamas Rollkoffer, Angelo nimmt meinen und dann steuern wir den Ausgang an.
Das Erste, was ich sehe, als wir in die flirrende Mittagshitze treten, sind Palmen. Echte Palmen mit wunderschönen fedrigen Kronen! Autos hupen, es wird wild gestikuliert und geschimpft, aber in meinen Ohren klingt es wie eine wunderschöne Melodie. Mein Blick wandert weiter über die Straße bis zum Jachthafen mit seinen wie hingetupften weißen Booten und ich könnte schreien vor Glück.
Weil ich in Italien bin. Bei Angelo. Am türkisblauen Meer.
Was sich einfach nur gigantisch anfühlt. Und ich weiß, dass die wundervollsten Wochen meines bisherigen Lebens vor mir liegen.

Carlsen-Bücher gibt es überall im Buchhandel
und auf carlsen.de

MIX
Papier aus verantwortungsvollen Quellen
FSC® C083411

In Zusammenarbeit mit der Michael Meller Literary Agency, München
Umschlag: formlabor
Lektorat: Susanne Schürmann
Satz: Pinkuin Satz und Datentechnik, Berlin
Herstellung: Constanze Hinz
Lithografie: Margit Dittes Media, Hamburg
ISBN 978-3-551-65025-2